28 倪匡珍藏限量紀念版

衛斯理傳奇之

神仙

（含：神仙・命運・十七年）

倪匡 著

無窮的宇宙，
無盡的時空，
無限的可能，
與無常的人生之間的永恆矛盾，
從倪匡這顆腦袋中編織出來。

——金庸

目錄

神仙

目錄

命運

附錄：十七年

神仙

序言

《神仙》是衛斯理幻想故事中，題材最奇特的一個。正面肯定了神仙的存在，也從另一個角度，探討了神仙的定義。

道家對神仙的定義，十分複雜，充滿了神秘性，絕非現代人所能明白。從另一個角度假設的定義，當然百分之一百是假設，是不是可以成立，全然不知，但至少對人變成神仙的過程，有了一整套的假設——這種假設，在《神仙》這個故事之前，從來也未曾有任何人提出來過，在這個故事中所表達的觀念，絕對首創，頗足自豪。

《神仙》也是一個喜劇故事，雖然在末段仍不免有一點悲觀，但整個故事，都相當喜劇化，賈玉珍這個人，更是典型的喜劇人物，他以為找到第二卷仙籙，就可以修成正果，誰知一共有三卷仙籙之多，令他不上不下，「自己變成了自己的孫子」，更是調侃。

看到最後，可以肯定，衛斯理的性格，不適宜做神仙，所以，他做不成神仙。

倪匡

第一部：屏風夾層內藏異寶

執筆要記述《神仙》這個故事，躊躇了好一會，為的是不知從哪裏開始才好。整件事，牽涉到的事和人，相當複雜，過程也絕不簡單。本來，想從公元一九〇〇年八月十五日寫起。但是想了一想，從頭寫起，很難表達整個故事的曲折。可是，如果從中間開始，又不明來龍去脈，想來想去，還是決定了從魯爾的那封信寫起。

經常有許多陌生人寫信給我，世界上有怪異經歷的人越來越多，所以，寫信給我的陌生人，有很大部分，告訴我他們親身經歷的一些現代科學不能解釋的怪事。

關於這一類信，我例必回信，有時，請他們進一步查究，有時，請他們把詳細的經過寫來給我參考。其間也頗有些有趣的事，有的，已經為文記述。

可是魯爾的來信，卻一點也沒有趣。

信很簡單，不妨全文引在下面：

「衛斯理先生，我的上代，曾到過中國，帶回了兩件中國東西，我是一個普通的農夫，完全不了解中國，請你告訴我這是甚麼，是不是有價值。魯爾。」

附在信中的，是兩幅拍得極其拙劣的黑白照片，看起來，那像是古代的玉圭，或者玉符，諸如此類的東西。那個德國人，把我當作收買古董的商人，還是拍賣行的估價人？

一看他的回信地址在東德，一個叫伏伯克的小地方，他是東德人，這引起了我的惡作劇心理，一半自然也是由於他寫來的信太無趣，所以我順手回了信。

我的回信更簡單：

「魯爾先生，等你有機會帶著你的中國古物，翻過柏林圍牆時，我再告訴你那是甚麼。衛斯理。」

回信寄出去了，我也早忘了這件事。

魯爾的信來了之後的第七天，或者是第八、九天，記不清楚了，有一個十分惹厭的古董店老闆來找我。這個古董店老闆姓賈，叫玉珍。男人有這樣一個名字，又姓賈，所以我時時取笑他，誰來向他買古董，那可算是倒了楣。這個賈玉珍，是一個典型的奸商，最善於哄抬古董的價錢，為人庸俗不堪，再精美的古物，在他眼中看來，都只是一疊疊厚薄不同的鈔票。

這樣的一個人，本來我是不會和他來往的。可是他卻有一樣大好處：為人十分隨和，隨便你怎樣當面開罪他，甚至罵他，他總是笑嘻嘻地，不會生氣，弄得你再討厭他，也不好意思再將他怎麼樣。

當然，單是有這個好處，我還是不會和他來往，賈玉珍有一項舉世知名的本領，那就是他對古董——中國古董的鑒賞能力極其高超。

據他自己說，他的這種本領，是從小接觸古董多，再加上天才而形成。他九歲那年，就進入中國北方六大當鋪之一的豐來當鋪做學徒。中國北方大當鋪，有專門處理古董的，那是朝奉之中，地位最高的一種。賈玉珍由於聰明伶俐，一進當鋪做學徒，豐來當鋪的大朝奉就很喜歡他，他就在大朝奉的身邊，跟了五年。

賈玉珍常說，那五年，他所獲得的有關中國古董的知識之多，任何大學的研究所中，花十年的時間也比不上。

那也是他的運氣好，豐來當鋪大朝奉，本來就是中國古董的鑒賞名家，在北京城裏，數一數二，經常和古董鑒賞家有來往，賈玉珍就跟在旁邊，聽他們發表議論。

光是聽還不夠，還得有實際的古物過目過手，那時，正是清政府被推翻、民國成立之初的動亂時期，本來收藏在皇宮內府、親貴大臣家中珍貴的古物，大量流入民間，當鋪就成為這些古物轉換的中間站。雖然地位低微為學徒，每天接觸各種各樣古董的機會之多，多過世界上任何一地的博物館館長。

五年之後，賈玉珍還只有十四歲，但是眼光已經出類拔萃，成了豐來當鋪的三朝奉，他當三朝奉，是因為他年紀實在太小，穿起長衫來，全然不像樣子，以他的見識而論，就算不能當大朝奉，當二朝奉也綽綽有餘了。

「朝奉」是當鋪中地位十分崇高的一種職位，在社會上的地位也不低。他當了兩年三朝奉，積累的古物知識更加豐富，恰好他的恩師，那位大朝奉去世，在臨死之前，向東家（當鋪老闆）竭力推薦，由賈玉珍來繼任大朝奉。可是當鋪老闆覺得他年紀實在太輕，所以口頭上答應了，結果並沒有遵守諾言。

這時的賈玉珍，已經不是才進當鋪當學徒的賈玉珍了，一怒之下，就辭掉了當鋪的職務。當鋪老闆不會用人，另外有會用人的，一家規模宏大的古董店，當鋪設在天津的租界內，立時重金禮聘，請他去當掌櫃。

那時，北京的一些世家，雖然窮得要靠賣祖傳的古董過日子，但是在北京公然出售，面子上總有點下不來，所以大都把古董帶到天津去出售。所以，天津的古董買賣，在北京之上，而且全是精品。

一當上了著名古董鋪的掌櫃，賈玉珍的社會身分又不同，出入豪門世家，現任的督軍部長、過去的尚書親王，都十分器重他在古物方面的知識。

最難得的是，賈玉珍對於古物的知識是多方面的，從最難辨真偽的字畫起，一直到瓷器、玉器、銅器，門門皆通，門門皆精。

他一方面做買賣，一方面自己也揀好的機會，收藏一些古物，等到他二十歲那一年，他就自己開古董店了，店名是「玉珍齋」。

「玉珍齋」很快就打響了字號，「玉珍齋」成為識貨的代名詞。

在接下來的歲月裏，中國一直處在動蕩不安的環境中，在這樣的環境中，古董的轉手機會最多。自從「玉珍齋」開設到現在，已經四十多年，總舖也早已從北京，搬到了倫敦。在世界各大城市之中，都有他的分店，經營著中國古董的業務。

我和他認識，是一個朋友的親戚（複雜得很），有四扇小屏風要出讓，那是四扇放在桌上作為裝飾用的小屏風，用雜色玉鑲嵌，看來沒有甚麼大不了。可是屏風的持有人，卻堅稱他祖父臨死之際，曾說這屏風價值連城，非同小可。

所以，我那個朋友，先把那屏風拿到我這裏來，我自認對中國古董，也有一定認識，可是看那四幅屏風，卻看不出甚麼好處。屏風的正面，是麻姑獻壽圖，背面是一篇祝壽詞，連上下款都沒有，雖然是很好的楠木屏架，但也不是十分罕見。

當時，恰好報上登著廣告：「本齋主人賈玉珍，周遊世界，現在本市，欲求珍罕古玩，請來本店面洽，玉珍齋啟。」

我以前也約略聽過賈玉珍這個人，當時就建議：「拿去給那位玉珍齋主人看看吧。」

我那朋友還膽小：「這不好吧，要是值不了多少，那多尷尬。」

我道：「那有甚麼關係，他一露不屑之色，我們掉頭就走，下次再遇到他，不知是哪年哪月了，有甚麼好尷尬的？」

我那朋友是一位科學家，學的是天文，不善交際，屬於書獃子一類，要他去和古董商打交道，當然不行，所以我自告奮勇，打電話到「玉珍齋」去，約時間要見賈玉珍。

那次的那個電話，打得我一肚子是火，可是又無法發作，真是窩囊之極。聽電話的那位小姐，聲音十分好聽，可是語音冰冷：「要見賈先生嗎？把東西帶來，你的號碼是兩百三十七號，接見你的時間是下午五時二十六分。賈先生每次見客人，只限兩分鐘，所以你絕對不能遲到。」

我還想問清楚一點，那邊已經把電話掛上了。

我只好對我的朋友發牢騷：「你看，全是為了你，要受這樣市儈的氣。」

我的朋友苦笑：「我也是受人所託，沒有法子啊。」

既然對方說得那麼嚴重，我們倒真的不敢遲到，中午時分，就和那朋友見面，帶著那扇屏風，我心想，不必一定要到玉珍齋去受氣，旁的古董店，或者也可以出得好價錢，所以先走了幾家，我那朋友每次都躲在店門外，不敢進去。

這種帶著東西，上門兜售的滋味，不是很好受，尤其取出來的東西並不是很稀罕，古董店老闆擺出一副愛理不理的神情，更不好過。

跑了幾家之後，我道：「算了，看來這東西，根本不值錢。」

那朋友苦笑：「到了玉珍齋，要是再碰釘子，我也算是盡了力。唉，他們家裏，要不是太窮，也不會出售家傳之寶。」

我連捱了五六處白眼，虧他還說那是「家傳之寶」，我實在有點啼笑皆非：「到了玉珍齋，你可不准再躲在門外，要一起進去。」

朋友面有難色，我態度堅決，他只好苦笑著答應。

到玉珍齋時，是四點半，和約定的時間還早，由於天氣很熱，也沒有別的地方可去，所以就先進去。玉珍齋的店堂小得出乎意料之外，繞過店堂，後面的地方卻極大。一個大天井，擺滿了各種各樣的盆景，一眼看去，盆盆都是精品，有幾盆九曲十彎的九里香，見所未見，還有兩株作懸崖式的黑松，更是矯若遊龍，其中最妙的一盆，是完全照黃山的那株著名的「迎客松」栽種的，具體而微，簡直一模一樣。

這個天井中的盆栽，如果要每一盆仔細來看，一天也看不完。那朋友對盆景一點興趣也沒有，他說那些全是「因為營養不良而不能充分成長的小樹」，所以只是稍微看了一下，就穿過了天井，進入了一個相當大的客堂。

那是一個中國式的客堂，傢俬是明式的紅木椅、几。客堂中坐著的人還真不少，有職員在負責管理，我們進去，揀了位置坐下，告訴了我們的登記號碼，和約定的時間。

我也算是見過不少大人物，心中在想，賈玉珍不過是一個古董商，有甚麼了不起，偏偏要擺出這樣的排場來。可是看看在客堂中等著的那些人，人人都抱著充滿希望的神色，希望自己所帶來的東西，是稀世奇珍，希望經過賈玉珍的品評，就可以有一大筆金錢的收入，也難怪賈玉珍可以擺出這樣的排場。

職員先請我們喝茶，然後禮貌地要我們把帶來的東西，先讓他過目一下，他用立可拍的相機，拍了兩張照，然後道：「請等一下，到了約定的時間，叫你們的號碼，你們就可以進去見賈先生。」

我向朋友道：「看這樣子，我覺得自己是來領救濟金的。」

朋友只是苦笑，不斷向我行禮。反正我也沒有事，就觀察在客堂裏的那些人。

客堂的左首，有一道門，通向賈玉珍的會客室，職員一叫號碼，立時就有人站起來，急急向那道門走進去。

而時間算得真準，每一個人進去，至多兩分鐘就又走了出來，進去的時候，人人充滿希望；出來的時候，個個無精打采。

在超過大半小時的觀察之中，只有一對老年夫婦，出來的時候，滿面笑容，笑得合不攏嘴來，手裡還拿著一張支票，不住地看著，老先生道：「真想不到，一隻碟子可以值那麼多錢。」老太太道：「真是，要再找幾隻出來，那有多好。」

我眼光看到他們手中支票的面額，確實是不小的一筆數目，我順口道：「兩位賣了甚麼碟子？」

老先生老太太不約而同，瞪了我一眼，鼻子裡哼地一聲，生怕我沾了他們的光，根本不睬我。我無緣無故，碰了一個釘子，真是哭笑不得。

不過，我倒是很快就知道他們出售的是甚麼碟子，那是一隻青花瓷碟，這隻瓷碟，後來在蘇富比拍賣會，以十倍以上的價錢賣出。當時，我見到賈玉珍正以一副愛不釋手的神情，在把玩著那隻瓷碟。那是又見到了七八個人失望地出來，叫到了我們的號碼，我和朋友一起走進會客間之後的事。

會客間也是舊式的佈置，他坐在一張相當大的桌子後面，把玩著那隻碟子，我們進去，他連頭都不抬起來。

他看來約莫六十出頭的年紀，頭頂光禿，禿得發亮，穿著一件白綢長衫，我注意到那扇屏風的相片，已放在他的桌上了。

他仍然自顧自把玩那隻碟子，用很冷漠的聲音道：「你們帶來了一扇屏風是不是？我看過照片了，給三千美元，留下屏風吧。」

他說著，仍然不抬頭，放下碟子，移過桌上的一本支票簿來，就自顧自去簽支票。

他那種傲慢的態度，真叫人生氣，要是我年輕十歲，一定伸手，在他的光頭上重重地鑿上兩下，才肯離去。他十分快開好了支票，推了過來。

我那朋友皺著眉，三千美金，已經是這兩天所聽到最好的價錢，看他的樣子，像是就此要拿了支票就算數了。

可是在這時候，我心中陡地一動，向他使了一個眼色，拉著他站了起來：「對不起，你在開玩笑，我們不必浪費時間，這是我的名片，你有興趣，可以來找我，我見客人的時間，倒不限定是兩分鐘。」

我說著，放下了名片，拉著那朋友，掉頭就走。我看到在我轉身的時候，賈玉珍愕然地抬起頭來，我知道自己的估計不錯。

離開了玉珍齋，那朋友埋怨我：「三千美金也好的，你為甚麼不賣？」

我道：「三千美金我也拿得出，你先拿去給你親戚用，你沒有注意到？那麼多人進去，都是帶著東西退出來的，不是真正的古董，他根本不要。賈玉珍是一個奸商，他懂得如何壓價錢，我要他付出公平的代價，這屏風是真正的古董，一定極有價值，我們不懂，他懂，不然，他三分錢也不會出。」

那朋友還將信將疑，結果跟我回家，拿了我的支票走，留下了屏風。

賈玉珍來得之快，真出乎我的意料之外，我才坐定，不到十分鐘，門鈴響，老蔡走上來，在書房門口道：「有一位賈玉珍先生來見你。」

老蔡把賈玉珍的名片放在桌上，我詫異之餘，忙道：「快請！快請！」

賈玉珍顯然趕得很急，走上來時，額上滿是汗珠，他和我打了一個招呼，就自行動手，把包在屏風外面的紙，扯了開來，看著。

令我對他印象稍微好了一點的，是他那種專家的眼光。當他盯著那扇屏風看的時候，和一個病理學家在看病原體、一個天文學家在觀看星辰、一個電腦專家在看集積電路時的眼光，完全一樣，這種眼光，表示對這件東西有極深刻的了解，絕不是普通的欣賞。

我不去打擾他，由得他看，他看了十來分鐘，又用手指甲，刮著屏架的木頭，刮下一點木屑，看著，然後，他抬起頭來：「好吧，加一個零。」

我怔了一怔，加一個零，那是三萬美金了，如果他第一次開口，就說出這個價錢來，那我一定一口答應。這時，我忽然想起了中國民間傳說中出售寶物的事：收買古董的人向寶主人買貨，寶主人根本不知自己有的是寶，隨便伸出五隻手指，意思是五兩銀子就夠了，但古董商卻回答：好，五千兩，寶主人高興得昏了過去……

這一類的故事，在兒童時期，聽得很多，看得很多，想不到有朝一日，會變成親身經歷。我望著賈玉珍，搖頭道：「加一個零？加兩個零也不行。」

賈玉珍直跳了起來，禿頂上變成了紅色，指著我道：「你……你……你……」

我悠然道：「你會做買賣，我也會。」

賈玉珍取出手帕來，抹著額上的汗，不客氣地叫著我的名字：「衛斯理，我敢保證你不知道這屏風珍貴在甚麼地方。」

我真是不知道，可是卻不甘示弱，微笑著：「我知道它值多少。」

賈玉珍盯著我，半晌講不出話，接下來的十分鐘，他只是繞著屏風打轉，然後道：「值不到加三個零。」

三千美元，加兩個零，已經是三十萬了，要加上三個零的話，便是三百萬美元，老實說，我也認為值不到這個價錢。

但是既然是和一個奸猾的古董商在打交道，也就不能不狡猾一點，我只是保持著微笑，問：「你經營古董店有多久了？」

這句話，想不到所引起的反應，就像是在他的光頭上敲了一記，令得他極其憤怒，立時道：「在你父親還穿開襠褲的時候，我已經認識古董了。」

我並不生氣，只是道：「那麼，你應該知道，至少可以加三個零。你知，我知，何必再多費唇舌？」

賈玉珍的樣子，像是要把我吞下去，過了一會，他才道：「唉，我錯了。」

我吃了一驚，不知道他這樣說是甚麼意思，他又嘆了一聲，才又道：「我錯了，原來你真知道這扇屏風的來龍去脈。好，我就出三百萬美金。不過我先得看一看，要是裡面的東西不在了，三元錢我也不要。」

我還不知道他所說的「裡面的東西」是甚麼意思之際，他已經取起了我書桌上的裁紙刀，一下子，就把屏風上鑲嵌的那個西王母的頭，撬了下來。

我陡地吃了一驚，盡量保持鎮定，看他究竟在幹甚麼。

這時，我知道屏風有夾層，賈玉珍一看就知道了，夾層中的東西，一定極其珍貴，至少可以值三百萬美金。

我心中不禁有點嘀咕，是不是價錢要得太低了呢？賈玉珍像是看透了我的心意，瞪了我一眼：「價錢已經最高，我不會將它再賣出去，留著自己有用，你也該知道，除了我之外，別人不會出這個價錢。」

我倒有點不好意思，為了掩飾尷尬，我避開了他的眼光，轉過頭去。

就在我轉過頭去之際，我聽到了輕微的「啪啪」兩下聲響，再轉過頭來時，我看到賈玉珍已經把屏風摺起來，我不禁罵了自己一聲「該死」。

賈玉珍的動作快，剛才那「啪啪」兩下聲響，顯然一下是打開夾層，一下是闔上的聲音。他看清夾層中的東西還在，這從他的神情中可以看出。可是我卻沒有看到，不知道夾層中是甚麼東西。

本來，事情很簡單，我可以問他：「裏面是甚麼東西？」可是這句話，我當時卻問不出口，因為我剛才還裝出了一副「早知秘密」的樣子，把這屏風的價錢抬高到了這一地步，現在再去問他，這面子怎麼下得來？

賈玉珍這滑頭，連提都不提，他甚至不將那扇屏風放下來，折疊好，挾在脅下，動作艱難地開著支票。

他把面額三百萬美元的支票，交到我手裏，我更不好說甚麼了，價錢是議定的，一手交錢，一手交貨，東西已經是他的了，我總不能強搶過來，看看那屏風中藏的是甚麼。

他半秒鐘也不停留，立刻就走，等我到了書房的門口時，他已經下了樓，走出去了。老蔡在樓梯下大聲道：「怎麼一回事？這禿子搶了東西？走得那麼急？」

我只好苦笑，我幫人家做成了一宗大交易，自己的心中卻多了一個謎。

我回到書房，看著那張支票，撥電話給那朋友，當我說出三百萬美元這個數字時，我沒有聽到那朋友的回答，只聽到「咕咚」一聲響，那朋友可能是昏了過去，跌倒在地上了。

後來證明，他雖然沒有昏過去，可是真的由於吃驚太甚，在地上摔了一跤。後來，他和委託他出售屏風的那個親戚，向我千恩萬謝，不在話下，那個親戚是一個很乾瘦的中年人，看得出他被生活擔子折磨得很苦，現在有了那麼大一筆錢，對他來說，是最快樂的事，他提出來要分我一半，我當然拒絕了。

我對他道：「賈玉珍是一個十分精明的古董商人，他有過人的眼光，不會多花一元冤枉錢。問題是我們不知道那扇屏風何以那麼值錢。」那人囁嚅地道：「是啊，我怎麼也沒有想到，竟會那麼值錢，其實那屏風若能賣個一兩萬，我已心滿意足了。」

我道：「這東西是怎麼到你手裏的？來龍去脈，希望你詳細對我說說。」

那人皺著眉，道：「是祖傳的，我祖父傳給父親，那時候，我們家道還很好，因為時局變化，要往南逃，我還很小，祖父說他年紀大，不走了，要我父親走。在臨走的前一晚上，城裏已經可以聽到炮響，祖父把那扇屏風取了出來，交給父親，告訴他說，這是很值錢的東西。」

我立時追問：「令祖父沒有說它值錢在甚麼地方？」

那人側頭想著：「當時我祖父和父親的對話，我記得十分清楚，可以一字不易地講給你聽。」

我忙作了一個手勢，催他快說。

（以下是那時的一段對話，這段對話，是一個動亂時期，將要分開的一雙父子的對話，聽來很普通，但對整個故事，有相當重要的關係，所以照錄在下面，對話的雙方，一個是「祖父」，一個是「父親」。）

父親：（看著屏風，神情不明）這不過是雜色玉石鑲嵌的東西，我看不很值錢，還是不要帶了吧。

祖父：（沉思地）不，要帶著，這東西我得到的經過十分奇特，而且告訴我價錢的那個人，他不會騙我，因為我救過他的命。

父親：（訝異地）哦？

祖父：那時，我在一個偏僻的縣份當縣官，有一個遊方道士，受當地一個篤信道教的富戶供養，凡心未淨，竟然和富戶的一個姬妾勾搭上了，被富戶捉姦在床，幾乎要活活打死，打了一頓之後，又送到官府來，一定要把他處死。

父親：（悶哼）那時代真黑暗。

祖父：（感慨地）我做官問良心，那富戶許了我一千兩黃金，要把這遊方道士問成死罪，遊方道士也自忖死定了，一句話也不說，我考慮了一個晚上——

父親：考慮了一個晚上？為甚麼還要考慮？

祖父：唉，黃閃閃的一千兩黃金啊，我又不是包龍圖，總難免也受到誘惑，到臨天亮，我下了決心，把那遊方道士從牢裏提出來，叫他快離開。那道士死裏逃生，對我自然感激莫名，就把那扇屏風送了給我。

父親：那也不能證明這東西值錢，就算他說了值錢，也可能是因為他要報答你，胡說八道。

祖父：你想想，我放棄了一千兩黃金，怎會再要他送給我的值錢東西？那東西再值錢，也不會值一千兩黃金吧？我是因為他的一番話，才收下來的。

父親：哦？他當時說了甚麼？

祖父：那道士說，這屏風是他從四川青城山的一個道觀中得來的——他沒有說怎麼到手的，我看這道人的品格很有問題，他會去勾引富戶的小老婆，多半是他從那個道觀中偷來的。他說，這屏風中有極深的玄機，要是能參透，那就不得了，可惜他凡心未盡，一點也參不透，又出了漏子，所以留著也沒有用，希望我好心有好報，會參透玄機，我看這也不是很值錢的東西，他又說得誠懇，所以就留了下來。

父親：（有點嘲笑地）那麼，你參透玄機沒有？

祖父：（有點惱怒）叫你帶著它走，你偏有那麼多囉嗦，我等凡夫俗子，哪有那麼容易就參透玄機的，叫你帶著，你就帶著。

父親：（老大不願意，但又不敢再說甚麼）是，我把它帶著。

那人繼續道：「我父親帶著它離開了家鄉，來到這裏，環境一直不好，他死之前，想起了祖父的話，我實在沒辦法了，才拿出來賣，真想不到，可以賣那麼好的價錢，真是……真是想不到。」

我笑了一下，道：「那屏風中，有一個夾層，夾層裏面的東西才值錢。」

那人怔了一怔，和我那朋友齊聲問：「夾層中是甚麼東西？」

聽得他們這樣問，我不禁很懊喪：「我不知道，賈玉珍知道，不過我當時和他討價還價，裝出一副在行的樣子，自然不好意思問他。我看那屏風很薄，就算夾層裏的東西再貴重，這個價錢已差不多了。」

那人忙道：「當然，當然，我心滿意足之至了，管它是甚麼。」他說著，又笑了起來：「所謂內有玄機，原來就是有夾層，我看那遊方道士和我祖父，他們無論如何也想不到。」

我那朋友道：「奇怪，賈玉珍怎麼知道的？」

我的答案，只是我的猜想：「賈玉珍對古董的知識很豐富，他可能在甚麼冷門的記載之中看到過，或者是聽人說起過，所以知道。」

我朋友搖著頭：「真不可思議，青城山裏不知有多少道觀，來自一個小道觀中的東西，居然也有人知道它的來歷，這個人真不簡單。」

送走了他們之後，我以為這件事，已經完全告一段落了。

誰知道第二天，我一起床，老蔡就告訴我：「那位賈先生，等著見你，已等了很久了。」

我一看時間，才上午十時，賈玉珍那麼早來找我幹甚麼？難道他對這樁交易後悔了？這可麻煩得很，我連夾層中是甚麼都不知道，要是他取走了夾層中的東西，再來混賴，可不易對付。我想了一想，請了他到書房相見，已經準備好了一番話去對付他。可是事情卻出乎我的意料之外，他一見我就道：「衛先生，我想直接見一見賣主。」

我冷冷地道：「交易已經完成了，你見賣主有甚麼用？我看不必了。」

賈玉珍雙手亂搖，道：「你別誤會，我絕對沒有別的意思，我只是想問問他，他是不是另外還有一些古董，是我……有興趣的。」

賈玉珍說話說得吞吞吐吐，我心中想：原來是這樣，多半是屏風夾層中的東西，比三百萬美金更值錢，所以嚐到了甜頭，又想賺更多的錢。

我笑著：「賣主並不是甚麼收藏家，那扇屏風是他父親逃難的時候，他祖父硬要他帶來的。」

賈玉珍「哦哦」地答應著，也不知道他心裡在想些甚麼。我心想，要是不讓他見見賣主，他也不會死心，就打了一個電話給我朋友，告訴他這件事，給了賈玉珍地址，叫他自己去找。

賈玉珍見了賣主之後，定然再也收買不到甚麼，不過他可能在賣主口中，知道這屏風是怎麼到他手裏的，也在我朋友口中，知道了我是怎樣的一個人，所以從此之後，隨他高興，經常來找我。

開始的時候，我驚訝於他對古物知識的豐富，也很樂意和他談談，我也告訴他，沈萬山的「聚寶盆」的碎片，我也見過，有一個科學家高價買了去研究，發現「聚寶盆」的秘密，原來所謂「聚寶盆」，是「太陽能立體金屬複製機」。

每次交談，我都設法轉彎抹角，向他套問屏風夾層中，究竟有甚麼。可是這人老奸巨猾，十分機靈，每次我一開頭，他就用言語支吾過去，始終一點口風也不露。

到了六七次以後，我實在忍不住了，直截了當地問他：「喂，老賈，我實在告訴你，當初我們討價還價的時候，我一點也不知道那東西值錢在甚麼地方，也不知道它還有夾層。」

賈玉珍老實地道：「是，當時我叫你瞞過去了，回去一想，知道上了你的當，可是我倒一點也不後悔。」

我盯著他，問道：「夾層裏面是甚麼？」

他眯著眼，回答得令我生氣：「我不會告訴你，不管你是直接問，還是想用旁的方法套，我都不會告訴你。」

我不禁大是惱怒：「那你還來找我幹甚麼？」

賈玉珍笑著：「談談啊，和你談話很有趣。」

我大聲道：「恰好相反，我覺得和你談話，一點趣味也沒有。」

賈玉珍也不生氣，呵呵笑著，一點也沒有離去的意思，不過自那次以後，他來的次數少了，至少已經有一年沒有來了。

我在一開始的時候，就已經說過，要記述這件事，真不知從何開始，因為牽涉到的人和事，實在太多。

從魯爾的信開始，到介紹出賈玉珍來，已經相當複雜。我兒戲似地回了信，就隨便把魯爾的信和他隨信寄來的照片，放在桌上。

那天，賈玉珍來的時候，神情顯得有點無精打采，我反正閒著，又有一年多沒見了，也就不忍再對他惡言相向，只是問他道：「怎麼，沒有甚麼值得你收購的古董出現？」

賈玉珍嘆了一聲，用手撫摸著他自己的頭：「我有事情託你。」

我在他做這個動作時，陡然呆了一呆，他本來是一個大禿頂，可是一年不見，他的頭不禿了，而且還長著烏黑的頭髮。

賈玉珍瞪著眼：「我知道你本領大，我想找……一件東西，是玉器……」

我沒有讓他繼續講下去，只是指著他的頭：「你禿了那麼久，怎麼忽然長出頭髮來了？那是甚麼假髮，假得真好，難怪我一見你的時候，就覺得有點怪模怪樣。」

我一面說著，一面伸手就去摸他的頭髮。

這當然很不禮貌，但我也根本不準備和他講甚麼禮貌。

我伸手過去，他身子縮了縮，想避開去。可是我既然有心要去摸摸他的頭，哪怕他像野兔子那樣會跳，也躲不過去，手臂一長，還是在他頭髮上，抓了一把，可是「假髮」卻並沒有應手而落，長在他頭上的頭髮是真的！

第二部：被擄上了太空船

我覺得極其訝異，因為我知道，禿頭並不是疾病，而是一種生理現象，一直到現在，某幾種病理脫髮，痊癒後，頭髮會重新生長出來，還沒有甚麼辦法可以使生理的禿髮，重新長出頭髮來。世界上所有的「生髮水」，全都是噱頭。唯一的方法，就是一根一根頭髮的「種植」，那是一項十分複雜的手術。賈玉珍雖然花得起這個錢，可是看起來，他絕不會去做這種手術。

我揪著他的頭髮，心中奇怪不已，賈玉珍現出很氣惱的神情來。

他一生氣，我更進一步注意到，賈玉珍看來，比實際年齡輕了，我的意思是，比我上次見他的時候，他看起來年輕了，而且，涵養功夫也沒有以前那麼好。我繼續取笑他：「咦，你看起來年輕多了，是用甚麼方法保養的？找整容醫生拉過臉皮？」

賈玉珍氣惱更甚，但是又不敢發作，他瞪了我一眼：「是揀陰補陽，你的好奇心滿足了吧？」

我不再說下去，只是打量著他，心中仍然不免奇怪。

賈玉珍苦笑了一下：「我想託你找兩件玉器，大約是漢朝時的物品，它的形制是——」

我不等他講究，就叫了起來：「你瘋了！漢朝的玉器，有幾十幾萬件，有的埋在地下，可能不知道握在甚麼死人手裡，或是含在甚麼死人口裡，就算流傳下來，出了土的，也不知多少，光憑它的形狀，誰能找得到？神仙也找不到！」

賈玉珍聽我嚷叫著，嘆了一聲：「神仙？神仙一定找得到的。」

我又是好笑，又是好氣：「那你就去找神仙，別來找我。」

賈玉珍一副苦惱的樣子，又在頭上摸了摸——那是他禿頭時候的習慣，現在頭上雖然已經長了頭髮，但是習慣還沒有改。我真想伸手過去，再在他頭上狠狠抓一下，看看他那些頭髮是不是移植上去的。

他嘆了一聲：「是的，我知道很難，漢玉，留傳的極多，我一生見過的不知多少，那兩件東西……唉，聽說，曾在康親王的府中，有人看到過——」

我笑道：「那你就該自己去找，康親王府上的古董流到哪裏去了，你最明白。」

賈玉珍站了起來：「你以為這一年來我在幹甚麼？就是在找那兩塊漢玉。可是那真比大海撈針還難。」

我道：「比在沙漠中找一粒指定的沙子更難。」

賈玉珍望著我：「我想你神通廣大，或者可以，唉，算了吧，別再提了。」

他一面說，一面揮著手，由於他動作幅度大了些，一揮手間，把我書桌上的一疊書、文件，揮得倒了下來，跌在地上。

我搖頭，他也連連道歉，馬上俯身，替我去拾，他拾起了幾本書，放好，再彎下身去，就在這時，我突然聽得他發出了一下驚天動地的驚呼聲。

說他的那下呼叫聲「驚天動地」，實在並不算過分，首先，我陡地震呆，足有三秒鐘之久，不知道該如何反應。

這對我來說，極其罕有，我經歷過無數凶險，全靠反應敏捷，才能在極惡劣的處境之中，化險為夷。若是經常震呆達三秒鐘，早就死了不知道多少次了。

可是一來由於賈玉珍的那一下叫聲，實在驚人，二來，隨便我怎麼想，我也無法想得出賈玉珍有甚麼理由，要發出驚叫聲來。

緊接著，書房門「砰」地被推開，白素像旋風一樣，捲了進來。

她來得快，停得也快，立時望著我，疾聲問：「甚麼事情？」

甚麼事？我也不知道。因為我坐在書桌之後，賈玉珍本來隔著桌子，坐在我的對面，他站起來，碰跌了書，彎下身子去拾，我和他之間，就有桌子阻隔了視線，所以我不知道發生了甚麼事。

我連忙站起，去看賈玉珍，白素也向賈玉珍望去。

只見賈玉珍彎著身，手中拿著一張照片，盯著在看，兩隻眼睛像是要裂了開來，他的一生之中，只怕再也沒有一次可能把眼睛睜得更大。

從他的姿勢來看，他剛才發出一下那麼驚人的呼叫聲，是因為看到了他手中的照片才發出來，而那照片，是夾在書和文件之中，剛才在他一揮手時，一起碰跌下來的。

那張照片，是甚麼照片呢？就是魯爾寄給我的那封信中，附來的兩張照片之一。

我一看到這種情形，不禁陡地一呆，立時自己告訴自己：不可能吧？不會那麼巧吧，難道賈玉珍所要找的那兩件玉器，就是這兩件？

我直到這時，才注意地看了一下那張照片，那東西看來形狀的確有點怪，像是一件玉符，形狀不規則，邊緣有著參差不齊的鋸齒，在照片上，看不出它的大小，照片拍得相當模糊，依稀可以看出，上面有一些文字刻著，隔得遠，我也看不清。

白素也看到了賈玉珍怪異的姿勢，她向前踏出一步：「賈先生，你怎麼啦？」

這傢伙，真不是東西，白素好意去問他，他陡然站了起來，動作快到了極點，幾乎將白素撞倒，他竟連理都不理白素，人像是瘋了，指著我，尖聲叫著：「衛斯理，你……你……你……」

他的臉脹得血紅，如果他血壓偏高，只怕一定會有三組以上的血管，就此爆裂。

我本來想罵他對白素無禮，但一看他如今這樣的情形，知道還是先讓他安靜下來的好，我一面做著手勢，一面道：「你如果告訴我，你要找的……玉器，就是這兩件，我決不會相信。」

賈玉珍的聲音變得嘶啞：「真是這兩件，我也不相信，可是，真是……這兩件。」

他說到後來，不但聲音嘶啞，而且哽咽，由此可知他的心情，真是激動到了極點。白素來到了我的身邊，我把經過簡單地和她講了幾句，又把另一張魯爾寄來的照片，找了出來，推到了賈玉珍的面前：「這是它們的另一面。」

賈玉珍拿著相片，手發著抖，好半天，他才說道：「好，你開價吧。」

我仍然不能相信：「這……真是你要找的東西？怎麼那麼巧？」

賈玉珍喘著氣：「這有甚麼稀奇，仙緣一定巧合。」

我和白素都只當他在胡說八道，白素的心腸比較好，她先作了一個手勢，令賈玉珍鎮定，才道：「賈先生，你看看清楚，是不是真是你要找的東西。」

賈玉珍吸了一口氣，吞了一口口水，又不經我許可，拿起了我的茶來，大口喝了兩口，再把那照片看了片刻，看起來，他的激動已經過去了，他才點頭道：「我可以肯定，實物在哪裏？」

我不禁苦笑，實物在東德一個小地方的農民手中。他看來那麼心急想得到這東西，所以我道：「你別心急，聽我慢慢告訴你。」

賈玉珍陡地一拍桌子，用近乎吼叫的聲音向我道：「你不用吊我胃口，你一定知道我在找這東西，先我一步找到了，好來敲我竹槓，你只管開價錢好了，我最多傾家蕩產。」

本來，賈玉珍對我說這種話，我一定生氣之極，立刻把他拉出去了。

可是我聽得他竟然願意傾家蕩產，得到那兩件東西，我也不禁怔呆了。

我也顧不得發怒，取過照片來，仔細看看。在照片上看來，那實在不是甚麼了不起的東西，魯爾的信中說它可能是玉的，就算是最好的玉，價值也不會太高。

可是，賈玉珍卻說出了那樣的話來。

在我思疑之際，賈玉珍已催道：「怎麼樣，你只要開得出價錢來，我就答應。」

我嘆了一聲：「老賈，我不想騙你，我一點也不知道你在找這兩件東西，而這兩件東西，是一個德國人寄了照片來給我，請我告訴他那是甚麼。」

賈玉珍現出一副絕不相信的神情來，我在桌面找著，找出了魯爾給我的那封信：「你自己看。」

信是用德文寫的，賈玉珍看不懂，瞪著眼，我道：「你可以請白素翻譯，我會騙你，她絕不會騙你。」

賈玉珍果然把信交給了白素，這封信，由於在收到的時候，全然是無關緊要的一件小事，所以我也不曾向白素提起過，白素也是第一次看到。

白素一面看，一面就翻譯給賈玉珍聽，賈玉珍聽了之後，氣咻咻地問：「地址呢？那個……魯爾的地址呢？」

白素把信上角的地址指給他看，賈玉珍的行動，真出乎人意料之外，他竟然立時一伸手，自白素的手中，把那封信搶了過去，緊緊捏在手中，同時，向後退了兩步，來到了門口。

他的神情緊張之極，看來，如果我去搶回這封信的話，他會和我拚命。

他到了門口之後，尖著聲道：「衛斯理，我不會忘了給你好處，一定會好好謝你。」

他話才一說完，轉身向外便奔，幾乎從樓梯上直滾下去。本來，我要截下他，不讓他逃走，輕而易舉。

但是我身形才一動，白素便已作了一個攔阻的手勢：「由得他去吧。」

我皺眉道：「你老是同情這種莫名其妙的人。」

白素淡然一笑：「事情本來和我們一點關係也沒有，但是對他來說，可能極其重要，那就與人方便算了。」

我大聲道：「對這傢伙？哼，他連告訴我一下，那扇屏風的夾層之中有甚麼都不肯。」

白素的心地極好，總是替他人著想：「或許，他有他的困難。」

這時，賈玉珍早已離開，追也追不上了，我一半惱怒，一半無可奈何：「或許，屏風夾層之中，是一張治禿頭的藥方。你看他，本來頭頂光得發亮，一年不見，就長了一頭頭髮出來。」

白素笑道：「那也只好由得他，他是花了三百萬美金買的。」

我憤然道：「三百萬美金？真要有那樣一張包治禿頭的藥方，可以賺三萬萬美金。」

白素笑著：「你想，真可能有嗎？」

我也不禁笑了起來，那當然只是說說而已，實際上沒有這可能。

賈玉珍就這樣，拿著魯爾的信逃走了，第二天，我打電話到玉珍齋去找他，答覆是：賈先生昨天連夜離開了。

我放下電話，心想，難道賈玉珍到東德去了？

在接下來的幾天中，我有便曾把那兩張照片，給懂得中國古代玉器的人看過，他們的意見，綜合起來，大抵如下：

看起來，像是一種玉符。中國舊玉器的形制十分複雜，像這種形狀不規則的東西，多半是玉符，用來作調兵遣將的信符，漢以前和漢代，都有使用。

只有一個人看了半天之後，發表他獨特的意見：「我看這兩件玉器是『瓏』，雖然形狀奇怪一點，但可能是。這種玉器，是一種祀天的玉器，祭祀者握了這種玉器在手，據說，就可以和上天通消息，把自己的要求告訴上天，例如用來求雨。」

鬧了半天，沒有一個專家可以說得出那東西真正是甚麼。

我自然不會專門去研究那是甚麼，只是奇怪於賈玉珍那樣對古物有知識的人，會那麼急切於得到它。想來想去，想不出答案，自然也算了。

其後，我因為其他的事忙著，早把魯爾、賈玉珍忘記了。大約兩個月之後，那天晚上，晚飯之後，白素拿著報紙，來到我身邊，說道：「看，有一則消息，你可能有興趣。」

我那時正在看書，所以並沒有接過報紙來，只是歪過頭去，看了一下，標題是：

「**大量罕見中國古物，首次在東柏林作盛大展出**」。

內文是：

「總店設於英國倫敦的玉珍齋，是經營中國珍罕古物的權威，主人賈玉珍先生，對鑒定中國古物，有極高的超卓知識。此次展品超過兩百件，由他本人主持。據賈氏稱，希望他鑒定中國古物價值者，他可以免費代為鑒定。」

我看了這則消息之後，想了一想，奇道：「怪，看起來，他沒有得到他要的東西。」

白素道：「是啊，如果已到了手，就不用那樣做了。如今他顯然是要藉這個展覽會，把魯爾引出來，奇怪，他不是拿了魯爾的地址，立即去找他了麼？」

我在這時，做夢也想不到賈玉珍找不到魯爾的原因是甚麼，只是奇怪：「是啊，照說，他一到東德，就可以依址找到魯爾，我看，只要他肯出一千美金，那東德人就高興莫名了。」

白素道：「顯然他進行得並不順利，要不然他何必這樣勞師動眾。看起來，他對那塊玉，倒真是志在必得。」

我心中對這件事，一直存疑：「實在沒有道理，任何人都說，古玉器，即使上溯到三代，也不是甚麼名貴的東西。」

白素吸了一口氣：「賈玉珍這個人，有點像是傳說中的『覓寶人』，他能看出人家看來很普通的東西原來是寶物，我看那東西一定另有來歷和特別的意義。」

我用手指敲著報紙：「那恐怕只有賈玉珍才知道。」

這一晚的對話，到此為止。不過我知道白素的脾氣，她如果對一件事有興趣，一定也會去查根究底。白素顯然在留意這件玉器的來歷，可是也沒有結果。

在那天晚上談論過賈玉珍之後的半個月左右，也是晚上，電話響，拿起來一聽，是來自東柏林的長途電話。我不禁怔了一怔，在德國，我有不少朋友，但是記憶之中，沒有熟人在東柏林。

在和接線生講過了話之後，我聽到了一個熟悉的聲音：「衛斯理嗎？我是賈玉珍。」賈玉珍！這更使我感到意外，我道：「你好，你在開展覽會？東德政府給你麻煩了？」東德在當時還是個鐵幕國家，對去自倫敦的一個古董商人，未必會有甚麼禮遇，所以我才這樣問他。

賈玉珍的聲音聽來很苦澀：「不是，他們對我很好。衛斯理，你能不能到東柏林來一次？我有一件十分重要的事，要請你幫忙。」

我在一時之間，簡直不敢相信自己的耳朵，以我和他的那種交情而論，他竟然敢提出要我萬里迢迢到東柏林去一次的要求！

我真不知道賈玉珍這個人打的是甚麼主意，我也懶得跟他生氣，我只是冷冷地回答：「對不起，絕無可能。」

賈玉珍叫了起來：「你要多少代價，隨便你說，我都可以答應。」

他這個人，就有這種本事，我明明不屑和他生氣，可是他非要弄得我生氣不可，我也提高了聲音：「去你媽的代價，多少錢都不行。」

賈玉珍急速的喘著氣，聽來十分驚人，他道：「或許我說錯了，衛先生——我可以保證，你來東柏林的話，一定可以遇到你一生之中，從來未曾遇到過的奇事。」

我「嘿嘿」冷笑著：「別拿奇事來引誘我，我遇到的奇事已經夠多了。」

當我說了這一句話之後，我已經準備放下電話了，可是還是聽得他在叫嚷：「你來，我把那屏風中有甚麼講給你聽。」

我連回答都懶得回答，「啪」地就放下了電話。他要我先答應到東柏林，然後再把屏風夾層中有甚麼告訴我，這是他犯的大錯誤。

就算我再想知道那個秘密，也不會被他要脅。如果他甚麼條件也不提，在電話裡，就把那個秘密告訴了我，或者對他的要求，還有考慮的餘地。

在那個長途電話之後，一直沒有賈玉珍的信息，又過了十來天，那天晚上，我和白素分別參加了兩個不同的宴會，我參加的那個，是一群天文學家的聚會，邀請我去的，就是那個託我賣屏風的朋友。

聚會很愉快，聽一群天文學家講關於天體的秘奧、宇宙的幽深，真是十分快樂的事，所以等我離開的時候，已經過了午夜。

我的車子停在離聚會處有一條街道的一個橫街上，我一面想著剛才的交談，一面不斷地抬頭，看著星空，很有點神馳天外的感覺。

來到了車子前，才用鑰匙打開了車門，就聽到車子裏傳出了一個人的語聲來：「衛先生，維持姿勢，別亂動，有四個神射手，正用足以令一頭大象斃命的武器指著你。」

我怔了一怔，看到駕駛座上，放著一架小型的錄音機，聲音由那架錄音機發出來。

我呆了半秒鐘，根本不聽警告，伸手將錄音機取了過來，頭也不回，將之拋了開去。同時，我也進了車子，去發動車子，完全不當作一回事。

車子駛了不到三公尺，車身陡地震動，我聽到了幾下輕微的爆炸聲，整輛車子就無法再前進了。

毫無疑問，有人射穿了我車子的四個輪子。

我十分鎮定地坐在車中，等候對方進一步的行動。我相信對方如果要在黑暗中監視我，一定配備有紅外線望遠鏡，我絕不能讓對方看到我有驚惶的神色。

所以，我不但鎮定，而且還好整以暇，取出了煙來，點著，徐徐地噴了一口。

我噴出了第二口煙，對方出現了，一共是四個人，行動十分快捷，從橫街的陰暗角落處，像老鼠一樣竄出來。

我已經盤算好了如何對付那四個人，其中有一個，向著我身邊的車門衝過來，只要他一到近前，我用力打開車門，就可以把他撞倒，然後，我就可以側著身子滾開去，避開另外三個人的攻擊。

我把注意力集中在那個從我左首奔過來的那人，突然「啪」地一聲響，車頭玻璃陡然碎裂，一枚煙幕彈射了進來。

我只好先打開車門，著地滾出，那人陡然停步，我已經橫腿一掃，掃中那人的小腿。

那人腿骨的斷折聲，在黑夜中聽來，十分清脆悅耳，他立時向下倒去，令我驚訝的是，腿骨斷折的痛楚，不是普通人所能忍受，但那人竟然連哼都沒有哼一聲。

我待要一躍而起，奔向陰暗角落，可是另外三個人，已經奔了過來，我看得出他們的手中，全都持著手槍。

這時，我犯了一個錯誤，我認定他們不會殺我，所以我向上彈跳起來。那一下彈跳，使我從趴在地上的姿勢，一變而爲人在半空之中，離地至少有五十公分。

可是就在我一躍而起之間，那三個向前奔來的人，卻毫不猶豫地扳動了槍機。

我聽到了槍機扳動的聲音，身子又在半空之中，三個人自不同的方向衝過來，任何人都沒有法子可以避得過去。

我看到幾絲亮光閃動，還未曾落地，覺得身上各處，至少有七八下刺痛，我張口想大叫，但卻沒有聽到自己的聲音，接著，連是怎樣跌下地來的都不知道了。

一個人，躍起五十公分高，再落下來，所需的時間不會超過十分之一秒，而我就在那時間中，喪失了知覺。

白素在一小時之後趕到我失蹤的現場。有兩個參加聚會的天文學家，遲我一步離開，發現了我的車子，立刻通知警方，警方人員看到車子的四隻輪胎，不知道被甚麼力量炸去了一小半，感到事態嚴重，便通知我的家人。

所以，白素和高級警官黃堂，同時來到。警方的探射燈，集中在我的車子上，軍火專家在仔細察看著我的車子。

白素一聲不響，來到了車旁，黃堂過來和她握了握手：「衛先生的車子受到了一種小型火箭的襲擊。這一種小型火箭，通過一種有高度滅聲裝置的發射器發射。」

白素的臉有點蒼白，視線又移到破碎的車頭玻璃上。黃堂苦笑道：「有一枚充滿了麻醉氣體的小炸彈，射進了他的車子，令得車廂中充滿了麻醉氣體。」

他一面說著，一面又指著地上：「警方人員至少已發現了三枚構造十分特殊的針，那種針是空心的，裏面儲藏著一種液體，雖然化驗報告還沒有來，但可以相信那是一種強烈的麻醉劑。」

白素「嘿」地一聲：「敵人還真看得起他。」

黃堂「嗯」了一下：「要綁架衛斯理，那可不是簡單的事。對方至少出動了三輛車子，超過六個人。」

白素揚了揚眉：「綁架？」

黃堂鎮定地回答：「肯定是綁架，如果是殺害的話，那幾枚小型火箭，不會射向輪胎，我們還在附近，找到了一架小型錄音機——」

黃堂自一個警官手中，接過一架小型錄音機來，放出錄音來給白素聽。白素聽了，同意黃堂的看法：「不錯，是綁架。」

黃堂忙問：「他近日來，生活可有甚麼不正常的地方？你可知道有甚麼人想綁架他？」

白素嘆了一聲，作了一個很忠實的，但是在旁人聽來，可能會以爲她是胡說的回答。

白素說道：「不正常？他的生活從來也沒有正常過！據我看，想綁架他的人，不單是地球人，還有外星人。」

黃堂皺著眉，他和我、和白素，曾經打過交道，雖然聽來刺耳，但也立時可以知道，白素所說的是實情。他只好無可奈何地說道：「不過看起來，綁架者使用的，是地球上最先進的武器，不像是外星人。」

白素道：「也不是普通的地球人，是不是？」

黃堂苦笑了一下：「是，而且我可以肯定，對方行事有組織，久經訓練。」

白素攤了攤手：「我是不是要回家去，等對方打電話和我聯絡？」

黃堂苦笑著，不知道說甚麼才好，白素自顧自去車子附近，仔細察看，希望可以發現一些我在緊急情形下留下來的線索。

我當時太托大，我是有足夠的時間，留下一點線索，譬如說，我不好整以暇地點煙來吸，就有足夠的時間了（吸煙真是有害的！）但是我想不到對方的陣仗如此之甚，所以到後來，我連反抗的機會都沒有，就人事不省了。

白素察看了一會，找不到甚麼，黃堂還在不斷向她問問題，白素確實不知道我是爲甚麼會被人綁架的，當然沒有法子回答他。

事實上，不但白素不知道我爲甚麼會被人擄走，連我自己也不知道是爲了甚麼。

我又有了知覺之後，立刻就知道，自己是中了強力的麻醉劑而失去了知覺的，我第一件要肯定的是我的活動能力如何。我試著伸了伸手指，手指還可以活動。

其次，我要弄清楚自己是在甚麼地方。

我慢慢睜開眼來，看清我眼前的情形，首先看到的是銀灰色的牆，我處身在一個小房間，那小房間有銀灰的牆，有柔和的燈光，同時我也感到了有輕微的震盪。令我吃驚的是，我看到了一些我不知是甚麼用途的裝置，各種各樣的儀表，以及一些超時代線條的椅子、架子之類。

而真正令我吃驚的是，那小房間有一扇圓形的窗子，像是船艙中的窗子。

從窗子看出去，是一片深藍色，那還不奇，奇的是在那一片深藍色之中，我看到了一大一小的兩個球形體，正在一片深藍中懸浮著。

就算是小學生，一看到了那個大的球形體和它上面深淺不同的花紋，也可以知道那是地球。至於那個小的球形體，自然是月亮！

這真是使我駭異絕倫：我在甚麼地方？竟然可以看到整個地球和月球！

地球和月亮之間的距離是三百八十萬公里，這是一個十分簡單的幾何算式，兩者之間相距三百八十萬公里，我要能同時看到這兩個物體，必須……

我和這兩個物體之間聯上直線，成爲一個三角形，我所在的這一點的那個角，一定要是銳角，那也就是說，我距離地球或月球，都已遠超過三百八十萬公里。

那麼我在甚麼地方呢？

我在一艘太空船中！不可能再有另一個答案。

我深深地吸了一口氣，舐著焦渴的嘴唇，坐了起來，這才發現我躺在一張相當舒適的床上，床很小，我才坐起來，還未曾出聲，在我面前的椅上，卻「唰」地一聲響，現出了一個螢光幕來。

我沒有別的事可以做，心中十分亂，和外星人打交道倒不是第一次了，害怕驚惶全都沒有用，所以我只是盯著那螢光幕。

螢光幕上，先是現出了一些雜亂無章的線條，接著，就出現了一個亮圓點，只有手指甲那麼大小，再接著，那圓形的亮點就開始變形，變成一團不斷在變幻著的、亂絲一樣的雜亂線條，變了將近一分鐘，又成為一個亮圓點。

在螢光幕上出現這樣的線條，我倒並不陌生，在雙線示波的示波儀上，X—Y的橫直標混合顯示，就會出現這樣的情形，那是表示有聲音在發出來，可是我卻聽不到有聲音。

這種線條的變幻、停止，持續了好幾次，我不明白作用何在，只是心中在猜測：是不是操縱這艘太空船的外星人，正在選擇一種可以適合與我交談的語言？如果是這樣的話，那我實在不必傻等下去。我吸了一口氣，用英語道：「我現在講的這種語言，你們一定可以運用的。」

在我講了這句話之後，不到一分鐘，就聽到了聲音，聲音從房間的四個角落處一起傳出來，是一個聽來生硬而又標準的英語：「是，可以運用。」

在聲音傳出來的時候，螢光幕上那一團線條的變化，和聲音的高低相配合。

我鬆了一口氣，可以用語言交談，那麼，情形自然好得多了，我道：「你們想幹甚麼？」

從房角傳出來的聲音道：「衛先生，以下，是我們發問，你回答，如果你合作，我們會送你回去，要不然，你可以看到，現在你離開家鄉多麼遠，不論你本領多大，也回不去。」

向窗外看了一下，地球和月亮看來正在迅速變小，我不禁打了一個寒顫，但是如果要我就此向他們屈服，我也不會，悶哼了一聲：「不錯，我離開家鄉很遠，但是我相信，你們離開家鄉更遠。」

那聲音道：「那又怎樣？」

我笑了起來：「或許，我進行一些甚麼破壞，可以令我們大家都回不了家鄉。」

那聲音聽來冰冷：「衛先生，說點有意義的話。」

我也知道我這樣說，不會有甚麼作用，在一艘異星人操縱的太空船上，我能有甚麼作爲？可是在任何情形下，我都不服氣，這是我的脾氣，所以還是道：「或許，爲了使我的話變得有意義，我應該做點有意義的事？」

一面說著，一面我已一躍而前，來到了一組儀表之前，一副不懷好意的神情。

那聲音道：「如果你破壞了那些儀器，就是破壞了你生存的條件，那種你生存必需的氣體，由這組儀器操縱供應。」

我本來確然有破壞之心，但是一聽得這樣說，倒也不敢妄動，只好憤然道：「我生存，不是單靠那種氣體的，我還需要兩個氫原子和一個氧原子結合的那種液體。」

我的話才一出口，一塊活板「唰」地移開，在活板之後，是一大瓶蒸餾水。

何以我一看到那隻大瓶，就肯定那是蒸餾水呢？因爲在地球上，這種大瓶，是專門用來裝蒸餾水的，大瓶倒放在一個裝置之上，那種裝置，使得要用水的人，按下一個按鈕，水就會從這個大瓶之中流出來。

看我的形容，好像很複雜，其實這種裝置，極其普通，幾乎在大小城市中，隨處可見。

我立時走過去，按了那個按鈕，還下意識地去看一下，是不是有可以供我用來盛水的紙杯。

在那個裝置上，的確有著一個槽，用來放紙杯用的。不過這時，槽中並沒有紙杯，所以我就只好俯下身，仰起頭來，用口對準了流出來的水，大口吞著。

我不厭其煩地說喝水的經過，因爲由於我用那種古怪的姿勢在喝水，所以我才看到了如果我直立時，絕看不到的一個方位。在那個灰色金屬的裝置上，我看到有一條長方形，金屬的顏色，比整個裝置來得新，顏色要深許多。

一看到這樣的情形，我心中不禁呆了一呆，一面仍然大口地喝著水，一面在想：何以這裏會有一個小長方形的顏色特別新？一定是曾經被甚麼東西長期遮蓋過。從形狀大小來看，那是甚麼呢？對了，一定是製造這個裝置的工廠的一個商標，本來是在上面的，最近才被拆了下來，所以留下了比較新的痕跡。

想到這裏，問題應該已經解決了？可是卻相反，我更覺得思緒雜亂得可以，覺得其中有一個十分矛盾之處，可是一時之間，卻又抓不住中心。

第三部：抗衰老素合成公式

我想找出是甚麼使我感到不合理，可是越著急，越想不出來，我已經喝了十七八口水了，其勢不能一直維持這樣的姿勢，喝個不停。

所以，我直起身子來，用手背抹著自口邊流出來的水。

那聲音在這時又響了起來：「如果你肯合作，那麼，一切都不成問題，不然，你將會被彈出去，在距離地球八百萬公里的太空之中飄浮，永遠是一具太空浮屍，希望你的同類有朝一日會發現你的屍體。」

那冰冷的語調，講出這樣的話，令人不寒而慄，我無話可答，只是悶哼，心中奇怪：他們要問我甚麼？我有甚麼消息可以提供給外星人？難道又有外星人的屍體留在地球上，要我去弄出來？

我心中十分亂，那聲音卻已提出了問題：「地球人抗衰老素的合成公式，告訴我們！」

我無法想像第一個問題，竟會這樣，這算是甚麼問題？這問題根本不能成立！

這問題要能成立，首先，要地球上真有了「抗衰老素」。

地球上所有的生物，都會衰老，衰老的原因十分複雜，科學家在拚命研究，只知道如果缺乏某種內分泌，或某些內分泌的機能不正常的話，人就特別快衰老，十歲的小孩，可以老得和八九十歲一樣。所有人，都無可避免地要衰老，只是快點、慢點而已。而所謂「抗衰老素」，那是一個新名詞，實際上，同類的東西，一直是人類夢想中的寶物，從秦始皇要去找長生不老藥開始，一直到近代的醫學，用羊胎素或經常換血來使衰老減慢。

然而，不論怎樣，衰老總是在每一個人的身上進行，到如今爲止，還沒有「抗衰老素」這東西。既然沒有「抗衰老素」，那麼這個問題，自然不能成立。

退一百步來說，已經有人發明了「抗衰老素」，那和我又有甚麼關係？這一輩子接觸過的怪東西多，可是，「抗衰老素」，真是只聽到過，絕對沒有接觸過，怎麼向我問起它的合成公式來了？

在乍一聽到這個問題之後的幾秒鐘，由於問題太怪異，所以除了不斷地眨眼，完全沒有別的反應。

但接著，我陡然「哈哈」大笑起來。

那聲音有點惱怒：「你笑甚麼？如果你不記得這公式，公式在甚麼地方？」

我不理會那聲音又說甚麼，只是笑著，笑了好久，才道：「你們弄錯了，捉錯了人！我根本不知道甚麼抗衰老素，我倒要看看，地球以外的高級生物，如何糾正他們所犯的錯誤。」

那聲音更是惱怒：「胡說，我們查得再清楚也沒有，你是衛斯理，一個有著許多不平凡經歷的人，掌握著抗衰老素合成公式。」

我真是啼笑皆非，一面揮著手，一面分辯：「你們真是弄錯了，我從來也未曾接觸過抗衰老素，那是誰告訴你們的？」

那聲音「哼」地一聲：「一個已經七十歲，經過你的處理，變成完全和四十歲一樣，甚至更年輕的人。」

我也惱怒起來，厲聲道：「我根本不認識這樣的一個人，世上也不會有這樣的人。」

那聲音冷笑幾聲：「你自己看，你不認識這個人？」

又是「唰」地一聲響，另一塊活板移開，又是一幅螢光幕，亮光一閃，現出了一個人的半身照片。我看了一下，覺得這個人，十分面熟，這人看起來約莫四十歲左右，真是很眼熟，但是一時之間，我卻又想不起那是甚麼人。

正當我心中充滿疑惑之際，螢光幕上的影像開始活動，他伸手在頭上摸了摸。我陡地想起這是甚麼人，失聲叫道：「賈玉珍！」

那聲音道：「你還說甚麼也不知道，你認識這個人。」

我又是好氣，又是好笑，心中想：異星人看來比地球人更不講道理。我道：「我當然認識這個人，他是一個古董商，和抗衰老素——」我本來想說：「這個人和抗衰老素一點關係也沒有。」可是講到一半，就陡然住了口。因爲螢光幕上的賈玉珍，看起來是一個中年人，他的頭髮看來長了一些，動作也很靈活。

我想到賈玉珍的年齡，又想起那聲音剛才所說：「一個已經七十歲的人，經過你的處理，狀況和四十歲一樣，或者更年輕。」難道這個人就指賈玉珍？可是，我實實在在，沒有掌握甚麼抗衰老素的秘密，也沒有「處理」過任何人。

那聲音發出了兩下冷笑：「他已經七十歲了！你在他身上做了些甚麼？不肯承認抗衰老素這個名詞，也不要緊，我們要知道的是，你通過甚麼方法，可以使人回復年輕。」

我攤著手，我相信外星人既然有那麼先進的設備，他們一定有一種裝置，可以通過這種裝置，看到我在房間中的情形。

而我本來就準備說實話，所以也不必特地用心去裝出一副誠實的樣子。我道：「你們聽著，這個人爲甚麼會看起來比實際年齡——」

那聲音有點粗暴地打斷了我的話：「不是看起來，我們替他做過詳細的檢查，他的整個生理狀況，和他的年齡不符。」

我大聲道：「好了，不管在他身上發生過甚麼變化，都不關我的事，我根本沒有在他身上做過甚麼，甚麼也沒有！」

那聲音變得兇惡嚴厲：「你這樣子不肯和我們合作，對你一點好處也沒有。」

我又是生氣，又是惱怒，用力在門上踢了一腳：「我說的是實話，你們要是不相信，就……就……」

我叫到這裏，想到他們剛才的警告，就不由自主，打了一個寒噤。

看來審問我的外星人，不肯放過任何打擊我的機會，立時冷冷地道：「就怎麼樣？把你扔在太空？我們可以慈悲一些，給你一筒你們呼吸必需的那種氣體，可以供你在太空飄浮，多生存幾小時，慢慢欣賞難得一見的太空景色。」

我不由自主喘著氣。真他媽的，這幾句恫嚇，還真的能令人自心底深處，升起一股寒意。一直在太空中飄浮，變成一具太空浮屍，那是極恐怖的一種死亡方法。

我手心冒著汗，一遍又一遍地說著：實在不知道如何使老年人變年輕，也沒有甚麼抗衰老素的合成公式。

可是儘管我分辯，那聲音卻一直在向我逼問。逼問的內容，十分豐富，由於我又急又怒，也聽不清那麼多，而且在逼問之中，也有很多醫學上的專門名詞，不是很容易聽得懂。

我只記得那聲音一直在問：「你發現了甚麼秘密，掌握到了甚麼要素？是不是可以使人體細胞的分裂繁殖，超過五十代的極限？還是使用了甚麼方法，可以使細胞的生命歷久不衰？是不是特別對神經細胞、腦細胞和心臟細胞起作用……」

我和那聲音，爭執了至少有一小時之久，我發現自己連聲音都變得啞了，到最後，我啞著聲音吼叫道：「你們根本不了解地球人。如果我真的掌握了抗衰老素的秘方，我已經是全世界最具權威的人了，怎麼會這麼輕易就讓你們弄了來？」

我剛才不知申辯了多少話，一點用都沒有，想不到這兩句話，倒起了作用，那聲音靜了下來。

我喘起氣來，頭痛欲裂，來到那一大瓶蒸餾水前，彎了腰，仰著頭，大口去喝水。我又看到了那裝置上，顏色特別新的那一小塊，我腦中陡然靈光一閃，一口水幾乎沒把我嗆死，令得我劇烈地咳嗽。

就在那一霎間，我知道甚麼地方不對頭了。剛才，我曾想到，那一小塊長方形的地方，顏色新，是由於原來釘著一塊小牌子，被拆了下來之故，現在我進一步想到，那個承受著大瓶蒸餾水的裝置，是金屬製成的。

金屬舊了，顏色會變，那是由於金屬氧化的結果。金屬的氧化過程，通常都相當慢，需要時日。這是一艘太空船，外星人稱氧氣爲「你們呼吸需要的那種氣體」，連說了兩次，可知他們不需要這種氣體。

在一艘由不需要氧氣的異星人控制的太空船中，金屬製品如何會有氧化的現象？

這豈不是矛盾到了極點？

那聲音一直在向我逼問「抗衰老素」的合成公式，那應該只是地球人關心的事，外星人要知道地球人如何抗衰老幹甚麼？他們和我們是完全不同的生物。

一想到這一點，我才真正恍然大悟，忍不住在我自己的頭上，重重拍了一下。

我只是在一間看來像是太空船船艙的房間之中，而絕不是真正在太空船上。

從窗子中看出去，我像是身在太空，可以看到地球和月亮，那一定是一種立體背景放映所造成的效果。至於那些儀器、螢光幕，在想通了之後，看起來，多麼像是電影中的佈景。

我根本不是身在太空，只是被人關進了一個模擬太空船的環境中。

一想通了這一點，心中雖然還有許多疑問，但是一下子消除了做「太空浮屍」的恐懼，心中的高興，真是難以形容，忍不住哈哈大笑。

那聲音在這時，又響了起來：「你想通了，是不是？」

我一面笑，一面道：「是啊，我想通了。把我彈出去，讓我在太空中飄浮。我很想看看太空中優美的景色，快點行動，我等著。」

我說著，雙手抱住了頭，作準備被彈出狀。

那聲音怒道：「你瘋了！」

我忍不住又大笑：「你們才瘋了。不過這辦法倒真不錯，用來逼問甚麼，還真有效得很，使得被問的人以爲身在太空，再也回不了地球，令他產生極度的恐懼，就甚麼都講出來了，哈哈，哈哈。」

那聲音更是驚怒：「你在說些甚麼？」

我大聲說道：「我說些甚麼，你們太明白了，讓我猜猜你是甚麼樣子？眼睛長在肚臍眼上，有八條顏色不同的尾巴？有六個頭，會噴火？」

由於識穿了對方的陰謀，雖然我還是被困在一間密室中，但是心情之輕鬆，無與倫比，所以我盡情地取笑著對方。

就在這時，我聽得在房間四角處的擴音器，傳出了幾句爭吵的聲音，急促而混亂，也聽不清在爭些甚麼，但是我卻聽到有一個人首先在說：「他已經知道了——」接著，就沒有了聲音，而那一句話，卻是用德文說出來的。

我略呆了一呆，雙手作枕，在那張床上，躺了下來。雖然我不乏和外星人打交道的經驗，但作爲異星人的俘虜，被帶離地球八百萬公里，無論如何不是愉快的事。如今我知道擄劫我的人，還是地球人，那自然容易對付。

我在想：爲甚麼他們爭吵的時候用德語呢？我的對頭，他們是德國人？他們向我追問甚麼「抗衰老素」的秘密，真是無稽到了極點。

我知道，他們爭吵的結果，一定是不再僞裝外星人，會派人來和我見面。想到我能在一個小小的破綻上，揭穿了他們的鬼把戲，不禁怡然自得。果然，不到十分鐘，門打開，我仍然躺著，轉過頭向門看去，只覺得眼前陡然一亮，不由自主，發出了「啊」地一聲。

一個極其美麗的白種女郎，站在門口，向我微笑。那女郎身形苗條，曲線玲瓏，穿著看來很隨便，但是一望而知是經過精心搭配的便服，一頭淡金色的長髮，隨隨便便垂著，襯著她雪白的肌膚，一臉青春襲人。

我呆了一呆：「請進來。」

那女郎微笑著進來。她一進來，我更加呆住了。

在那個女郎的身後，還有一個女郎，兩個女郎簡直完全一模一樣。我看了她們足有一分鐘之久，發現她們那雙碧綠的眼睛，幾乎也同時眨動。

兩個女郎都那麼美麗動人，活脫是一個人，真叫人看得目瞪口呆。

那第二個女郎站在門口，也微笑著：「不請我也進來嗎？」

我吸了一口氣：「當然，也請進來。」

本來，我以為門一打開，會有兩條大漢，握著手提機槍來對準我，做夢也想不到，會有這樣美麗的女郎出現，而且，從她們貼身的服裝看來，她們的身上，顯然不會有甚麼攻擊性的武器。

等她們兩人進來之後，小房間中，就充滿了一股異樣的芳香，令人心曠神怡，她們也不坐下（小房間中根本沒有地方可坐），只是用一種十分優雅的姿勢，並肩站著。

這樣相似的雙生女，相當罕見，我打趣地道：「你們來自哪一個星球？」

左邊的那個笑了一下：「說是愛雲星座，距離地球二百萬光年，你相信嗎？」

我笑了起來，右邊的那個道：「你怎麼知道自己不在太空船中？」

我道：「那是我的一個小秘密。」

左邊的那個又道：「本來，下一步也是輪到我們出場，表演異星人有在半秒鐘之內複製十個人的能力。」

我由衷地道：「真可惜！如果第一步就由你們出場，我可能已經相信了。」

我心中在想：這裏究竟是甚麼地方？我的敵人是甚麼人？

他們可以佈置一間房間，使處身其間的人，以爲自己是在一艘太空船中，又可以找到這樣一對出色的美女來替他們服務。

我又道：「相信你們成功過很多次，你們最近的成功例子是——」

左首那個脫口道：「普列維教授。」

我裝成全然不在意的態度問那個問題，目的就是想知道眼前這兩個動人女郎的身分。我也想不到會那麼順利，立時聽到了「普列維教授」這個名字。

一聽到了這個名字，我直跳了起來。那兩個女郎立時現出十分驚惶的神情，顯然她們立即覺察到，她們洩露了她們身分的秘密。

我在一剎那之間，使自己的神情，變得若無其事，「哼」地一聲：「聽也沒聽說過這個人。」

接著，我又坐了下來，大聲道：「快點放我出去吧，我對你們剛才的問題，真是甚麼也不知道。」

經過我的一番做作和掩飾，那兩個女郎驚惶的神色消失，各自向我投以一個感激的眼色。

事實上，我這時的心仍然跳得十分劇烈。

普列維教授這個名字，給我巨大的震撼。他是一個名人，代表美國在東德的萊比錫，參加一項量子物理的世界性會議，會議中途，突然失蹤，接著，就在東柏林出現，宣稱向東德投誠，再接著，就到了莫斯科。

由於他長期參加美國國防機密研究工作，所以他的變節，曾一度引起東西方國際局勢的緊張，美國和東德、蘇聯之間的交涉，劍拔弩張，後來終於由普列維教授作了一項電視錄影聲明，他的投向蘇聯，是完全自願的，事情才不了了之。

這是去年一件轟動科學界的大新聞，一直沒有人知道，一向淡泊自甘，埋頭研究科學，已經五十五歲的普列維教授，為甚麼會突然變節？美國中央情報局和聯邦調查局，用盡了方法，也查不出原因來，原來那竟是這兩個女郎的傑作！

唉，普列維教授終於無法逃得脫人類最原始的誘惑，這倒不能怪他。

我定了定神，那兩個女郎也鎮定下來，向我一笑，帶起一陣香氣，翩然走了出去，門又鎖上。

她們離去，我一個人更可以靜下來思索一下。

從普列維教授變節一事來看，這兩個女郎，無疑隸屬於東德特務機構。

我和東德特務機構，半絲關係也扯不上。

何以他們認為我掌握了「抗衰老素」的秘密？我想了片刻，知道事情一定和賈玉珍有關。

這其間，有一條線可以串起來。東德的一個農民魯爾，寫了一封信給我——魯爾有賈玉珍要的東西——賈玉珍到東德來活動——我被東德的特務綁架。

由此可知，一切事情，全是賈玉珍這個王八蛋鬧出來的。可是使我不明白的是，賈玉珍只和古董有關，怎麼會扯到抗衰老素上去了？

我想了好久，沒有結論，正在納悶間，門又被打開，那兩個女郎再度出現，齊聲道：「衛先生，你一定很餓了，請去進餐。」

給她們一提，我才發覺自己不但餓，而且餓得十分厲害，我忙站了起來，跟著她們一起走了出去，房間外面，是一條很長的走廊，走廊中沒有其他人，一直來到盡頭，才看到兩個彪形大漢，站在門前，看到我們走來，兩個大漢推開了門，門內是一個裝飾得華麗絕倫的餐廳，一隊樂隊，正在演奏著泰里曼的餐桌音樂，一張餐桌旁，坐著兩個人，見了我，一起站了起來。

那兩個女郎沒有走進來，站起來的兩個人，一個是中年人，個子矮小而結實，另一個已有六十上下，一望而知是軍人出身，身形高大挺直。

那矮個子滿面笑容：「衛先生，幸會之至。請。請。」

我大踏步走了進去，看到幾個侍者走動的姿態，知道那全是技擊高手，看來這兩個人，一定是東德特務頭子。

我走近餐桌，坐了下來，侍者斟了上佳的紅酒，入口香醇無比，我悶哼了一聲：「當年戈林元帥，最喜歡講究排場，只怕也未曾有過這樣的享受。」

戈林是希特勒時期的空軍元帥，以講究享受生活而著名。我這樣說，一來是諷刺他們，二來，表示我已經知道了他們的身分。

那兩個人的臉色一起變了一下，但立時回復原狀，在我坐下之後，他們才坐了下來，矮個子指著年長的那個道：「托甸先生——」

我一翻眼道：「請介紹他的銜頭。」

那兩人互望一眼，年長的那個欠了欠身，自己道：「托甸將軍。」又指著那中年人：「胡士中校。」

我一面喝著酒，一面道：「對，這樣才比較坦率，比喬裝外星人好多了。」

將軍和中校的涵養功夫相當好，不動聲色，侍者把一道一道的菜送上來，我據案大嚼，全然不理會禮儀，吃了個不亦樂乎。

一餐飯吃得我心滿意足，撫著腹際站起來，不等邀請，走向一組沙發，舒服地坐下，托甸和胡士跟了過來。

各自點著了一支雪茄，托甸才道：「衛先生，我們衷心希望能和你合作。」

我嘆了一聲：「你們一定曾調查過我，知道我不是一個好對付的人，但是我可以告訴你們，由於剛才那一餐，我十分滿意，抽完雪茄，我就走，從此，不再發生關係，而且，真正的，你們所要知道的事，我一點也不知情。」

胡士中校乾笑了幾聲：「衛先生，就算你離開了這幢建築物，你要回去，也不容易。」

我十分鎮定，「哦」地一聲：「不見得有八百萬公里之遙吧。」

胡士中校笑著：「當然沒有，而且，是的，剛才我說錯了，我們應該相信衛先生有能力自行離開東柏林的。」

我陡地一震，手中雪茄的煙灰也震跌了下來：「東柏林？你說我們在東柏林？」

胡士像是無可奈何似地攤了攤手。我吸了一口煙，徐徐噴出來。

東柏林，我被擄到東德來了，麻醉劑一定十分強烈，昏迷了至少超過二十小時。

當我在這樣想的時候，胡士竟然猜中了我的心思（在以後的日子中，證明胡士是一個十分精明的人，極罕見的精明），他道：「你昏迷了三十小時，我們用的麻醉劑，特殊配方，不危害健康。」

我冷笑道：「還可以當補劑注射。」

胡士中校乾笑了一下：「衛先生，讓我們從頭開始？」

他說到這裏，指了指托甸：「托甸將軍是蘇聯國家安全局的領導人。」

我略爲挪動了一下身子：「承蒙貴國看得起。」

托甸的雙眼十分有神，像是鷹隼，一直緊盯著我，像是想在我的身上，盯出甚麼秘密來。但我根本沒有甚麼秘密，所以他那種兇狠的眼光，在我看來，反倒近乎滑稽。

胡士沉默了片刻：「我們在東西柏林之間，築了一道圍牆。」

我喃喃地道：「這道圍牆，是人類之恥。」

胡士根本不理會我在說甚麼，只是繼續道：「每天都有不少人想越過這道圍牆，成功的人不多，有的被守衛當場打死，有的被捕。有一天，捕回來的人中，有一個人叫魯爾，原籍是伏伯克——那是一個小地方，他是農夫。」

我聽到這裏，心中的驚訝，真是難以形容！

魯爾，這個德國農夫，天，就是寫信給我的那個魯爾，我回信戲弄他，叫他攀過柏林圍牆，我才告訴他，他有的中國古物是甚麼。

可是魯爾卻真的企圖攀過柏林圍牆！

是不是我那封開玩笑的信，令得他這樣做？如果是，那麼，追根究底，我如今的處境，不是有人害我，而是我自己害了自己！天下事情的因果循環，竟一至於此，真是玄妙極了。

托甸冷冷地問：「衛先生，你對這個魯爾，沒有特別印象？」

我冷笑著：「每天既然有那麼多人被捕，為甚麼特地要提出他來？」

胡士道：「因爲這個人特別。」

我仍然一點反應也沒有，胡士繼續著：「開始時，我們也沒有發現他特別，將他和旁的人一樣，關進了監獄。隔了不多久，忽然有一個倫敦的古董商人，申請在東柏林展出中國古董，這個人叫賈玉珍，衛先生，你不會從來也未曾聽說過了吧？」

我坦然道：「我認識賈玉珍。」

胡士「嗯」地一聲：「我們批准了他的申請，他也特地弄了很多中國古董來，開了一個展覽會。對於外來的人，我們照例會加以特別注意——」

我沉聲道：「加以監視。」

胡士笑了一下：「我們立即發現，賈玉珍和一個臭名昭彰，也在我們監視之下的西方特務頻頻接觸。你看，有時，監視很有用。」

我不置可否，心中暗想：該死的賈玉珍，在東柏林進行這種活動，那真是活得不耐煩了。

胡士得意洋洋：「很快，我們就知道了賈玉珍想通過那個特務，和關在監獄中的魯爾見面！」

我面上裝著若無其事，心中苦笑。

賈玉珍一定是依址趕到魯爾的家鄉，知道魯爾到了東柏林，而且被捕，所以他才假藉中國古董展覽會的名義，在東柏林，想見到魯爾。

來來去去，還是我給魯爾的那封信惹的禍。要是我根本不回信，賈玉珍一到東德，就可以見到魯爾了。

我不作任何反應，只是自顧自噴著煙。

胡士作了一個手勢：「這引起了我們極大的興趣，衛先生，你想想，一個來自倫敦的中國古董商人，何以會對一個德國農民感到興趣？」

我抱著以不變應萬變的態度，聽他講下去，心中仍然不明白事情怎麼會扯到了我的身上。

胡士中校又道：「於是，我們就對這兩個人作廣泛和全面的調查。我們的調查工作，由專家負責，他們的工作成績，舉世公認。」

我加了一句：「只怕連火星人都公認。」

胡士照例當作聽不見：「調查的結果是，魯爾的一切都沒有問題，他在大戰之後出生，今年二十八歲，一直安分守己，甚至沒有離開過家鄉，可是，賈玉珍對他有興趣，一定是有原因的。」

我聽到這裏，實在忍不住了：「那你們讓賈玉珍和魯爾見一次面，不就解決了麼？」

胡士「哼」地一聲：「敵人要那樣做，我們就絕不能讓他那樣做。一個背景看來清澈得如同水晶一樣的人，並不等於他沒有問題，他可能自小就接受了敵人的訓練，一直隱藏著，等待機會，背叛國家。」

我嘆了一聲，一個人自己慣用一種伎倆去對付別人，他也就以爲人家也會用相同的辦法。胡士中校說的那種情形，正是蘇聯特務慣用的手法之一。

胡士中校續道：「我們調查魯爾的上代，一直上溯調查到魯爾的祖父，魯爾的祖父曾是一個低級軍官，到過中國，去幫助德國的僑民，免受中國人的殺害。」

我不禁有點冒火，大聲道：「那是八國聯軍侵華，是人類歷史上最無恥的侵略行爲之一。」

胡士自顧自道：「我們的調查，得不到任何結果，但是在調查賈玉珍方面，卻有了奇特的發現。我們的調查專家證明賈玉珍在中國北方出生，今年已經六十九歲。」

我又說了一句：「在東德，六十九歲是有罪的事？」

胡士揚了揚眉：「可是，他的外表，看來像是六十九歲嗎？」

我忍不住站了起來：「真對不起，我覺得你的話越來越無聊了，一個人的外表，看來比他的實際年齡輕，那有甚麼值得大驚小怪的？」

胡士吸了一口氣：「只是那一點，當然不值得大驚小怪，但是我們調查所得的資料，這位賈先生，在一年之前，還是一個無可補救的禿頭。」

他說著，在一隻紙袋之中，取出許多賈玉珍在各種場合之下拍的照片來。照片上的賈玉珍頭頂禿得發光，一根頭髮也沒有。

胡士又取出另一些照片，指給我看：「這是他的近照，你看看他的頭髮。」

我也覺得這件事十分奇怪，但當然我不肯放過譏嘲的機會：「真是天下奇聞，禿頭又長出頭髮來，也會是特務關注的科目。」

胡士冷笑著：「衛先生，你別再假裝不知道甚麼了，誰都知道，禿頭再長出頭髮來，是生理學上的一項奇蹟，不是普通的現象。」

我反唇相譏：「真不幸，要是他早知道貴國對頭髮這樣敏感，他應該剃光了頭髮才來。」

胡士閃過一絲怒容，但立時恢復了原狀：「我們起初懷疑，這個賈玉珍是假冒的，但是經過指紋核對，卻又證明就是這個賈玉珍。我們的跟蹤人員又發現，他實實在在不像是一個七十歲的老人，這引起了我們的一個設想。這個人，有著抵抗衰老的特殊方法。」

我劈劈啪啪，鼓掌達半分鐘之久：「這樣的想像力，可以得諾貝爾獎。」

胡士悶哼一聲：「於是，在他再一次和那西方特務接頭之際，我們逮捕了他。請注意，我們的逮捕行動，完全合法。」

我點頭，一副同意的模樣：「就像把我弄到東柏林來一樣，合法之至。」

一直不出聲的托甸，發出了一下怒吼聲，他被我激怒了，厲聲道：「你是不是想試試我們傳統的談話方法？」

我斜睨著他：「好啊，你們傳統的談話方式，就是要對方沒有說話的機會，那我就甚麼都不說好了。」

胡士有點發怒，來到托甸的身邊，嘰咕了半天，托甸才悻然走了出去。我道：「中校，請繼續說下去。」

胡士道：「拘捕了賈玉珍之後，我們的醫學專家對他進行了各種各樣的試驗，證明這個人的實際年齡，應該是三十五歲到四十歲之間。」

我「哈哈」大笑道：「這真是偉大之極的發現。」

胡士冷然道：「請你聽這一卷錄音帶。」

他取出一具錄音機來，按下了一個掣鈕，冷笑著，望定了我。

錄音帶開始轉動，我就聽到了胡士和賈玉珍的聲音。

胡士：賈玉珍，你觸犯了德意志人民共和國的法律，你以從事間諜活動的罪名被控，有可能被判三十年以上的徒刑。

賈玉珍：我……沒有，我只不過……我沒有……

胡士：如果你一切說實話，我可以保證你平安離開。

賈玉珍：好，好，我說。

胡士：你今年六十九了？

賈玉珍：是，我肖虎，今年六十九歲了。

（胡士顯然不懂甚麼叫作「我肖虎」，就這句話問了好多問題，真是蠢得可以，我把那一段對話略去了。）

胡士：你自己說，你像是一個將近七十歲的老人麼？

賈玉珍：不像，我越來越年輕，我在三十年前，開始脫頭髮，但是從去年開始，我又長出頭髮來，我的體力，也比三十年前更佳。

胡士：那是由於甚麼原因呢？賈先生？

賈玉珍：是一個人令得我這樣的。

胡士：那個人是——

賈玉珍：這個人的名字是衛斯理，他是一個神通廣大的人——

我一聽到這裏，實在忍不住，用力一掌拍在几上，叫道：「這傢伙在放甚麼屁？」

胡士冷笑道：「你聽下去比較好。」

我按停了暫停掣：「你必須相信我，這個人在胡說八道，我對於他那該死的光頭，爲甚麼又會長出頭髮來，一無所知。」

胡士仍然冷冷地道：「你聽下去比較好。」

我又重重在那張几上踢了一腳，憤然坐下，心中憤怒之極，賈玉珍在搞甚麼鬼？他爲甚麼要把我扯進去？令得我被東德特務擄了來？這傢伙，別讓我再見到他，我一定要把他的頭髮硬拔下來，拔個精光，讓他再變成禿頭。

錄音帶再傳出胡士和賈玉珍的對話。

胡士：這位衛斯理先生，他用甚麼方法，來使你回復青春呢？

賈玉珍：我不知道，他說那是他的秘密，他經過了多年的研究才成功，我是他的好朋友，他和我商量，把他的發明在我身上作研究。

胡士：那是一項極偉大的發明，他究竟在你身上做了些甚麼？

賈玉珍：這……這……

胡士：是不是替你注射了甚麼，還是給你服食了甚麼？
賈玉珍：是……注射……注射。（聽到這裏，我怒極反笑，哈哈大笑了起來。）
胡士：這個衛斯理，是一個科學家？醫生？
賈玉珍：不……不是，他是甚麼樣的人，我也很難形容，他本領很大，有過和異星人接觸的紀錄，你們只要調查一下，就可以知道。
胡士：他每天向你注射，那麼他自己呢？
賈玉珍：他自己？他自己？……和我差不多年紀了，看起來比我現在還年輕，他有特殊的力量，要是你們把他找來，就可以知道他的秘密。

胡士在我的笑聲中，按下了停止掣，我又笑了好久，才道：「真糟，我的秘密被人發現了，你信不信，我今年已經一百二十歲了。」

胡士冷冷地道：「如果掌握了抗衰老的秘密，也不是不可相信。衛先生，我們對你，也作了調查，知道你是一個不容易對付的人，所以，我們一共派了八個人，全是我們機構中最好的人才來找你。」

真的閉門家中坐，禍從天上來。賈玉珍不知在打甚麼主意，要這樣害我！

我嘆了一聲：「中校，我現在再分辯，你也不會相信，讓我去見賈玉珍，問問他為甚麼要陷害我。」

這兩句話，我真是說得十分誠懇，胡士道：「那沒有問題。你要知道，我們既然已動了手，已經一直報告上去，連蘇聯也派了托句將軍來，如果我們得不到你掌握的秘密，決計不會在中途罷手。」

我又嘆了一聲，實在懶得再說甚麼，只是道：「你甚至連賈玉珍為甚麼要見魯爾也沒有問？」

胡士瞅著我：「他說，是你派他來見魯爾的，他不知道為甚麼。你是為甚麼？」

我已經氣得發昏，眼前金星亂迸，哪裏還回答得出是為了甚麼來？我只是道：「讓我見賈玉珍，越快越好。」

胡士想了一想，站了起來，說道：「請跟我來。」

他帶著我，到了一間十分舒服的房間之中，留下我一個人離去。

在他走了之後，我觀察了一下，房間根本沒有窗子，空氣調節的通風口也非常小，門鎖著，至少有四個電視攝影管。

我並不想就此逃走，因為賈玉珍還沒有來，我得好好教訓他一頓。

約莫過了十五分鐘左右，門上傳來「卡」的一聲響，我立時轉身，緊盯著門，門打開，賈玉珍走了進來。賈玉珍不是自己走進來，是被人推進來的。有兩個持槍的男人，在他的身後。

賈玉珍才一進門，門立即又關上。

第四部：回復青春的奇蹟

我握緊了拳頭，準備賈玉珍一進來，不管三七二十一，先請他嚐我一下老拳再說，可是拳頭才一揚起來，我就陡地呆住了。

站在我前面的人，是賈玉珍嗎？

我和他分手，不過一個來月，可是他看起來又年輕了不少，不論怎麼看，都不像是一個七十歲的老人。

就在我拳頭將揚未揚，一個猶豫間，賈玉珍高興莫名，向我走來：「你來了，你真的來了！你來了，事情就好辦了。」

我沒有繼續揮拳，但是用極生氣而厭惡的語氣道：「你這是甚麼意思？向他們說我可以令你變得年輕？」

賈玉珍現出十分忸怩的神情，向我連連作揖，他看來年輕，行這種舊式的禮，有點古怪。

他一面打躬作揖，一面說道：「真是抱歉，如果不是我胡說八道的話，不能使你來這裏，而你不來，我就死定了，只有靠你來帶我出去。」

一聽得他這樣說，我又好氣，又好笑，再也想不到，賈玉珍會那麼看得起我，他落在東德特務手裏，以爲我一來，就可以帶他逃走，所以他才向胡士說謊！

我瞪著他，一時之間，半句話也講不出來。賈玉珍卻滿懷希望地湊過來：「怎麼樣？你是不是立刻可以把我弄出去？」

我一伸手，推開了他，用的力量大了些，推得他一個踉蹌，跌倒在一張沙發上。我想罵他，可是對著這樣的笨人，罵又有甚麼用？然而不罵，一口氣又難出，這種感受，真不是滋味。

我伸手指著他，過了半天，才道：「你……我沒有見過比你更笨的人。」

賈玉珍給我罵得眨著眼睛，伸手摸頭。

我知道，就算是我自己，要離開東德特務的控制，也不容易，何況帶著他一起走，眼前的情形，只有叫他說老實話，才是辦法。

我又道：「你可知道你已惹了禍？」

賈玉珍哭喪著臉：「全是那個魯爾不好，他要是遲兩天到東柏林來爬圍牆，就甚麼事也沒有了。」

我道：「你爲了要得到那兩件玉器，竟不惜以身犯險，值得麼？」

賈玉珍的嘴唇掀動了兩下，沒有發出甚麼聲音來。

我道：「現在，東德的特務，硬說你有防止衰老、恢復青春的妙方，如果你真有這種方法的話，我勸你還是告訴他們。」

我在這樣說的時候，當然還是諷刺性質居多的，因爲我根本就不相信賈玉珍會有甚麼「防止衰老、恢復青春」的辦法。

誰知我這樣一說，賈玉珍卻雙手亂搖，神情萬分緊張：「那萬萬不能，萬萬不能。」

一時之間，我不知說甚麼才好。賈玉珍緊抿著嘴，神情堅決：「我絕不會對任何人說。」他頓了一頓，又很認真地道：「如果你能帶我出去，又幫我找到魯爾，使我得到那兩件玉器，我……答應告訴你。」

我又呆了一呆，才冷笑道：「好像你真的有青春不老的方法。」

賈玉珍望定了我，忽然嘆了一聲：「哎，你怎麼比東德特務還要笨？」

他這句話，我不知道是甚麼意思，但是他接著向他自己指了一指，我陡然一震，明白他這樣說是甚麼意思了。

他是說，他身上的變化，連東德特務都看出來了，我怎麼還不相信？

在那一霎間，我真是迷糊了。

青春不老，這是不可能的事！可是眼前的賈玉珍，一個七十歲的老人，在一年多的時間之內，變得年輕了三十年，或者更多，卻又是活生生的事實。

這究竟是怎麼一回事？

從最簡單的思考方法來說，唯一的答案應該是他掌握了防止衰老、恢復青春的辦法！

我滿腹疑惑，盯著賈玉珍，講不出話來。雖然我明知胡士中校一定在監聽，但由於我心中的疑惑實在太甚，我忍不住問：「你的意思是，你……有了青春不老的方法？」

賈玉珍一面摸著頭：「你再仔細看看我，仔細看看，還有甚麼可以懷疑的？」

他說著，站起來，來到我的面前，用力拉著他自己臉上的肌肉：「你看看，你仔細看看，我像是七十歲的人嗎？」

我不得不承認，他不像是七十歲的人。七十歲的人，保養得再好，即使從五十歲開始，每天在臉上塗抹維他命E，或者每年去進行一次臉部的拉皮外科手術，臉上的皮膚都不免鬆弛，毛孔也不免變粗，絕不可能像他現在這樣子。然而，賈玉珍不是科學家，他只不過是一個古董商人，忽然之間掌握了舉世科學家都研究不出的一種方法，可以使老人變得年輕，這實在無法令人相信。

賈玉珍又拉著自己的頭髮：「你再看，看我的頭髮，我認識你的時候，我是禿子，你看，不到一年，我長出了頭髮，全是黑髮，一根白髮也沒有。」

我實在想不通，只好嘆了一聲：「方法是甚麼，你告訴我。」

賈玉珍搖頭：「現在我不說，等你幫了我，我自然會報答。」

我怒道：「這裏是東柏林，我們落在東德和蘇聯特務手裏，你以為那麼容易離去？」

賈玉珍道：「我當然不行，你有辦法，所以才要你來！」

我又握緊了拳，揚了起來，但是一轉念間，我又只好長嘆一聲，放下手：「真可惜，如果蘇聯國家安全局局長是我表弟，就有辦法了。」

賈玉珍卻還在一個勁兒地道：「你有辦法的，你一定有辦法的。告訴你，事情極玄妙。你幫了我，我把事情講給你聽，你一定不會後悔，事情奇妙到了極點。」

賈玉珍越說越是興奮，可是他說來說去，只是「奇妙」，至於奇妙在甚麼地方，他始終是老奸巨猾，一點也不透露。

我深深吸了一口氣，坐了下來，皺著眉，思索著，想了好幾個脫身的辦法，但是都未必可行，突然之間，我心中一亮，想到了一個好辦法。

這辦法十分好，雖然我不是很願意這樣做，但是看起來只好用這個辦法。

我又吸了一口氣，大聲道：「胡士中校，請你把賈先生帶走，我有話和你說。」

賈玉珍一聽，立時現出驚惶的神色來，我立時向他使了一個眼色，用十分低的聲音，並且用中國北方話道：「一切全聽我安排，好不好？」

賈玉珍猶豫了一下，點了點頭。

在我大聲說話之後不到一分鐘，門拉開，那兩個持槍的男人，又出現在門口：「賈先生，請你出來。」

賈玉珍走一步，向我望了一眼，老大不願意地走了出去。他才一出去，胡士就閃身走了進來。我作了一個手勢，請胡士坐下。

我沉默了片刻，胡士也不說話，過了一會，我才道：「剛才我和賈玉珍的對話，你全聽到了？」

胡士點了點頭，仍然不說話。

我說道：「你應該知道，對於抗衰老，我一無所知。」

胡士想了一想道：「好像是這樣。」

我怒道：「甚麼好像是這樣，賈玉珍天真到以為我一來，就可以救他出去。」

胡士現出了一個奸詐的笑容來：「不會讓他離開，他是人類歷史上，第一個克服了衰老的人，他對整個人類太有價值。」

我沉聲道：「可是就算你們把他分割成一片一片，只怕也找不出原因來。」

胡士悶哼了一聲，我道：「坦白說，我對於越活越年輕，也有極度的興趣。」

胡士陰陰一笑：「誰會沒有興趣？」

我望著他道：「你聽過他剛才怎麼說的了？如果你肯和我合作——」我講到這裏，頓了一頓。

胡士十分聰明，他立時明白了我的意思，身子向前俯了一下：「你是說，等他把秘密告訴了你，你再轉告我們？」

我點了點頭，等他的反應。

胡士一動不動，過了好一會，才道：「我們怎麼知道你可以信任？賈玉珍現在在我們手裏，這是我們的王牌。」

我冷冷地道：「那是一張假王牌，他要是不說，你們能對他怎樣？嚴刑拷打？一不小心弄死了他，就甚麼都完了。」

胡士面肉抽搐著，但立時又陰森森地道：「我們有許多方法令他吐出真話。」

我不禁打了一個冷顫，自然，他們有許多方法令得一個人講話，包括催眠、注射藥物等等，那些方法，可以令得最好的間諜也難以保守秘密，別說賈玉珍了。

我不禁有點暗自後悔自己的失策，胡士沒有理由相信我，事實上，就算賈玉珍真的把秘密告訴了我，我也根本不準備告訴胡士。

可是，在如今這樣的情形下，我不得不繼續和胡士爾虞我詐一番，我裝出一副十分可惜的樣子來：「中校，你應該選擇一個最妥善的方法，因爲現在，你只許成功，不許失敗，你想想，老布已經七十多歲了，他多麼希望能年輕三十年，要是令得他失望的話——」

我頓了一頓，伸手令自己的掌緣在頸上劃過，又伸了伸舌頭。

胡士的臉色變得十分難看。

我在恐嚇了他之後，又繼之以利誘：「中校，如果你成功了，我看，你有希望成爲德意志共和國的元帥，托甸將軍當然也可以進入蘇聯共產黨的政治局。」

威逼利誘，本來是十分卑鄙的行爲，但是對付東德特務，倒也只好這樣。

胡士吸了一口氣：「正因爲如此，所以我寧願相信自己的辦法，不願意和你合作。」

我心中暗罵了一聲「好厲害的傢伙」，再說下去，他反倒要疑心我的真正用意了，所以我淡然道：「你既然有自己的方法，而且，也肯定了我和整件事無關，請問，我可以離去了？」

胡士側著頭，沒有反應，我惱怒道：「怎麼，你們準備扣留我？」

胡士冷冷地道：「你已經知道了這件事，這是一個高度的秘密，不能洩漏出去。」

我隱隱感到一股寒意，也覺得事態嚴重，這種沒有人性的特務，甚麼事做不出來？剎那之間，我考慮到把他抓起來，逼他們放我，可是我想，托甸一定會犧牲胡士，那我應該怎麼辦呢？

我心中雖然焦急，但外表看來，仍然相當鎮定，我道：「如果我要長期留在這裏，我需要和家裏通一個電話。」

胡士搖頭道：「不必了，你就在這裏講幾句話好了，錄影帶會用最快的方法，送到你妻子的手中。」

我忍著心中的憤怒，沉聲道：「素，我很好，我被一件莫名其妙的事情所牽累，落在——」

胡士大聲喝阻：「不能告訴她你在哪裏。」

我冷笑了一下，繼續說下去：「你放心，我經過比這個更惡劣的環境，別爲我擔心。」

胡士站了起來：「你逃走成功的機會只有億分之一，不值得試。」

胡士的笑聲聽來有一種恐怖感，我注意到他的手伸向胸口，按了一下，多半是按動了甚麼控制器，通知外面開門。

門拉開，我坐在原地不動，向外看，門外有不少人。這間房間沒有窗子，門外又有那麼多守衛，看來逃走的機會，連億分之一都沒有。

胡士離開，門關上。我知道胡士會迫不及待地用他的方法，去逼賈玉珍講話，看來賈玉珍不免要吃點苦頭，那是他咎由自取，不值得同情。

我儘量使自己靜下來，把整件事情，好好地想一想。

我仍然覺得，賈玉珍掌握了克服人體衰老的方法不可思議。人體爲甚麼會衰老，眾說紛紜，一般醫學界的說法是，人體細胞的繁殖，有限制，大約繁殖到了五十代左右，就喪失了再繁殖的能力而死亡。人體細胞死亡，活動停止，生命自然也不能再維持下去了。而在人體細胞的繁殖過程之中，細胞在逐漸衰老，形成了人體的衰老。

醫學界也知道，人體本身可以分泌「抗衰老素」，如果這種分泌不正常，人體就會出現過早的衰老現象。但是絕未聽說過「抗衰老素」已被控制，可以使衰老的過程減慢。

我所想到的是：在理論上，青春常駐，可以實現。因爲既然「抗衰老素」向負的一方面不正常，人體就會過早衰老，那麼，反過來說，如果是向正的一方面不正常，那麼，衰老的現象就會被推遲了。

細胞的生長過程，十分奇妙，科學家近來又發現，正常的人體細胞，壽命有一定的限制，即使是在實驗室中刻意培養，在五十代之後，就會死亡，但是癌化了的細胞，卻可以無休無止地繁殖下去，不會死亡。然而，細胞如何會癌化，科學家至今爲止，還是莫名其妙。總之，如何使人類的壽命延長，牽涉到不知多少種科學的研究課題，賈玉珍怎麼有可能知道？

賈玉珍在一年之內，年輕了三十歲。他確確實實在變。我相信胡士所說的「詳細的檢查」，一定包括把賈玉珍的身體細胞作仔細的觀察在內。

這件事，在開始的時候，十分平凡，我被綁架來到東柏林，又近乎滑稽，但是仔細想起來，卻實在是我一生之中遇到的奇事之最：人可以不老，可以回復青春，若是人的壽命可以無限制延長，那麼，人類歷史以後的發展，就全然不同了。

秦始皇找不到的方法，科學家找不到的方法，賈玉珍是怎麼找到的呢？

我越想越是紊亂，乾脆努力使自己睡著。

這一覺，倒睡得十分暢美。

醒來之後，一躍而起，舒展了一下拳腳，又聽到開門的聲音，胡士愁眉苦臉走了進來。看到那種情形，我大是高興。我不知道他為甚麼苦惱，但是對頭苦惱，那我一定值得高興。

我向客廳走去，和他大聲打著招呼：「中校，你好。我肚子又有點餓了，請你叫他們送食物來。」

胡士向著一個監視器，作了一個手勢。然後，他坐了下來，裝出若無其事，可是我卻看得出他心中十分懊喪。我故意逗他：「中校，賈玉珍一定把他所知的秘密，全都告訴你了？」

胡士悶哼了一聲，不出聲。

我在他對面坐了下來：「試試用催眠術，你們有一流的催眠專家。」

胡士緊握著拳，重重在沙發的扶手上敲了一下，仍然不出聲。

這倒引起了我的好奇：「怎麼？試過了，不發生作用？」

胡士瞪了我一眼，又嘆了一聲：「三個一流的催眠大師，如今正陷入被催眠的狀態，不知道甚麼時候才會醒來。」

我陡地吃了一驚，半晌講不出話。

催眠術，是一種十分奇異的精神控制，施術者的精神力量，在絕大多數的情形之下，都強過被施術者。一般來說，施術者向被施術者進行了各種暗示影響之後，被施術者就會進入被催眠的狀態，在潛意識中，開始聽從施術者的指揮。

催眠術是一門十分複雜的學問，我曾經下過很多功夫去研究，雖然關於催眠術的學說很多，也沒有一種學說得到公認，但是我始終認爲，精神力量的強弱，是決定性的因素。

所以，在施術者和被催眠者之間，在絕少的情形下，會有相反的情形出現。如果被催眠者的精神力量，遠較施術者強，那麼，施術者所作的一切暗示影響，全會回到他自己的身上來。非但不能使對方被催眠，而且，他自己會進入被催眠狀態。

這種情形，對於施術者來說，是極危險的事。因爲一切暗示影響，全是他自己發出來的，沒有人知道，也就沒有人可以解除這些暗示的影響，那也就是說，他有可能一輩子在被催眠的狀態之下，直至死亡。

我也知道，胡士口中的「一流催眠大師」，那一定是真正的催眠大師，要做到催眠大師，不但要有過人的本領使自己的精神力量集中，而且還有許多心理學上的技巧，來進行他的暗示影響，別說賈玉珍這樣的一個古董商人，連我也未必可以抗拒他們的催眠。

（直到很久以後，胡士才告訴我，在我第一次醒來之前，已經有催眠大師向我施術，我在被催眠的情形下，一樣說甚麼也不知道，所以胡士相信我。）

我絕對相信賈玉珍根本不懂催眠術，如果說他只是憑自然而然的精神力量，就可以抗拒三個一流催眠大師的暗示影響，這實在不可思議。

這個古董商人，在他身上發生的不可思議的事，似乎越來越多。我迅速地轉著念，想不出究竟來，只好道：「看來，賈玉珍是一個催眠術的大行家。」

胡士憤然道：「甚麼大行家，他根本不懂，不過……他有一股天然的抗拒力量。」

這和我的想法一樣，我在沉默了片刻之後，又道：「你們不是有一種藥物，可以使接受注射的人講實話？怎麼不試一試？」

胡士沒有直接回答我這個問題，只是喃喃地道：「這個人……不是科學怪人，就是超人。」

我搖頭道：「都不是，只不過在他的身上，一定有一些極怪異的事在發生著。如果他是超人，他不用把我騙來幫他逃走。」

我不自覺地和胡士討論賈玉珍，忘記了他是我的對頭，看來藥物注射也失敗了。

胡士嘆了一聲：「你是知道那種藥物的功效的？」

我點了點頭：「麻醉人體的神經系統，刺激腦部的記憶組織，會使得接受了注射的人，不斷地說話，把他儲存在記憶系統中的一切，全都通過語言表達出來。」

胡士悶哼一聲，我問：「結果怎樣？」

胡士又用力在沙發的扶手上，敲了一下：「結果他甚麼也沒有說，用一種很長的呼吸方法，抗拒了藥物的力量，真是不可思議。」

我有點不明白：「甚麼叫『很長的呼吸方法』？」

胡士望了我一眼，然後站了起來。他在站了起來之後，立即又盤起腿，坐在沙發上，把雙手放在近膝蓋的部分，然後，徐徐地吸氣，又慢慢地呼氣：「就是這樣子，不過他呼吸的過程，比我現在在做的，要慢得多。他的肺活量一定十分驚人，因爲我算過時間，他最長的一次呼吸，一呼一吸之間，竟然達到三分又四十七秒！」

我看到胡士用這樣的一個姿勢，坐到沙發上，模仿著賈玉珍的動作，已經傻掉了。

西方人對這樣的姿勢，可能不是很熟悉，但是中國人對這樣的坐姿，卻絕不陌生，道家練氣時的「雙盤膝式」就是這樣子的。

而接下來，胡士所說的話，更證明了賈玉珍是在練氣。所謂練氣，倒也沒有甚麼特別玄妙之處，那只是一種特殊的呼吸方法，一直相傳，可以延年益壽，健體強身。長遠以來，都被應用在治療某些疾病方面，情況和西醫的「物理療法」，大致相類，稱爲氣功療法。

由於練氣是由道家或釋家修仙的過程中傳下來的，所以附有不少神秘的色彩，所用的名詞，也十分古怪，甚麼「小周天」、「大周天」、「氣納丹田」、「順脈而行」、「內息流轉」、「打通任督二脈」之類，還有甚麼「陰陽」、「坎離」、「乾坤」、「水火」、「龍虎」、「嬰兒」、「奼女」、「龜兔」等種種古怪的名稱。

所有氣功的鍛鍊，最重要的是維持呼吸的深長。我受過嚴格的中國武術訓練。中國武術之中有一個專門的學問，就是由練氣開始的，統稱叫「內功」，可以使人的潛在體力，得到儘量的發揮。

這種練氣的方法，也稱爲「吐納」，是自古以來的一種卻病延年的方法。我在學習中國武術的過程中，也曾學過，的確有它一定的功效。在開始幾天之後，丹田就會有發熱的感覺，而且感到有一股熱意向下移，通向尾閭穴，通過尾閭穴後，這種溫熱的感覺會沿脊骨向上升，可以通「天柱」（那是人體背後、頸背與胸脊之間的地方），再通向「玉枕」（仰臥時後腦和枕頭接觸之處），再向上，就到「泥丸」（又叫「百匯穴」，在頭頂中央，是人體最重要的部分）。等到練到可以通「泥丸」時，功力已經相當深了。

再進一步，熱的感覺（氣的流轉）就經過「神庭」（就是印堂）、「鵲橋」（那是舌和上顎之間的一處地方）、「重樓」（又叫「璇璣穴」，在胸鎖骨）、「絳宮」（又叫「膻中穴」，在兩乳之間），然後，下達「氣海」（在臍下），再歸納至丹田。

這樣的一個周轉，在氣功上，稱為一個「小周天」。我在這裏，簡單地介紹了一下氣功的基本法則，是想說明一點：氣功、吐納，並不是武俠小說中幻想的事，而是實有其事的一種鍛鍊方法，而且，確實有強身益體的功效。

各門各戶的氣功方法極多，這時我所想到的只是：賈玉珍在練氣功。

一想到這一點，我不禁啞然失笑。他因為練氣功，健康的情形得到了改善，使得他看起來年輕了，不料這種情形，卻使西方人誤認他掌握了甚麼「抗衰老素」的秘密，這真是失之毫厘，謬以千里了。

我想了一會，正想笑出聲來，可是一轉念間，我卻又笑不出來。固然，練吐納之法，可以使人身體強健，但是賈玉珍的情形太特別了。

氣功鍛鍊，循序漸進，通常需要相當長的時間，三年五載，才能約略見到一點功效，但是賈玉珍卻在一年之間，就判若兩人！

自然，由於氣功被蒙上了一層神秘的色彩，各種各樣的練氣方法又多，或許有一種特殊的方法比較速成，但那也決不是容易的事。

爲了更容易明白「氣功」的一些情形，我們可以看看小說大師金庸在他的小說《天龍八部》中的一些描述。

在《天龍八部》之中，一個叫游坦之的人，無意之中得到了達摩老祖傳下的一本鍛鍊內功的書本，叫《易筋經》，他完全不懂練氣法門，但有了《易筋經》上的圖形指導，當他擺出了一個和圖形中一樣的怪異姿態之後，就「依式而爲，要依循怪字中的紅色小箭頭心中存想，隱隱覺得有一股極冷的冰線，在四肢百骸中行走……站起……便即消失。」

這是一種比較快成功的方法，但是也不是任何人得了《易筋經》都有用的：「……只是修習的法門頗爲不易，須得勘破『我相、人相』……」

好了，甚麼叫「勘破我相、人相」，只怕就很費神解釋，絕大多數人，一輩子怕都勘不破，我就不信唯利是圖的古董商人賈玉珍能勘得破我相、人相。

我心中依然存著疑惑，但是總算在絕無解釋之中，找到了一個。

胡士瞪著我：「你想到甚麼？」

一聽得他這樣問，我不禁一怔。我想到的是，賈玉珍在過去的一年之中，一定在練氣功，但是，這怎麼向一個洋鬼子解釋呢？甚麼是「奼女」，甚麼是「嬰兒」；《黃帝內經》中說過「精、神、氣」，老子《道德經》中說「虛其心、實其腹」；要用腹臍來呼吸，稱為「胎息」，要把任、督二脈打通，才能算是初步成功……這一切，把一個洋人的腦袋切下來，細細剁成臊子，他還是一樣不會明白。

然而料不到的是，我小看了胡士，我在想了一想之後：「我想到的是，賈玉珍曾學過一種中國傳統的鍛鍊身體的方法，這種方法，從控制呼吸入手，可以達到使人比實際年齡年輕的目的。」

我這樣說，用最簡單的、使洋人明白的語言來解釋「氣功」。

誰知道胡士一聽就道：「我知道，你說的是『氣功』。」

我怔了一怔，還沒有來得及回答，胡士又道：「氣功確然有一定的功用，但是我絕不相信學會了呼吸的方法，就可以使一個人的人體細胞變得年輕三十年，我們曾詳細檢查過他的身體，他一定有著秘密，可以使老年人變年輕。」

我沒有法子繼續說下去，氣功的確只能使老年人看起來年輕，健康狀況年輕，但若真是要返老還童，那已經超出了氣功的範圍，是從人變成神仙的初步了，如果說人真能靠某種方法的修行而變成神仙，我想，那未免太詼諧了，連我自己也不信的事，我自然無法向胡士解說。

我想了一會：「那麼，剩下的唯一問題，就是要他吐露秘密了。」

我講到這裏，頓了一頓，然後一本正經地問他：「試過『炮烙』沒有？」

這一下，胡士不懂了，他瞪大了眼睛，反問：「甚麼叫作『炮烙』？」

我還沒有開始解釋給他聽，就已經「哈哈」大笑了起來，然後，把甚麼叫「炮烙」，解釋給他聽。這次真把胡士激怒了，他霍地站了起來，厲聲道：「我想在你身上試試『炮烙』！」

我悠然回答：「你不會，因爲你還要靠我，才能知道賈玉珍的秘密是甚麼。」

胡士氣惱之極，可是無法可想，又憤然坐了下來，我道：「中校，我的辦法，是最好的辦法。你不妨再試試你的辦法，我盡可以在這裏等。」

胡士望了我一下，欲語又止，我又道：「或者，我們可以一起進行。」

胡士問：「怎麼一起進行？」

我道：「我們同時展開活動，你再去逼問賈玉珍，我去做我的事，等你再失敗時，就可以節省很多時間，由我接下去進行。」

胡士悶哼了一聲：「還是那個老問題，我憑甚麼相信你？」

我攤著手：「沒有憑據，只好打賭，事實上，你非進行這場賭博不可。賭，還有贏的希望，不賭，輸定了。」

胡士的嘴角抽搐了幾下，隔了半晌，他才深深地吸了一口氣：「你第一步準備如何進行？」

這時候，我對於我要做些甚麼，已經有了一個初步的方案。

賈玉珍的秘密，可能和練氣功有關，這是我的假設，要進一步求證，自然非他自己親口講出來不可。賈玉珍雖然說，只要我幫他，他就把秘密告訴我，不過我看這個人老奸巨猾，說話未必靠得住，他有求於我，自然這樣說，這情形，就像我如今在騙胡士中校。事移境遷，嘴臉可能就大不相同。

所以我要有辦法令得他非對我說不可，那辦法就是我先把魯爾的那兩件玉器弄到手。

賈玉珍是這樣急切地想得到這兩件玉器，程度遠遠超過一個古董商人爲了賺錢而作的行爲，就算他本身對古董有過人的愛好，也不應該這樣，對他來說，一定有極其特殊的原因，是甚麼原因，我還不知道，但是我卻知道，如果我有那兩件玉器在手，我確定可以令得他多少吐露一點秘密。

所以，我向胡士道：「第一步，我要去見魯爾，請你安排。」

胡士怔了一怔：「魯爾真和整件事有關？你爲甚麼要去見他？」

我自然不能把真相告訴他，一告訴了他，那兩件玉器就到他的手中了。我道：「我可以十分老實地告訴你，魯爾和整件事無關，但是我一定要見他。」

胡士十分精明，他搖頭道：「不行。你不說出要去見他的確切原因，我不會安排。」

我冷笑一聲：「好，那就別討論下去了，你去接受你的失敗吧。」

胡士顯得惱怒之極，顯然他從事特務工作以來，從來也沒有這樣縛手縛腳過，他盯著我：「你知道，我可以隨便安上一個罪名，使你在監獄度過二十年。」

我「哈哈」大笑起來：「我從來也沒有聽過那麼低能的恫嚇，對於自己明知做不到的事，最好別老是掛在嘴上。」

胡士變得極憤怒，我只是冷冷地望著他，僵持了足有十分鐘之久，他才道：「好，你可以去見他。」

我道：「我與魯爾會面的地方，不能有任何監視系統，也不能有旁人，如果他是在監獄中，我到了監獄之後，有權選擇任何地方和他會面。」

胡士的臉色鐵青，我笑說道：「想想當元帥的滋味，那對你有好處。」

胡士的神色漸漸轉爲緩和：「你的資料只說你難對付，真是大錯特錯。」

我笑了一下：「那我是甚麼？」

付。」

胡士大聲道：「你甚麼也不是，根本不是人，是一個魔鬼。不是難對付，簡直是無法對付。」

我更樂了：「把這兩句話留給你自己吧。」

說到這裏，門推開，一架餐車推進來，我忙道：「我要吃飯了，吃完就去看魯爾，你快去安排吧。」

胡士悶哼一聲，走了出去。打開餐車，看到豐富美味的食物，我又老實不客氣地大吃了一頓，道地的德國風味，真是不錯。

等我吃完之後不多久，胡士走進來，道：「我們可以走了。」

我道：「我們？」

胡士道：「我和你一起去，你單獨去見魯爾。」

我笑了起來：「我明白，見了魯爾，你再押我回來。」

胡士不置可否，一副默認的模樣。我倒也拿他無可奈何，我們兩人，各有所長，誰也奈何不了誰。

第五部：值得用生命去交換

我早已打定了主意，跟著胡士一起出去，那是打量這幢建築物周遭環境的大好機會，弄清楚了環境，逃起來就有利得多。

可是胡士看來像是早已知道了我有這個意圖，臉上始終掛著冷笑。而我雖然表面上看來若無其事，心中也禁不住暗暗咒罵。

整幢建築物，就是為了方便防衛而設計的，我在出房門之後，還不知道自己是在哪一層，看到的，是一個「十」字走廊，中心部分是一個圓形的空間，有著一間玻璃房間，裏面有很多儀器，一望而知是監視用的，在那玻璃房間中有六個人，兩個人負責監視，還有四個人，坐在椅子上，在他們的面前，是一種很罕見的武器。

那是連續發射的小型火箭發射器，對準了「十」字形走廊。而在走廊中，除了有很多武裝守衛之外，在裝飾得頗為華麗的牆上，都有機槍的槍口露出來，在作六十度角的不斷擺動。我相信這些機槍，全由玻璃房間，另外那兩個人在遙控著。

「十」字形走廊的盡頭，都是一扇看來相當厚實的鋼門，不要說這種門很難打開，事實上，連一隻蒼蠅也沒有機會到達門前而不被發覺，更沒有機會可以逃得過守衛的射擊。

難怪胡士中校帶著那樣充滿了自信的冷笑，在這裏，的確逃不出去。

可是胡士實在笑得太早了，他沒有想到一個最簡單的離開這裏的方法，就是要他帶我離開，而這時，他正帶著我離開！

胡士中校經過，守衛全部向他敬禮，他也現出一副躊躇滿志的樣子。這個人，對於權力的欲望一定十分強烈，看來「當元帥」的引誘方法很對。

我們一直向中央部分的玻璃房間走著，來到中央部分之後，可以看到有四座電梯，門都關著，胡士舉手，向玻璃房間中那幾個人作了一下手勢，其中一架電梯的門打開。

電梯中，沒有身在幾樓，和到達了哪一層的指示燈號，停下，門打開，一輛車子，停在電梯口，胡士向我作了一個手勢，請我上車。

那輛車子，是一輛中型的貨車，車廂的門又厚又重，車廂的空間不大，因爲車廂四壁，十分厚實，看起來，那像是裝運冷凍肉品的車子。

我忍著惱怒：「你們沒有像樣點的車子了嗎？」

胡士冷冷地回答：「這車子對你最適合。」

我沒有再說甚麼，反正我的目的是要見魯爾，其餘的賬，可以慢慢算。

我走進了車廂，在車廂中唯一的一張帆布椅上坐了下來，門立時關上，車廂中有一盞燈，自然也有著監視的設備。

胡士還真看得起我，當車子到了監獄，車廂門打開，我看到的「歡迎者」，包括了一百名以上的獄警，和超過一百名的正式軍人。

我一下車，胡士就問：「你要在哪裏見魯爾？」

我立時道：「在典獄長的辦公室。」

胡士瞪了我一眼，點了點頭，他陪著我，一起走進了監獄的建築物，有兩個軍官，指揮著警衛，分散開來，以防止我有異動。

典獄長面目陰森，他的辦公室很簡陋，我無法確定在這兩分鐘之中，胡士是不是已經作好了偷聽的裝置，我在辦公室等著，不一會，門打開，兩個獄警押著一個二十來歲，濃眉大眼、大手大腳的德國青年，走了進來。

我揮手示意那兩個警衛退出去，他們關上了門，我打量著這個青年，他看來十分淳樸，愁眉苦臉。我心想，由於我開玩笑的一封信，令得他真的想爬過柏林圍牆，以致現在要在監獄裏受苦，心中多少有點內疚。

魯爾顯然不知道我是誰，他用一種十分疑懼的眼光打量著我。我低嘆了一聲：「魯爾，我叫衛斯理，就是你曾寫信給我的那個人。」

魯爾眨著眼，我又道：「在那封信中，你附來了兩張照片，說是你祖父從中國帶來的玉器。」

魯爾連連點頭：「能令你從那麼遠路來到，那兩件東西很珍貴？」

我想不到他一開口就會這樣問我，我其實也不知道那是甚麼，但既然賈玉珍那麼識貨的人，這樣急於得到它們，那它們一定是非同小可的稀世奇珍，所以我點了點頭：「是，相當值錢。」

魯爾現出興奮的神情來，我忍不住道：「其實，你先要考慮你的自由，金錢對你，現在是沒有意義的。」

魯爾吸了一口氣：「是，我如果能翻過圍牆，那就好了。」

我道：「我可以幫助你，使你獲得自由，也可以給你一筆相當數量的金錢。那兩件玉器，現在在甚麼地方？」

魯爾的神情，陡然警惕起來，看來他淳樸的外貌靠不住，或許這世上早已根本沒有了淳樸的人，他眨著眼：「等一等，現在我不會說給你聽。」

我不禁有點惱怒：「甚麼意思？」

魯爾道：「我先要獲得自由，和金錢。」

看看他這種笨人卻自以爲聰明的神情——這是世界上最可厭的神情之一——我真恨不得重重打他兩個耳光。我重覆道：「那兩件玉器在甚麼地方，告訴我，我會實行我的承諾。」

魯爾卻自以爲精明得天下第一：「不，你先使我獲得自由和——」

我不等他講完，就怒吼了一聲：「照我的話做。」

魯爾仍然搖著頭，態度看來十分堅決，我怒極反笑，整件事情，本來已夠麻煩的了，偏偏又遇上了這個其蠢如豕的魯爾。

我實在失去了耐性，不想多和這種笨人糾纏下去，將他交給胡士來處理，或者還好得多，我寧願和胡士去打交道了。

我「哼」地一聲冷笑，站了起來：「好，你不說，胡士中校或者有更好的方法，令你說出來。」

我也沒有想到胡士的名字，有那麼大的威力，魯爾一聽，立時面色慘變，身子也不由自主發抖，可憐巴巴地望著我。

我心中不忍，壓低了聲音：「告訴我。」

我一面說，一面抓住了他胸前的衣服，把他拉了過來，就在這時候，我發現他身上所穿的囚衣的三顆鈕子太新了，而且在習慣上，囚衣不用鈕子，是用帶子的。

接下來不到一秒鐘，我已經發現那三顆鈕子，其實是三具小型的竊聽器。

我不禁暗罵了自己一下笨蛋，我要選擇監獄的任何地方和魯爾見面，是為了避免我和魯爾的談話被胡士知道。但胡士實在不必理會我選擇甚麼地方，他只要把竊聽器放在魯爾的身上就行了。

我們剛才的對話，胡士自然全聽到了，還好在最緊要關頭，我發現了胡士的狡計。

我鬆了鬆手，指了指那三顆鈕扣，向魯爾作了一個手勢，魯爾立時明白，神情驚疑。

我取出筆來，交給魯爾，示意他不要再開口，一面我又說道：「那兩件玉器，是古董，我可以代你出售，得到的利益，全部歸你，是我不好，叫你翻過圍牆，所以我要替你做妥這件事。」

這幾句話，自然是說給胡士聽的，好混淆他的注意力，使他以為那兩件玉器，只不過是比較值錢的古董。至於這樣做，能不能騙過精明能幹的胡士，在這時候，我也無法詳細考慮了。可是魯爾這頭蠢豬，卻還在眨著眼、很認真地在考慮我的話，那真恨得我咬牙切齒。

他想了一會，才在手掌心寫著字，我看他寫的是：「在圍牆附近，我被追捕，把東西藏在一幢房子牆角的一塊磚頭後。」

他接著，又畫了簡單的地圖，然後在衣服上擦去了在手心上的字。

我道：「你還是不肯說？其實，那兩件玉器也不是太值錢，可能你對它們寄存的希望太大了，好，我們會面既然沒有結果，那就算了吧！」

魯爾這次居然聰明了起來，他像模像樣地嘆了一口氣：「好吧，那兩件玉器，我在被守衛追捕的時候，拋在街角上，根本已經找不到了。」

他非但這樣說，而且還補充道：「真倒楣，沒有它們，我還是好好的在家鄉，怎麼會在監獄裏，你不必再向我提起它們……剛才我是想……騙你的錢，所以才堅持要你先實現承諾，其實，我根本沒有甚麼東西可以給你。」

這傢伙忽然之間開了竅，雖然仍未必可以騙得過胡士，但總是好的，我也嘆了一聲：「那沒有法子了，我還是會盡力幫助你。」

我說著，就走到門口，打開門來，迎面的守衛，突然之間看到我出現，都緊張起來，一起舉槍對準了我，胡士也急急奔了過來。

我向胡士示意我要離開，在離開監獄時，胡士和我一起進了車廂。

我已知道了那兩件玉器的所在，倒並不急於去把它們取回來，我知道胡士一定急於想和我說話，所以我擺出一副愛理不理的神情。

胡士終於忍不住了，他陡然開口：「那……魯爾所有的玉器是很有價值的古董？」

我假裝又驚又怒：「你……還是偷聽到了！」

胡士十分狡猾地笑了一下，從他那自滿狡猾的笑容之中，我知道他已經上了當。人最容易上當的時候，就是他自以爲騙過了別人之際。胡士忍不住笑道：「對付你，總得要有點特殊的方法。那兩件玉器很值錢嗎？老實告訴我，我們有辦法把它們找出來。」

我嘆了一聲：「豈止是值錢，簡直是中國的國寶。那是中國第一個有歷史記載的領袖，軒轅黃帝時代的製品，是他用來號令天下各族的信符，是中國流傳下來的玉器之中，最有價值的一件。」

我信口開河，胡士用心聽著。我心中暗暗好笑：「你以爲賈玉珍是爲甚麼來你們這裏開中國古物展覽的？目的就在於引出那兩件玉器來。」

胡士想了一會，搖頭道：「那麼，發生在賈玉珍身上的怪現象，又是怎麼一回事？」

我知道在這一點上，很難自圓其說，只好道：「或許，那只是湊巧，在他身上有這種現象罷了，事實上，中國的健身法，氣功很有功效，也不是甚麼秘密。你硬要以爲那是甚麼防止衰老的科學新法，我有甚麼辦法？」

胡士在想了片刻之後，陡然怒容滿面，厲聲道：「可是你說過，如果知道了賈玉珍青春不老的秘密，我……可以立一件大功。」

我作無可奈何狀，攤開手：「我也是給你弄糊塗了，才會以爲賈玉珍真的有甚麼長生不老之方。事實上，賈玉珍是收了一大筆錢，又受了某方面的重託，要他把那國寶弄到手。」

胡士面色陰晴不定，顯然他對我的話，懷疑多於相信，但是卻又駁不倒。而且，至少他最不明白的一點，魯爾和我、賈玉珍之間的關係，他弄糊塗了。

這時候，車子已停了下來，在下車之前，我在他的耳際低聲道：「中校，當不成元帥，你也並非一無所得，譬如說，瑞士銀行一千萬美元的存款，怎麼樣？」

胡士轉過頭來望著我，神色很難看。

我又低聲道：「你一定可以得到這筆錢，只要你找到了那玉器，回復賈玉珍的自由，當然，還要把我當貴賓一樣送出境。」

胡士悶哼了一聲，沒有回答，起身去開門。

我跟在他的身邊：「有一千萬美元，在西方生活，可比當這裏的元帥舒服多了。」

胡士陡然轉過身來，用手指著我的鼻尖，惡狠狠地道：「你引誘國家情報軍官變節，可以判你終生監禁。」

我冷冷地道：「你手裏的熱山芋拋不出去，終生監禁的不知道是甚麼人。將軍那裏，要靠你的口才了。」

胡士的面肉抽動了幾下，也壓低聲音道：「要是我找不到那東西呢？」

他當然找不到那東西，只有我和魯爾知道玉器是被藏在一個牆洞之中，我立時道：「我想，賈玉珍肯用一百萬美元來換取他的自由。」

胡士吞了一口口水，在門上拍了兩下，門由外面打開，他和我下了車，我仍然被送回了那間房間。

接下來的三天，十分令人沉悶，胡士沒有來，我得到上佳的食物供應，可是事情的發展究竟怎樣了，我卻一無所知。

到了第四天早上，我還在睡著，就有兩個大漢闖了進來，粗暴地把我從床上拉了起來，看那陣仗，像是要把我拉出去槍斃，我一翻手，正要把那兩個大漢重重摔出去之際，胡士走了進來。

胡士厲聲道：「別反抗，快起來，跟我走。」我想要反唇相譏，忽然看到他向我飛快地眨了一下眼，立時又回復了原狀。

我怔了一怔，裝成憤然地穿衣服，心中也不禁忐忑不安，因爲我不知道胡士究竟想幹甚麼，也不知道是吉是凶。我穿好了衣服，就被胡士指揮著那兩個人，押了出去，一直到了那建築物的底層，我看到了賈玉珍。

賈玉珍愁眉苦臉，看到了我，想叫，但在他身後的兩個人，立時抬膝在他身後頂了頂，令得他不敢出聲。賈玉珍的處境雖然狼狽，可是氣色卻相當好，看起來，至多不過是四十歲左右，要說他已經七十歲了，那不會有人相信。

我和賈玉珍在監視下，又上了那輛車子，門還未關上，賈玉珍就急不及待地問：「他們……把我們……弄到甚麼地方去？」

我心中正自不安，立時沒好氣地道：「拉我們去槍斃！」

賈玉珍陡地一震，我以為他聽得我這樣說，一定會急得哭出來的了，誰知道他忽然說了一句令我再也想不到的話。

他像是在自言自語：「槍斃？不知道子彈是不是打得死我？」

他說得十分低聲，可是我和他一起侷處在小小的車廂中，他說的話，我聽得清楚。一時之間，我真是不知道他這樣說是甚麼意思。

我只好望著他，看他的那種樣子，既不像是白癡，也不像是神經病，也不見得會在發高燒，可是他竟然講出這種不知所云的話來。

我嘆了一聲，不去理睬他，他忽然捉住了我的手道：「我太貪心了，我其實應該滿足的——」

我不知道他還想胡言亂語甚麼，立時打斷了他的話頭：「閉嘴，你在這裏講的每一個字，人家都可以聽到，少說一句吧。」

賈玉珍哭喪著臉，不再出聲。我其實有很多事要問他，至少要弄明白他是不是在修習氣功，但是在這樣的情形下，顯然不是詢問的好時候。

大約在十五分鐘之後，車子在一下猛烈的震動之後停下來。

賈玉珍更是臉色灰敗，失聲道：「怎麼啦？」

我也不知道發生了甚麼事，已經作出了應付最壞情形的準備。

車子停下之後，足足過了三分鐘，一點動靜也沒有，我的手心，也禁不住在冒汗，賈玉珍一直拉著我的衣袖，我沒好氣地道：「你不是說子彈也可能打不死你嗎？怕成這樣幹麼？」

賈玉珍苦笑道：「我想想不對，一陣亂槍，要是將我腦袋轟去了一大半，我活著也沒意思。」

在這樣的情形下，聽到了這樣的回答，真不知道叫人是笑好，還是哭好。

而就在這時，胡士的聲音，突然傳了過來，那是通過播音器傳來的，他的聲音聽來十分急促：「衛斯理，一百萬美元的承諾，是不是有效？」

我一聽之下，又驚又喜，忙向賈玉珍道：「一百萬美元，我們可以自由，你答應不答應？」

賈玉珍怔了一怔，連聲道：「答應！答應！」

胡士的聲音又傳了過來：「你們能給我甚麼保證？」

我嘆了一聲：「中校，我看你現在的處境，不適宜要太多的保證，相信我們的諾言吧。」

賈玉珍幾乎要哭了出來：「一定給，一定給！」他一發急，連北方土話也冒出來了：「不給的，四隻腳，一條尾，不是人。」

我仍然不能確知胡士想幹甚麼，只是知道他有意要妥協，在賈玉珍一再保證之下，隔了不多久，車廂的門突然打開，胡士在打開門後，後退了兩步，臉色十分難看，尖著聲：「快下來。」

我先讓賈玉珍下車，然後自己一躍而下，胡士神情看來極緊張，疾聲道：「這裏離圍牆不遠，我想你要帶著賈先生越過圍牆，並不是難事，我會和你聯絡。告訴你，我已經給你們害得無路可走，那筆錢，不給我，會和你們拚命。」

在他急急說著的時候，我四面看了一下，也著實吃了一驚，在車旁，有一具屍體，車頭可能還有一具，那兩個守衛，顯然是被胡士殺死的。而車子是停在一個建築地盤的附近，相當冷僻。

一看這情形，就知道胡士自己也要開始逃亡，不能多耽擱時間了，所以我立時點頭道：「好，後會有期，希望你也能安全越過圍牆。」

胡士苦笑了一下，把屍體推進了車廂，跳上車子，把車子開走之前，拋了一個紙袋下來給我。

賈玉珍還不知道發生了甚麼事，拉著我，神情緊張地問：「怎麼了？怎麼了？」

我沉聲道：「我們只要越過柏林圍牆，就可以到西柏林，自由了。」打開胡士的紙袋，裏面有錢，和一些文件。

賈玉珍一聽，大是高興：「我早知道，你來了之後，我就有救了。」可是他只高興了極短的時間，立時道：「不行，我還沒有見到魯爾，那……我要的那兩件……玉器，我還沒有到手。」

我一面和他向前走去，一面沒好氣地道：「那兩件玉器再珍貴，值得用生命去換嗎？」

賈玉珍的回答，更出乎我的意料之外，他在呆了半晌之後，才嘆了一口氣：「值得的。」

我真正呆住了。

世界上真有值得用生命去交換的東西？這話，如果出自一個革命家之口，那麼他肯用生命去交換的是理想；如果出自大情人之口，那麼他肯用生命去交換愛情。

可是賈玉珍只是一個古董商人，肯用生命去交換一件古董，這未免是天方夜譚了。

我盯著賈玉珍，賈玉珍還在喃喃地道：「值得的，真是值得的。」

我苦笑了一下，只好先假定他的神經不正常。我不把已經有了那兩件玉器的下落一事說出來，因爲他還有秘密未曾告訴我。

我帶著他走過了幾條街道，離圍牆遠一點，在圍牆附近，防守相當嚴，雖然胡士給了我兩份空白文件，使我們容易過關，但是還要費點手腳，例如貼上相片甚麼的。何況我還要去把那兩件玉器取出來。

胡士放我們走，真是幸運之極，要不然，我實在沒有法子逃出那幢防守如此嚴密的建築物。

事後，我才知道胡士臨走時所說「我給你們害得無路可走」這句話的意思。胡士的上司和蘇聯國家安全局，堅決相信賈玉珍和我，和發明抗衰老素有關，把我們當作超級科學家，限令胡士在最短期限內，在我們的口中，套出這個人類史上最偉大發明的秘密。

胡士明知道自己做不到，也知道做不到的後果，所以，胡士無路可走！

這些，全是我在若干時日之後，再見到了胡士，雙方在沒有壓力、拘束的情形下談話，他告訴我的。當時，我帶著賈玉珍走出了幾條街，把他安置在一家小旅館，吩咐他絕不能離開房間，等我回來。

我向魯爾所說的柏林圍牆附近出發。那一帶，是一列一列相當殘舊的房子。我的心中，不禁十分緊張，魯爾把玉器放在一個牆洞之中，要是被人發現，取走了，那我就甚麼也得不到了。

我貼牆走著，有幾個路人向我投以好奇的眼光，但總算沒有引起甚麼痲煩。我來到魯爾所說的那個牆角，背靠著牆，反手摸索，摸到了一塊略爲凸出來的磚頭，拉了出來，伸手進去，一下子就摸到了一包東西。

我大是興奮，用力拋開了那塊磚頭，將牆洞中的東西，取了出來，急急走過了兩條街，把那包東西，解了開來。一點也不錯，是照片上的那兩件玉器，還有一卷相當舊的紙張，看來是從日記簿上撕下來的，寫著不少字。我也不及去看那些文字，先看那兩件玉器。

那兩件玉器，除了雕刻的花紋，看來十分奇特，不像是常見的龍紋、虎紋、饕餮紋或鳥紋，看來是一些十分凌亂的線條，但又看得出，那不是隨便刻成，而是精細地雕刻上去的。

玉質是白玉，但是絕非極上乘，我真不明白何以賈玉珍對這兩件玉器如此著迷，甚至不惜以生命代價來取得它。

看了一會，看不出名堂，我把玉器收好，再去隨意翻了一下那幾張紙，上面寫的東西，卻吸引了我，那是幾天日記，寫日記的人，是魯爾的祖父老魯爾，日記的歷史相當悠久，本身倒也是一件古物，因爲那是公元一九〇〇年，八國聯軍攻破北京時的記載，一共是三天，日子是八月十五日到十七日。

老魯爾那時，是德國軍隊中的一名少尉軍官。

八國聯軍攻進北京城，是公元一九〇〇年八月十五日的事，從老魯爾的日記看來，德國軍隊在當時，進城之後，得到其他各國軍隊的「承讓」，把北京城中王公親貴聚居的那一區，讓給了他們去搶掠。

老魯爾在日記中，極羡慕跟隨八國聯軍司令瓦德西的一隊親兵，因爲那隊親兵，先進入皇宮去「搜集珍寶」，而他們，只好在皇宮之外，進行掠奪。

八月十五、十六日的日記，是記著他們專揀貴金屬物品，到八月十七日那一天，才提到了這兩件玉器，記載得到那兩件玉器的經過，記得相當詳細，倒可以看一看：

北京城真是富庶極了，這兩天，每個人得到的黃金，都叫人擔心怎麼帶回去，沉重的黃金，會妨礙人的行動的啊。

昨天晚上，有人告訴我，黃金其實不是最值錢的，各種寶石、翠玉、珍珠，又輕巧，又比黃金有價值，還有字畫，聽說也很值錢，可惜我們都不懂。

今天一早就出動，在這樣充滿寶物的城市，浪費時間來睡覺，真是多餘，但可惜表面上，還要遵守軍令，夜間巡邏本來是苦差，但是一到了這裏，人人都自願踴躍申請參加。

早上，經過了幾條街道，看起來，家家門戶都東倒西歪，分明已經有軍隊進去過，不值得再浪費時間，我穿過了一條小巷子，看到了有兩扇緊閉著的門，門上居然貼著一張聯軍司令部發出的告示，要士兵不要去騷擾這戶人家。在這種混亂的情形下，以為一張告示就能保得平安，那真是太天真了。不過看來，這戶人家還未曾被侵入過，我扯下了那告示，用手槍轟開了門，走了進去。

我不知道那戶人家的主人是甚麼人，但猜想一定十分有來頭，我一進去，就看到一個中年人，穿著可笑的服裝——中國的盛裝，見了我，就指著一盤金元寶，像是知道我的來意。

一大盤金元寶，如果是在前兩天，那足以令我大喜過望了，可是現在，黃金已太多了，我要些值錢而便於攜帶的東西。我呼喝著，又放了兩槍，嚇得那本來看來很威嚴的中年人，身子簌簌發著抖，我叫他拿出貴重的東西來，可是他完全聽不懂我的話，我也不會說中國話。

正在我無法可施的時候，有一個十來歲左右的小孩，奔了出來，那小孩的衣著十分華麗，我靈機一動，一把抓住了那小孩，用手槍指著那小孩的頭，同時，向那中年人示意，要他拿出他認為最珍貴的東西來，換那小孩的安全。為了表示我不要黃金，我把那一盤黃金，推跌在地上。我真想不到，我會有一天，連黃金都不要！

那中年人終於明白了我的意思，他面色灰敗，連連搖著手，大聲吆喝著，我聽到在一扇巨大的屏風之後，傳出了一陣急促的腳步聲。過了不多久，一個中年婦女，發著顫，捧著一隻盒子，走了出來，她抖得那麼厲害，我似乎可以聽到她全身骨頭都在發出聲響。

那中年人伸手接住了盒子，從他望著那盒子的眼光，我知道盒子中的東西，一定是價值連城的非凡寶物，我十分高興，一腳踢開了那小孩，走過去，把盒子取了過來，那中年人雙手發抖，還想把盒子搶回來，但是被我向天開了一槍，嚇得他跌倒在地，我取了盒子，揚長而去，出了門，才打開盒子來看，那是兩片玉，看來不像是很有價值。

關於他得到那兩塊玉的經過如上，還有段記載，是後來補上去的：

回到德國之後，到收購古物的店鋪去求售。這一類店鋪，在對中國的戰爭之後十分多，走了很多家，但是對那兩塊玉，都沒興趣。

他們出的價錢很低，倒是那隻鑲滿了寶石的盒子，賣了好價錢。我堅決相信那兩塊玉有價值。那些人全不識貨，因為當時，玉塊的主人用來交換他兒子或是孫子的生命。

所以，我的後代，如果要出售這兩塊玉片，必須請識貨的人，鑒定它們真正的價值。

老魯爾的記載，看得我啼笑皆非，那兩塊玉，原來是一個曾參加八國聯軍之役的低級軍官的「戰利品」。老魯爾一直不知道玉器的原來主人是甚麼人，但從他的記載來看，一定不是等閒人物，甚至可以和八國聯軍的司令部打交道，當然是滿清王朝中十分顯赫的人物。

但即使是顯赫人物，在城破之時，也只好任由一個低級軍官橫行，真是悲哀得很。

在老魯爾的記載之中，也可以知道，有不少古董商人都認為那不是甚麼珍貴的東西，它們究竟珍貴在甚麼地方，怕只有玉器原來的主人，和賈玉珍才知道了。

而魯爾之所以會寫信來給我，當然是遵照他祖父的遺訓，要先弄清楚玉器的價值，才能出售。

只不過我逃走了，胡士也逃走了，都無法再幫魯爾，只怕蘇聯和東德的情報機構還不肯放過他，會認爲他和抗衰老素有關，魯爾以後的遭遇不知會如何？這倒是令人介懷的事。

我一面想著，一面到了那小旅館中，我在離開的時候，爲了怕賈玉珍亂走，將他反鎖在房間裏，所以我回去的時候，不必敲門，逕自用鑰匙開了門，一打開門，我就一呆。

我看到賈玉珍正在「打坐」，他用的是「雙盤膝式」，神情十分祥和，閉著眼。

我已聽胡士說起過，也知道賈玉珍會練氣功，所以一怔之後，我就關上了門，也不去打擾，只是仔細觀察著他。

不到十分鐘之後，我心中越來越是訝異，我本身對氣功不是外行，可是我從來也未曾見過有人在一呼一吸之間，時間可以隔得如此之長。當然，在傳說之中有這種情形，但是親眼見到，卻還是第一次。賈玉珍緩慢地吸了一口氣，隔了十分鐘，還沒有把氣呼出來，在這樣的情形下，根據氣功的理論，他吸進去的那口氣，已經成爲「內息」，在他全身的穴道之中遊走。

「氣功」所用的「內息」一詞，十分玄妙，西方科學絕對無法接受，人體解剖學證明，人體的呼吸器官在人體之內，自成一個系統。但是「內息」卻是說，氣可以在體內到處遊走，離開呼吸器官的限制。看賈玉珍這時的情形，誰也不會懷疑他的健康情形，可是他的呼吸狀況，是如此之怪異。

我把手慢慢伸到他鼻孔之前，完全沒有空氣進入和呼出，他如此入神，全然不知我已回來。

我知道，在這樣的情形下，如果我忽然在他身前，發出一下巨響，或是在他身上打上一下，他就會十分危險，甚至立時死亡，而就算沒有外來的干擾，他自己的思緒，如果不能保持極度的寧靜，而忽然之間，想起了足以令他焦慮的事情，那也極危險，重則內臟受傷，吐血而亡；輕則神經系統受損，引致全身癱瘓。

這種情形，在氣功上也有專門名詞，叫做：「走火入魔」。

第六部：一份仙籙、九枚丹藥

千萬別以爲那只是武俠小說中的事，實際上，氣功是真正存在的一種健身方法。

這時，我看著賈玉珍，足足半小時。他緩緩地呼出一口氣，容光煥發，看來臉上幾乎沒有甚麼皺紋。

這真是相當怪異的現象，我一直只知道氣功可以使人的潛在力量得到控制，可以在適當時刻，發出異乎尋常的大力量，在武學上，叫「內功」。我也知道氣功可以使人健康增進，使人看來比實際年齡輕，但是從來不知道，氣功可以使人返老還童。

賈玉珍的呼氣過程，維持了大約十分鐘，他才發出了「嘿」的一聲，緩緩睜開眼。

他看到我，現出吃驚的神色，我忙道：「我也練氣功，但是看來功力沒有你深。」

賈玉珍的神情有點訕訕：「那……不算是甚麼氣功，只不過……閉目靜坐一下。」

我心中暗罵了一聲，真想把這個老奸巨猾的傢伙，拋在東柏林，再讓東德的特務把他抓回去！

離開東柏林，由於有胡士給我的文件，相當容易，一到了西柏林，當天晚上，就到了瑞士。在飛機上，賈玉珍一直在唉聲嘆氣，我真不明白，像他那樣的人，是怎麼會把氣功的層次練得如此之高。

而更令我驚訝的是，他唉聲嘆氣，並不是爲了這次他在東德境內的損失，而只是在嗟嘆他未能見到魯爾，得到那兩件玉器。

我一直忍著不出聲，不告訴他那兩件玉器就在我身上，只是欣賞著他那種懊喪的神情。提到答應胡士的那筆錢，他倒很爽快，答應一接到通知，立刻支付。

我在西柏林時，已和白素取得了聯絡，告訴了她我已安全了，到了瑞士之後，很快就會回來。我問她有沒有爲我擔心，她的回答，令得我很自豪：「從來也沒有爲你擔心過，知道你會應付任何惡劣的環境。」

賈玉珍在日內瓦有分店，而且在古董行業中，十分權威，他也有一幢精緻的小洋房，邀請我去歇歇足，我正中下懷。

和他到了那幢小房子中，在晚飯後，我手中托著酒杯，賈玉珍在我的對面，說道：「總得麻煩你再到東柏林去一次，隨便你要多少代價。」

我搖了搖頭：「我不要金錢上的代價，我要你告訴我，看來如此普通的玉器，有甚麼用。」

賈玉珍吞了一口口水，現出十分爲難的神情來。我冷笑了一聲：「你那麼想得到它們，甚至說用生命來換也值得，我的條件再簡單也沒有，爲甚麼你竟然會猶豫不肯答應？」

賈玉珍嘆了一聲，仍然不答。我道：「你是怕說了出來，我會分沾你的利益？」

這是最合理的推測了，除此之外，不可能再有別的理由。果然，賈玉珍神情尷尬地點了點頭。

我又是好氣，又是好笑：「好，我答允你，不論它們值多少錢，我連一分錢都不要。」

賈玉珍仍然皺著眉，過了好一會，才道：「等你……真把東西……弄到了手，我……一定告訴你。」

我真是忍無可忍，一伸手，自口袋中，把那兩塊玉取了出來，在他眼前一晃，說道：「你看這是甚麼？」

賈玉珍陡地一聲大叫，伸手就搶，我立時一縮手，可是賈玉珍一下子就撲了過來。在這樣情形下，我立時一拳擊向他的胸腹，不讓他撲中我。

這一拳，我出手相當重，等到「砰」地一聲，打中了賈玉珍，將他打得向後直跌了出去，坐倒在沙發上，我才暗叫了一聲「不好」，這一拳太重了，只怕賈玉珍禁受不起，會受傷。

我正想過去扶他，卻不料他已經若無其事，一躍而起，發出可怕的叫聲，又向我撲了過來。我倒躍出去，落在一張桌子上，喝道：「賈玉珍，你要硬搶，一定搶不到手。」我雖然這樣說，可是看他獵豹似的，全身精力瀰漫，對自己所說的話，也沒有甚麼把握。

賈玉珍那種蓄勁待撲的神情，給我以極大的威脅，覺得他是我的勁敵。

賈玉珍暫時沒有發動，只是喘著氣，盯著我，突然之間，他的神情變得鎮定而堅決，不再喘氣，而是深深地吸了一口氣。

我不禁大吃一驚，他若是慌亂、急躁，還比較容易對付，若是他鎮定下來，我所受的嚴格武學訓練，看來一點也佔不到優勢。

我立時又道：「賈玉珍，好好和我商量！要是你再亂來，我就把這兩塊玉一起砸碎。」

賈玉珍震動了一下，急急搖著手：「不要，不要，有話好說。」

我揮了揮手，他隨著我揮手的動作，退出了幾步，可是仍然盯著我，雙眼的神采，十分懾人。

我心中不禁暗叫了一聲「慚愧」！

賈玉珍雖然在古董市場上叱吒風雲，但是他顯然沒有和人直接打鬥的經驗。老實說，我說出要毀壞那兩塊玉這種話，已然洩氣之至，若不是有幾分快意，我怎會這樣說？要是他完全不賣賬，再度進逼，我真不知如何應付才好。

可是，由於他太關心那兩塊玉了，所以他沒有再堅持下去。

我從桌上躍了下來，說道：「我們早就有過協議，我找到了這兩塊玉器，你就要告訴我我想知道的事。」

賈玉珍發出了一下悶哼聲，沒有回答。我又道：「而且，我也答應過，如果你的話能夠使我滿足，那兩件玉器，就是你的。」

我最後的一句話，對賈玉珍有極度的誘惑力，他不由自主吞了一下口水，聲調有點急促：「怎樣才能使你滿意？」

我道：「我能分得出你是在說謊，還是在講真話。」

賈玉珍深深吸了一口氣：「要是你知道了真相，你更不肯把那兩片玉簡給我了。」

我一直到這時，才知道那兩件玉器的名稱是「玉簡」，那還是賈玉珍無意中說出來的。

我冷笑一聲：「我早已說過，我不要分享利益，我只想知道事情的究竟。因爲有一些事我想不通，要想通它。」

賈玉珍再吸了一口氣，那一口氣，吸得綿綿悠長，他開始吸氣，我也開始，暗中和他較量，可是我已吸得胸口發痛，他還在不經意地吸著氣。

他又緩緩把氣呼出來：「我……該從何說起呢？」

我提醒他：「從屏風的夾層說起。」

賈玉珍望了我一眼：「那扇屏風，本身一點價值也沒有，可是夾層裏，卻有著稀世之寶，那是……那是……」

他講到這裏，又猶豫了一下，令得我焦急萬分，但又不能催他。總算好，他沒有猶豫多久，就道：「那是一份仙籙，和九枚丹藥。」

我陡地呆了一呆，真的，我呆了一呆，因爲我完全無法適應他說的話。甚麼叫做「一份仙籙和九枚丹藥」？這完全是和現代生活脫節的語言，叫我如何接受？所以我本能的反應是立時大聲追問：「你說甚麼？」

賈玉珍道：「一份仙籙，九枚丹藥！」

這一次，我聽得再明白也沒有了，而在那一剎那，我實在忍不住，陡然轟笑了起來，我真正感到好笑，從來也沒有這樣感到好笑過。

一份仙籙！九枚丹藥！

賈玉珍多半是看武俠小說看得太多了，一份仙籙，九枚丹藥，要是有誰聽到了這樣的回答而可以忍住了不發笑，這個人了不起之至。

我不斷地笑著，一直笑得幾乎連氣也喘不過來，腹肌感到疼痛，賈玉珍卻一直只是瞪著眼望著我，像是全然不知道我爲甚麼發笑。

我還在笑著，賈玉珍忽然嘆了一聲：「你……不要太高興……那九枚丹藥……已全給我服了下去。」

天！他以爲我發笑，是因爲我「太高興」。本來我已經可以停止發笑，但是一聽得他這樣講，忍不住又爆發出一陣轟笑，一面笑一面捂著胸口，用盡了氣力，叫道：「是麼？那九枚丹藥，是不是『九轉大還丹』？還是『毒龍丸』？用七色靈芝，加上成形的何首烏，再加上萬載寒玉磨粉，煉了三十六年才煉成……哈哈，吃了下去，你就可以成仙？」

賈玉珍眨著眼：「不是，那九枚丹藥……仙籙上說叫作『玉真天露丹』，秘笈上解釋說，天露，來自九天之外，是一批仙露……」

這寶貝，他居然還一本正經地向我在解釋。我一揮手，打斷了他的話頭：「那本仙籙呢？又是甚麼？」

賈玉珍道：「叫『玉真仙籙』，我的名字叫賈玉珍，和秘笈的名字暗合，可知仙緣巧合，我……」

聽到這裏，單是轟笑，還不夠了，我大叫了起來，一面叫，一面笑著，指著賈玉珍，總算迸出了幾句話來：「賈玉珍，你這個人……我……在第一次看到你的時候……就知道你很富娛樂性……可是想不到竟豐富到這一地步……我——」

我在第一次見到賈玉珍的時候，的確感到他很富娛樂性，當然，這印象，多半是來自他那禿得精光發亮的禿頭。

這時，我想起了第一次見到他的情形，也正由於這個緣故，話講到了一半，就陡然住了口，講不下去。

因爲這時，在我面前，被我用手指著，當作是可笑對象的賈玉珍，和我第一次見到他時，截然不同，完全變成了另一個人。他已經不是一個滿面油光的禿頭老者，而是一個有滿頭黑髮，看來精力充沛的中年人。

在他的身上，曾發生過巨大的變化，這一點，任何人都可以看得出來。

我是不是應該繼續笑下去，還是應該聽他繼續講他的「巧合仙緣」？

剎那之間，我感到了極度的迷惘，張大了口，不知道該如何才好。

陡然之間靜了下來，賈玉珍有點焦急：「我……講的全是實話，你不相信？」

我不再笑，因爲我感到，事情十分可笑，但是有可能，應該被笑的是我，而不是賈玉珍。

我有了這樣的念頭，賈玉珍又道：「衛斯理，我以爲你能接受任何不可思議的事情，原來你不是。」

我急忙揮著手：「不，不，不是這個意思，我只是覺得事情很滑稽，甚麼仙緣巧合，甚麼一份秘笈、九顆玉真天露丹……」我講到這裏，又忍不住笑了起來：「你不覺得十分滑稽？」

賈玉珍瞪著我道：「爲甚麼滑稽？」

我嚥了一口口水：「當然滑稽，好像……那全然應該是一千年前發生的事。」

賈玉珍立時反問：「一千年前如果發生過這樣的事，爲甚麼現在就不能發生？」

我又解釋著：「就算是一千年前，也只是在小說筆記野史傳說之中，才有這樣的事，實際上不會有這樣的事。」

賈玉珍的詞鋒，越來越是直接：「你怎麼知道實際上沒有這樣的事？」

我有點惱火：「當然沒有。」

賈玉珍冷笑了一聲：「那只證明你無知，你記載過那麼多和外星人打交道的事，和靈魂交通的事，如果我也說根本沒有這種事，你會怎麼說？」

我很少有給人說得張口結舌的時候，但這時候，我真是不知該如何說下去才好，我只好道：「你得了那……和你名字暗合的秘笈和仙丹之後，又怎麼樣？」

賈玉珍道：「你別再笑，也別打岔。」

我忍住了笑，他說這種事不滑稽，那我真是不服氣。玉真天露丹，名字倒挺好聽，用在武俠小說裏，也足可以應付邪派的老魔頭了，哈哈！

賈玉珍像是在思索著甚麼，過了一會，才道：「最早，我聽一位對古物十分有研究的老先生說起，他說人和神仙，只是一線之隔，古時記載著，有許多人因為誠心向道，虔誠修行，煉丹練氣，結果成了神仙，可是現在已經聽不到有甚麼人，從凡人變成神仙了。」

賈玉珍叫我別打岔，所以我只是悶哼了一聲。

賈玉珍繼續道：「那位老先生說，古時候成了仙的人，像葛洪、抱朴子、赤松子、東方朔、寧封子、彭祖、白日升天的劉安、唐公房……等等，不知道有多少人，他們能夠成為神仙，全是因為仙緣巧合，得到了修仙途徑的指點，也就是仙籙、秘笈這一類仙書，才能變成神仙。普通人雖然人人都想變神仙，但是如果沒有仙緣巧合，自己是無法摸到修仙的門路。」

我斜睞著賈玉珍，他對歷史上著名的「成仙」的人物，倒是很熟悉。不錯，歷史上「成仙」的記載很多，也一直有人在求自己由凡人變為神仙，這種求仙的行動，在清朝一定還相當盛行，不然，《紅樓夢》之中，就不會有賈敬醉心於煉丹，想自己變神仙的事。

可是，到如今，世上稀奇古怪的事，雖然多得不能再多，卻久已未曾聽說有甚麼人刻意去修仙了。

賈玉珍若是以為自己練練氣功，使得他的健康狀況得到了迅速的改善，衰老被遏制，甚至回復了青春的活力，就可以由此修煉成仙，這不是太可笑了嗎？

他停了一下，又繼續說下去：「那位老先生又說，仙緣十分難得，以前，神仙肯渡人，可是神仙渡人的例子，越來越少，凡人要修仙，只能靠極佳的機緣，得到仙籙，按法修行，還要真正有好根基，才能成仙——」

聽到這裏，我實在忍不住了：「你快說到正題去吧，像你講的那些，我在任何一本武俠神怪小說中，都可以看得到。」

賈玉珍陡地提高了聲音：「我說的就是正題。」

我看他那種樣子，只好由得他，耐著性子聽他說下去。賈玉珍又停了片刻，才道：「那位老先生又提到，恭王府裏，就有著一件寶物，和修仙有關，可是卻沒有人參得出來，究竟和修仙有甚麼關係。他說他見過那寶物，看來像是一對玉簡，沒有甚麼出奇，而且那東西，在拳匪之亂那一年失去了。」

我聽到這裏，才感到略有一點意思，我想起了老魯爾得到那兩片玉簡的記載。

可是，如果說賈玉珍是因爲那位老先生當年的一番話，就相信這兩片玉簡，可以使人變成神仙，因而拚命想得到它們，這未免太不可思議。

所以我肯定賈玉珍的敘述之中，一定有不盡不實之處，我也不發問，只是冷冷地望著他。

賈玉珍略停了一會，又道：「那老先生又說，他早年，曾遇到過一個遊方道士，那道士有一扇桌上用的屏風——」

他講到這裏時，向我望了一眼，意思是說，他現在提及的那屏風，就是我賣給他的那座。

我點頭道：「是，屏風的主人就是從一個道士的手中得到它的。」

賈玉珍吸了一口氣：「那位老先生說，那道士對他講，屏風和神仙有關，是神仙所賜的東西，內含無限玄機，他當年聽過就算。後來他又遇到了一個知道屏風來龍去脈的人，說那扇屏風，從青城山的一個道觀裏來，他見過道觀的住持，確實可以肯定，屏風和神仙有關，屏風中還有著巨大的秘密，有神仙手書的仙籙和仙丹，得到的人，可以……可以……」

我吸了一口氣：「可以成仙？」

賈玉珍「嗯」了一聲：「就是這個意思，道觀的住持還說出了打開屏風夾層的秘密——」

我忙作了一個手勢：「等一等，不對了。」賈玉珍望著我，等我發問。我道：「如果道觀的住持，知道打開屏風的秘密，他自己爲甚麼不打了開來，取了秘籙和仙丹，自己成仙去？」

賈玉珍緩緩地道：「在屏風失去之後——一定是那個遊方道士偷走的，道觀的住持，才在道觀所藏的古籍之中，得到了這個秘密。」

我「哦」地一聲：得到屏風的人，只知道屏風珍貴，但不知珍貴在何處；知道它珍貴的人，卻又沒有屏風，十分造化弄人。

賈玉珍又道：「那位老先生也經營古董生意，當時他就詳細問了那屏風的樣子和取得秘笈的方法，在那次談話之中，他告訴了我，還說：『玉珍啊，人生不過幾十年，如過眼煙雲，像我現在，那麼老了，還能有多少年？家財再多，又有甚麼用？別說可以變神仙，只要能延年益壽，散盡了家財，也是值得的。你見的古物多，要是有朝一日，見了那屏風，可千萬不能錯過，別以爲鬼神是虛妄的事，要真是虛妄，古人那麼多的記載，總不成全是騙人的？』」

賈玉珍一口氣講到這裏，向我望了一眼：「這番話，我一直記在心裏，可是你如果早幾年，向我來售賣那屏風的話，我還不會要，三元錢也未必要。」

我越聽越玄，隨口問道：「爲甚麼以前不要，現在肯花那麼高的代價呢？」

賈玉珍道：「幾年前，我健康還很好，不覺得生命有甚麼危機。可是近幾年來，年紀大了，一年不如一年，各種各樣的痛都來了，想做的事……不能做了，越來越感到生命已到了盡頭，在這樣的時候，當年那位老先生的話，一直在提醒我，三百萬美元對我來說，不算是甚麼，只要能使我——」

他可能也感到「成仙」這樣說法有點礙口，所以沒有再說下去。面對著和不到一年之前，截然不同的賈玉珍，我「好笑」的感覺，越來越少，而代之以一種玄妙無比的感受：難道真是「玉真仙籙」和「玉真天露丹」，令得賈玉珍的生理狀況，生出了這樣的改變？

賈玉珍揮了一下手：「所以，我一見到那屏風，我心頭狂跳，我開始還想壓壓價錢，後來，只要我能買得起，我都不會放過。」

我悶哼了一聲，想起他付三千美元支票時的那副德行，心中在奇怪，像賈玉珍這樣庸俗不堪的一個人，有甚麼資格「仙緣巧合」？賈玉珍續道：「在你書房裏，我用老先生教我的方法，打開了夾層一看，當時我只看到了『玉真秘笈』四個字，就高興得不得了，和我的名字暗合，立時回去，將所有夾層打開，秘笈一共是兩頁，還有就是九枚天露丹。」

我不知道是應該相信賈玉珍的話好，還是不相信他的話好。

如果他這時，還是一年前的老樣子，那不必等到這時，我早已拂袖而去，只當他在放屁了。可是如今，旁的我不知道，有一點卻可以肯定，那就是：賈玉珍一定因為秘笈和仙丹，才變成如今這樣。所以，無論從常識上來判斷，他的話是多麼荒謬，我都一定要聽下去。

我只是忍不住好奇，問了一句：「那……玉真天露丹，是甚麼樣子的？」

賈玉珍道：「是一種異樣的鮮紅色，只有指甲大小，極薄。」

我「哼」地一聲：「沒有異氣撲鼻？」

賈玉珍卻十分認真：「不覺得有。」

我道：「你說你將它們吃了下去？你倒真有膽子，要是它們是毒藥呢？」

賈玉珍呆了一呆：「我倒沒有想到這一點，或許，那是仙緣應在我身上，福至心靈，沒有再去東想西想。」

我聽得有點啼笑皆非，賈玉珍解釋著：「當然，我先拜讀了玉真仙籙，才服食天露丹。」

我仍然忍不住諷刺了他一下：「有沒有先沐浴，再焚香，然後恭讀仙籙？」

賈玉珍道：「沒有，我心急，先看了上面記載的關於天露丹的說明……」

他講到這裏，抬起頭來，望著我：「你需要知道得那麼詳盡？」

我忙道：「當然，當然，說不定我也有機會見到甚麼丹，那我就可以毫不考慮，一口吞下去。」

賈玉珍忙道：「不，不，每九天吞食一枚，而且，每吞服一枚之後，還要運氣緩緩將藥力化去，使藥力到達全身關穴，不能亂來的。」

我聽他說得如此認真，不論我說甚麼，他都據實回答，這倒使我不好意思再說甚麼了，只是問：「天露丹……是天露製成的？」

賈玉珍道：「是……記載說……天露是來自九天之外的仙露——」

我道：「你不必多費唇舌，把那玉真仙籙給我看看就行了。」

賈玉珍用一種訝異的目光望著我，我還以為他不肯：「反正你要講給我聽，不如由我自己看。」

賈玉珍道：「不是，仙籙隨看隨消失，早已不存在了。仙法真是神妙，只要我一記住了上面的話，字跡就自行消失。」

我突然又想起了一個問題：「那麼，仙籙是寫在甚麼紙張上面的？那紙，還在吧？」

誰知道賈玉珍又搖了搖頭：「那是一種看來十分柔和、略帶黃色的紙，由於服食玉真天露丹的時候，要用它來做引子，所以，分成九次，燒成了灰，也給我服食了下去。」

我「哼」地一聲：「說來說去，甚麼都沒有了？真是一個很好的遇仙故事。」

賈玉珍望了我半晌：「衛斯理，你有眼睛，你可以看出我身體上發生的變化。」

他總算說到問題的正題上來了，我點頭道：「是的，你年輕了。」

賈玉珍的神情變得極興奮：「我根據仙籙的指示，每隔九天，服下一枚仙丹，再照仙籙上所載修煉的方法練氣，三次之後，我早已禿了頂的頭上，就開始長出了頭髮。現在，我覺得我自己比三十歲的時候，還要精力充沛，上兩個月，我還新長出了兩顆早已拔掉了的牙齒。」

我靜靜地聽他說著，他張大了口，要我去看他口腔中新長出來的牙齒，我連忙搖手道：「不必了，不必了，我相信，你的生理狀況，在不到一年之中，發生異樣的變化，你變得年輕了，東德人替你作過徹底的檢查，這種回復青春的現象，真是不可解釋。」

賈玉珍道：「怎麼不可解釋？」

我道：「胡士中校和他的情報機構，認為你我是超級科學家，掌握了『抗衰老素』的秘密！」

賈玉珍眨著眼：「抗衰老素……你的意思是，如果吃了抗衰老素，人就會青春不老，返老還童？」

我點頭：「理論上是這樣。」

賈玉珍「哼」地一聲：「剛才你不斷諷刺我，我懶得和你爭辯。抗衰老素、玉真天露丹，只不過是名稱不同，為甚麼聽到了抗衰老素，你不覺得好笑，但是聽到了玉真天露丹，你就覺得好笑？」

聽得賈玉珍這樣責問，我真的怔住了。

是的，為甚麼聽到了「抗衰老素」，一點不會有發笑的感覺，而且還覺得這是一個嚴肅的科學研究課題，但是一聽到「玉真天露丹」，就感到好笑呢？實際上，那只不過是名稱不同而已。

如果「玉真天露丹」真的有回復青春的功效，那麼，它就是「抗衰老素」，是古代留下來的一種有著十分顯著效驗的抗衰老素。一想到這一點，我感到整個人，全身發熱。

賈玉珍這混蛋！當他吃了八枚仙丹，感到有顯著的效驗，他竟然將最後一枚也吞了下去，而不留著去化驗一下成分，看看究竟是甚麼，可以使人體的細胞產生新的活力。要是能化驗出它的成分，加以合成，那麼，這種發明，可以改變整個人類的歷史。

我瞪著他道：「你，你……應該剩下一點，看看它的成分。」

賈玉珍翻著眼：「那有甚麼用！講明是來自九天之外的仙露煉製的，我們凡人怎弄得明白？」

我不由自主，團團轉動了幾個圈，思緒亂成了一片。我所想到的是：仙籙、仙丹，這種名詞，聽來雖然可笑，但是只要實際上有效驗，那麼，仙籙上所載的運氣方法，再加上仙丹上的藥力輔助，的的確確，可以使人體細胞不再衰老，回復青春。

這是現代人類醫學拚命在研究，但是還一無所成的一個課題，難道古人在這方面，早已有了成就？只是蒙上了神仙的神秘色彩，所以才不爲人知，或是因爲其他的原因，所以才未曾推廣。

我越想越亂，如果某些古人掌握了這種防止衰老的方法，那麼，這些不衰老的人，是不是就是傳說中的神仙？

我心中迷惑之極，賈玉珍所說的一切，玄妙到了無法令人相信，可是他本身，卻是一個活生生的細胞產生了新的活力的例子，一個「仙緣巧合」的例子。

賈玉珍以十分焦慮的眼光望著我，我連吁了幾口氣，仍然不知道該如何開口，賈玉珍道：「好，我已經將一切全告訴你了，那兩片玉簡——」

我陡地想了起來：「是啊，這兩片玉簡，你說了半天你的仙遇，可是聽來，全然和這兩片玉簡沒有關係。」

賈玉珍嚥了一口口水，神情很猶豫。這時，我的神情語氣，不再輕佻，而是十分誠懇地道：「你放心，雖然人人都想青春常駐，永不衰老，但是九枚仙丹全叫你吃了，我就算殺了你也沒有用，不見得吸你的血，也可以收回一點藥性來防止衰老——」

我這樣說法，不過是傳說中的另一章，想令賈玉珍放心，可是這傢伙，真枉費了神仙那麼眷顧他，連一點幽默感也沒有，我話還沒有講完，他已經嚇得臉上變色，雙手亂搖：「別胡說八道，當然沒有用。」

我苦笑了一下：「那你就可以放心告訴我，那兩片玉簡，和你的奇遇，有甚麼關連？」

賈玉珍又支吾了半天，才吞吞吐吐問：「我要是說了，你真肯……把那兩片玉簡給我？」

我肯定地道：「一定！」

賈玉珍像是下定了最大的決心，道：「好，在屏風內藏著的玉真秘笈，只是上冊，上面記載著，要下冊，必須有那兩片玉簡，根據上面的指示，去尋找。」

我吃了一驚：「你……要是有了下冊——」

賈玉珍道：「上冊記載的，只不過是練氣、強身、不老的方法，多半還是靠九枚仙丹的力量，使得服了仙丹的人，脫胎換骨。」

我已經知道，聽賈玉珍的話，要用另外一種語法——現代的語法來演繹一下，才比較容易接受。剛才賈玉珍的那番話，意思就是說：「那本秘笈上冊所記載的，是一種特殊的健身方法，這種方法，依靠著某種藥物的幫助，能使人體組織發生變化，使衰老的細胞，產生新的活力，從而使整個人都變得年輕，活力充沛。」

這其實已經是生命上的奇蹟。

上冊「不過如此而已」，那麼下冊能使人怎樣呢？真能上天入地，來去自如，與天地日月同壽嗎？

我問：「如果你有了下冊，會怎麼樣？」

賈玉珍道：「當然……當然可以修煉成……神仙。」

我深深地吸了一口氣，只想了極短的時間，就把那兩片玉簡，取了出來：「我不會阻止你去成爲神仙，但只有一個要求。」

賈玉珍說道：「只管說，只管說。」

我道：「簡單得很，當你真成了神仙之後，回來讓我看看你，我從來沒有見過神仙是甚麼樣子的。」

賈玉珍十分高興地笑了起來：「當然，要是我有能力，我也要渡你成仙。」

這十分難以回答，難道我應該連聲說「多謝」？我只好擠出笑容，表示謝意，一面把那兩片玉簡，遞給了他，他大喜過望地接了過去，緊緊握著，生怕被人搶走。

我道：「這上面，好像沒有甚麼指示。」

賈玉珍道：「你看不懂，參不透，我只要花一點功夫，就會悟透玄機。」

我笑了一下：「你現在雖不是神仙，我看至少也是半仙了。」我真想叫他一聲「賈半仙」，可是卻又叫不出口。一般來說，自稱甚麼「半仙」，或是叫人甚麼「半仙」，都有點滑稽或取謔的意味在內。可是賈玉珍如今的情形，已經完全違反了人隨著年齡的增長而衰老的規律。他突破了這個規律，進一步，在他的身上會發生甚麼樣的變化？難道真能突破死亡的鐵律，成為長生不老的神仙，甚至於還可以法力無邊？

第七部：人體潛能無窮無盡

我並沒有羨慕或妒嫉的意念，老實說，從凡人變爲神仙，不論我多麼能接受不可思議的事，似乎還不在我接受的範圍內，我這時所想到的，只是要知道他再變化下去，會變成甚麼樣子。所以，我倒真是希望他能參透那兩片玉簡上的玄機。

賈玉珍緊握著那兩片玉簡，希望我從速離去，反正他答應了還會來看我，我道：「你要讓胡士中校容易找到你才好，要不然，這種人亡命起來，甚麼都做得出來的。」

賈玉珍「哦」地一聲：「他要找我，只怕不容易，我把支票交給你，我想他會來找你。」

我道：「也好。」

賈玉珍把玉簡貼身放好，取出了支票簿。我一直有滑稽的感覺，想發笑，這不能怪我，想想看：神仙開支票，這是一種甚麼樣的「組合」？

賈玉珍望著我：「你是不是需要——」

我搖頭道：「不要，等你成了仙之後，教我點鐵成金的方法就是。倒是魯爾那裏，應該給他多少。」

賈玉珍又瞪了我一眼，咕噥了一句，把支票給了我，我和他握了握手，想說些甚麼，但實在不知道說甚麼才好，就揮了揮手，和他告別。

我一點也無法想像他如何從那兩片玉簡上，悟到甚麼玄機。整件事，怪得叫人像是回到了三千年前，但就算是兩三千年前，這種「仙遇」，也夠怪異了。

我沒有在瑞士多逗留，就啓程回家，等我到了家裏，把一切經過，詳細對白素講了一遍。白素道：「從昨天開始，就有一個德國口音的人打電話給你，我猜就是胡士中校。」

她正說著，電話又響了起來，我拿起來一聽，果然是胡士，他聽到了我的聲音，就問：「怎樣了？」

我道：「錢在我那裏，你甚麼時候方便，可以來拿。」

胡士道：「五分鐘之內，我可以來到。」

我放下了電話：「胡士這個人，十分精明能幹，你對發生在賈玉珍身上的變化，有甚麼看法？」

白素沉吟不語，看來她像是在等待著甚麼。不一會，門鈴響，老蔡帶著胡士上來，等胡士坐下，我把支票交給了他，白素才道：「我的想法，和胡士中校——」

胡士作了一個無可奈何的神情：「別再提銜頭了，叫我胡士吧。」

白素笑了一下：「我的想法，和胡士先生很接近，賈玉珍如果不是接受過抗衰老素的藥療，絕不會出現這樣的情形。」

胡士震動了一下，怔怔地望著白素。

我道：「這種結論——」

白素揮了一下手，示意我別插言，她道：「分析一件事，邏輯上來說，可以有正反兩途，一個人，若是接受了抗衰老素的藥療，他可以變年輕，反過來說——」

我大聲道：「你不會以爲我連反推論都不知道吧？」

白素道：「你既然知道，爲甚麼還要懷疑他曾接受過抗衰老素的藥療？」

我一想起來，又忍不住想發笑：「他說的過程，你相信嗎？」

胡士緊張起來：「甚麼過程？」

這個過程，要向胡士解釋，十分困難，我還沒有想到應該怎麼說，白素已經用胡士可以了解的語言，簡單地解釋了一下。

胡士「啊」地一聲：「中國本來就充滿了神秘，古代的中國人，有了抗衰老的秘方，可以了解。」

我冷笑一聲：「還不止啦，他還可以進一步成爲神仙！你知道嗎？中國人對神仙的解釋，和西方人不同。」

胡士瞪著我，雖然現在我和他已完全不必再敵對了，可是還是不免和他針鋒相對一番，他立時問：「怎麼不同？」

我道：「中國人所謂神仙，能超脫生死，變幻莫測，法力無邊，呼風喚雨，點石成金，上天下地，遊戲人間，一下子去參加西王母的宴會，一下子又可以躺在街邊當乞丐，來懲惡獎善。」

胡士擺出一副不以為然的樣子來：「神仙，本來就應該是這樣子的。」

我瞪眼道：「你認為真有這樣的一種……生物？」

胡士也反瞪著我：「這個問題已超出我們剛才在討論的問題，我們是在討論抗衰老素是否存在，和抗衰老素是否曾在賈玉珍的身上，起了作用。」

我道：「如果相信了賈玉珍的第一部分的話，那就要進一步相信他第二部分的話。」

白素道：「中國古代，關於神仙的記載，尤其是凡人變成神仙的記載很多，《神仙傳》、《列仙傳》是其中最著名的。其他，像《淮南子》中，也有不少記載，不過，好像在漢唐以前，成仙的人比較多，漢唐以後，就少有實例。」

我「哼」地一聲：「到了二十世紀，又有一個可以成仙的賈玉珍。」

白素笑了一下：「賈玉珍是一個特殊的例子，因為他得到了一本仙籙和九枚仙丹，所以可以脫去凡骨——」

我大聲叫了起來：「素！」

白素道：「脫去凡骨，是修仙過程中的一個名詞，聽來很玄，但如果解釋爲通過某種藥物的作用，把人體內對生命有害的質素排除，使人體的內分泌結構、細胞組織，甚至思想程序，都得到徹底的改變，可以接受？」

我說不出話來，白素道：「中國語言實在很精煉，你看，我詳細解釋了一大串，還不如脫去凡骨，或脫胎換骨等四個字，來得傳神。」

白素的話，很難反駁，我道：「如果根據傳說，這種『藥物』的功效，簡直其大無比，《神仙傳》中就記著淮南王劉安服了丹藥升天，餘下來的藥，給他養的雞和狗吃了，雞和狗也跟著升天了，『雞犬升天』這句成語，就是這樣來的。」

白素點了點頭：「回到老問題來：爲甚麼漢唐以前，特別多這樣的事呢？」

我忙道：「等一等，你這樣問，是首先承認了這些記載是事實。」

白素竟然和胡士異口同聲道：「先假定這些記載是事實。」胡士補充了一句：「如果根本認爲這些記載是虛構的，也不必討論下去。」

我的想法和他們不同，但我倒想聽聽，白素爲甚麼要假定這種記載是真的，所以我沒有再說甚麼。

白素望了我一眼之後：「這是一個相當有趣的現象，這種現象說明在漢唐以前的那個時代，有某種力量存在，這種力量，特別容易使人有變幻莫測、超脫生死的能力！」

我眨著眼，胡士也眨著眼。白素道：「我的意思是，會不會在那時候，有外來的力量，使某些地球上的人，能夠有超凡的力量？」

我立時道：「你所謂『外來的力量』的意思是──」

白素吸了一口氣：「『外來的力量』，就像是賈玉珍所說，他服食的藥物的主要成分是『天露』，來自九天以外！」

我用力令自己的手揮著圈，究竟想表示甚麼，連我自己也不知道。

胡士已叫了起來：「衛夫人，多麼奇妙的解釋。來自外太空的某種物質，可以徹底地改變地球人的身體生理結構，使地球人的身體潛能，得到充分的發揮。」

我繼續眨著眼，心中在不斷問：有這個可能麼？「仙丹」來自天外，是外星高級生物留下來的，或是根據外星高級生物傳授的辦法製造出來？

我答不上來。

白素繼續道：「當時，那種外來的力量，可能很具體，譬如說，來了幾個外星人，逗留在地球上，傳授著使地球人本身潛能可以充分發揮的方法。」

我大聲道：「人體的潛能，可以使人來去無蹤，變幻莫測，這未免太過分了吧？」

白素道：「能夠突破空間限制的人，在普通人看來，就是來去無蹤的。如果再突破了時間的限制，那就是超脫生死了。」

胡士立時道：「是啊，地球人無法突破時間和空間的限制，但外星人或者早已掌握了這種方法。」

我有點無可奈何：「漢唐以後，神通廣大的外星人離去了，所以地球人變神仙，也就少了？」

白素望著我：「你是真心這樣說，還是在諷刺我？」

我作了一個鬼臉：「白素，你的假設，我也不是第一次聽到，有一派人說，中國傳說中的那些神話人物，造型全都非常古怪，甚麼人首蛇身、牛頭獅身等等，那些人物，全是外星來到地球上的，甚至黃帝和蚩尤大戰，也是外星人在地球上的戰爭，還有戰敗的急於逃走，引致核子大爆炸，女媧要補的天，就是要消除核子雲。」

白素道：「爲甚麼沒有可能？」

我嘆了一口氣：「要假設起來，甚麼都是可能的。」

我無意和白素繼續爭論下去，所以才下了這樣的結論，意思是：單憑想像，甚麼事都可能，無法爭論。

誰知道，白素明白了我的意思，胡士卻不明白，兩眼一瞪：「本來，世界上就沒有不可能的事，甚麼事都可能。」

我狠狠瞪了胡士一眼，道：「當然，你硬要這樣說，誰也沒有法子反駁你。」

胡士彈著手中的那支票：「謝謝你，有了這筆錢，我第一件事，就是要到瑞士去進行整容外科手術，改變自己的外形，唉，給人家追得東躲西藏，這滋味可真不好受。」

我忍不住諷刺他：「要是有甚麼仙丹。吞一顆下去，就可使你整個樣貌變化，這就更方便了。」

胡士嘆了一聲，樣子反倒是很同情我，他指著白素：「衛先生，尊夫人比你明智得多。」

我「哦哦」了兩聲：「一點也不新鮮，你並不是第一個說這種話的人。」

胡士揮著手：「我的意思是，你的主觀太強，這就使你比較不容易接受新的觀念。」

我還不容易接受新的觀念？我真想給他一拳，可是他立時又道：「你一再諷刺『仙丹』，『仙丹』這回事，你不容易接受，可是如果把名詞換一換，換成了『來歷不明的某種有特殊效能的藥物』，你就可以接受，這是你這種主觀上認定了自己有科學頭腦的人的致命傷。」

我給他這一番話，說得張大了口，答不上來。同類的話，賈玉珍也說過。

的確，「仙丹」和「仙籙」這種名詞，很難接受，但如果像胡士和賈玉珍所說那樣，換成了「外星的一種對人體可以造成異常的生命活力的物質」或是「一種特異的方法，刺激人體的活動，使人體的潛能得到充分發揮」之類，我就可以接受。

這是一個觀念上的問題，東西放在那裏，事實發生著，用甚麼名詞去解釋，事實始終不變。

我深深地吸了一口氣：「別大發議論了，快到瑞士去切割你的臉部吧。」

胡士笑了一下，臨走時：「再有賈玉珍的消息，我倒真想知道。」

胡士離去了之後，我又想了好一會，才道：「先可以肯定一點，令得賈玉珍的生理狀況發生了巨大變化的，是某種藥物，和某種方法。」

白素淡然道：「是，仙丹和仙籙。」

我停了片刻，接受了「仙丹」和「仙籙」這兩個名詞。雖然在感覺上仍然很彆扭，但總比「某種藥物」之類的叫法，順口得多。

所以我接下來道：「仙丹或仙籙，不一定是外星人傳下來的，或許是古人自己的發明。」

白素道：「有可能。」

我再停了一會，道：「通過服食仙丹，和修習仙籙，究竟在人體內，會引起甚麼變化呢？何以這種變化會使人有返老還童的效果？」

白素這次，並沒有回答，因爲她知道我對這個問題，一定有著自己的答案。我過了片刻，又道：「我想，那一定是突破了人體細胞衰老的必然過程。」

白素道：「這是唯一的解釋，現代科學對人體結構，所知不多，例如內分泌系統，理論上早已知道了它的重要性，可是所知也極少。對腦部的研究，也只能說是才開始，腦電波，腦部所分泌的化學物質甚至可以影響一個人的情緒，實在太複雜了。」

我點頭，表示同意，白素又道：「有一件事，你我都熟悉，中國武術中的練氣方法，的確可以使人的生理狀況長期保持極佳狀態，使得各種疾病遠離。由細菌引致的疾病，怎麼能夠由虛無縹緲的意志所克服呢？」

我立時道：「克服或消滅了細菌的，當然不是意志本身。而是意志刺激了腦部的活動，使得身體本身，分泌出一種物質來，克服或消滅了細菌。」

白素「嗯」地一聲：「這情形，和針灸有點相同。針灸術，現在舉世公認。針灸術的原理是，刺激人體某些特定的部位——穴道，就可以使人的健康情況改善，自然也是接受了刺激，人體會分泌出某種物質。用針、灸去刺激，和利用意志去產生，實際上一樣。」

我長長地吁著氣：「這些事實，只說明了一點，我們對於自己的身體太不了解了。一盞電燈所消耗的電能，用在發光上不過百分之五，百分之九十五浪費掉了。我相信人體的能力，我們一般日常活動中所用到的，只怕還不到百分之一，百分之九十九被浪費掉了。」

白素遲疑了一下：「或者，還不到千分之一，還有千分之九百九十九，沒有發揮出來，這些潛能，如果通過一定的方法，能夠發揮，那麼，這個人的能力可以達到甚麼程度，實在無法想像。」

我忽然「呵呵」笑了起來：「也不是全然不能想像，我們還不知道人體潛能的比例是多少，如果是一千比一，甚至是一萬比一，那麼，全部潛能可以發揮的人，他就是神仙了。」

白素閉上眼一會，有點無可奈何地搖了搖頭：「這始終只不過是想像。」

我道：「賈玉珍已經走了第一步，我真希望他找到玉真仙籙的下冊。神仙，太奇妙了，甚麼樣的人全見過，可真還沒有見過神仙，就算是設想吧，神仙可以點鐵成金，你怎麼設想？」

白素笑了起來道：「我們現在這樣的對話，有點像是癡人說夢。」

我道：「反正是假設，你假設那是一種怎樣的現象？」

白素仍然笑著，過了一會，她才道：「我的設想是，到了潛力完全能發揮的時候，人腦的力量，自然也大大加強，腦電波強烈到了可以使充塞在空間中的能量聚集起來，而聚集的能量，可以改變元素的原子排列程序，改變元素的性質，於是他伸手一指——」

我「哈哈」大笑著，接了上去：「黑漆漆的一塊鐵，就變成黃澄澄的金子了。」

白素也隨之笑了起來。

這自然只是設想。要聚集可以使元素的原子排列方式改變的能量，在實驗室中可以做得到的，但是那不知要通過多少裝備，才能達到目的，人腦有這樣的力量嗎？

但是，又爲甚麼不能呢？人腦的組織，不是比任何實驗室更複雜嗎？

白素一面笑著，一面反問我：「你又有甚麼不同的假設，說來聽聽。」

我叫了起來：「這不公平，你把最有可能的假設說了，要我另外想一個，那可難多了。」

白素作了一個不屑的神情：「神通廣大的衛斯理，不見得連想多一個可能，都想不出來吧。」

我一挺胸：「當然想得出，點鐵成金，就是把一樣東西變成另一樣東西，潛能全部發揮，可以隨意突破空間和時間的限制，一伸手之間，他的手已到了另一個空間，那空間之中，全是金子，他抓一塊過來就行了。哼，不單是點鐵成金，所有的神仙法術，說穿了，全是空間的轉換。」

白素笑著道：「有道理，有道理。」

我們之間，對於「神仙」的討論，就到此爲止。「人體潛能徹底發揮說」，只不過是假設。真要是有人可以成爲「神仙」，那究竟是一種甚麼樣的變化，全然不得而知。

我和白素都相當忙，有著各種各樣雜七雜八的事，有許多事，同時發生，交叉著來處理，我所記載出來的事，絕不是發生了一件，接著又一件的，而是許多件同時發生的。只不過爲了記載上的方便，所以看起來，才像是各自獨立。

譬如說，我從東柏林回來，只不過停留了一天，又離開家裏，到瑞士去了。

我到瑞士去，不是爲了去找胡士，而是另外一件事，那件事，已記載在名爲《後備》的故事中。

在忙碌之中，我一直在留意，是不是有賈玉珍的消息，可是卻音訊全無。

一直到了大半年之後，一次幾個熟朋友聚會，我提起了這件事。那些熟朋友，全十分出色，有科學家、藝術家、考古家、探險家，以及一些全然身分不明、不知道他們是幹甚麼的古怪人物。事實上，我也被人家列爲這種人。

我提到了賈玉珍得到了仙丹和仙籙，禿頂生髮，返老還童，幾乎所有的人，都嘻哈絕倒，轟笑了起來。有幾個，一面笑，一面還指著我，在怪聲叫著。有的道：「衛斯理，你這人，真富娛樂性。」

有的則大力拍著我的肩頭：「衛斯理，你遇到過的外太空生物還不夠多？怎麼又遇仙了？」

對於他們的這些反應，我一點也不奇怪，因爲當初，我也笑得腹部肌肉發痛，幾乎閉過氣去。

我由得他們去笑，只是準備向其中一位專研究人體潛能的，徵詢他的意見。在眾人的轟笑聲中，我把他拉到了一角，提出了我的問題。他望著我，先是不斷吸著他的煙斗，然後，當我們的周圍已開始有不少並不發笑的人，而其餘人的笑聲，也漸漸停下來之後，他才道：「衛斯理提出來，有關人體潛能這個說法，其實並不好笑，相反，還極其可哀，那是人類的悲劇。」

那位朋友一開口，所有的人全靜了下來。

那位朋友又吸了一口煙，才道：「人與人之間，才能相去之遠，簡直不成比例，爲甚麼有的人，像富蘭克林，像羅蒙諾索夫，他們可以懂得那麼多，腦中能積聚那麼多的知識？把愛迪生的腦子，和一個普通人的腦子來比較，只怕沒有甚麼不同，可是愛迪生多麼不同，這是人體潛能無窮無盡的最佳例證！」

有一個聲音叫了起來：「別拿思想上的事來作例證！衛斯理剛才所說的，是生理上的事。」

那位朋友吸了一會煙：「前年，我曾隨著一個探險隊，到喜馬拉雅山去找『雪人』。結果，沒有找到雪人，可是卻在一些終年積雪，氣溫常在零下十度的小山洞之中，見到了好幾個印度隱士，在那裏修行。這些隱士身上只有最簡單的禦寒衣物，而且，幾乎沒有食物，他們在那種情形下，可以長年累月生存，現代醫學無法解釋，證明人體的潛能，如果發揮出來——」

一個人又笑了起來：「可以不吃東西？」

那位朋友神情嚴肅：「人，吃東西，是為了讓身體有營養，營養是甚麼呢？是一些元素，一些物質，為維持生命所必需。我們可以分兩方面來看，一方面是：潛能未得到充分發揮的生命形式，必須依靠營養來維持，反之，人體就可以不需要營養。另一方面，潛能未充分發揮，要靠大量的食物，來攝取營養，如果潛能發揮，可以直接從空氣之中，得到生命所要的元素，那也就可以不需要食物。」

雖然不少人仍然面露不以為然的神色，但是沒有人再說甚麼。

那位朋友向我望來：「剛才你提到的，中國傳說中的神仙，須要進食麼？」

我道：「可以進食，也可以不進食，在不少情形下，不進食是一種手段，或是到達某一階段之後的成果，有一個專門名詞，叫作『辟穀』，反而可以長生不老。」

那位朋友「嗯」地一聲：「我們對人體的體能，所知實在太少。去年，在日本，我參加了一個『意念攝影』的試驗——」

這句話一出口，引起了一陣交頭接耳聲來。我知道，大多數發笑的人，和我其實是患了同一個主觀先入的毛病。他們對於一切奇妙的事，本來都極有興趣，可以接受的，但是在觀念上，他們願意接受新名詞，而不願意接受傳統的名詞。

像「辟穀」，他們無法接受，但「直接自空氣之中，攝取人體所需的物質」，他們就可以接受，但實際上，那全然是同一回事。

那位朋友提出了「意念攝影」這件事來，大家就不笑，而且極有興趣。那位朋友道：「意念攝影是日本東京帝國大學教授福來友吉博士首先發現，他發現，某些人的超能力，即人體潛能，容易發揮，這一類人，當他們集中意念去想一件物體的時候，竟然可以令得感光材料發生作用，使得他想的東西，成爲影像，被拍攝下來。」

他講到這裏，略停了一停：「那次我參加試驗，對象是一位日本女性，試驗的成功率，是百分之二十，那已經是極其驚人的了，其中有一幅東京鐵塔的意念攝影照片，簡直比霧天對著實物拍攝的還要清晰。這證明人腦的活動，可以放射出感光材料起感光作用的一種能量。這種能量，和眾所周知的生物電在理論上來說，全是人體的潛能。」

我問：「你的意思，人體潛能是無限量的？」

那位朋友道：「也不能這樣講，但我們對於人體潛能究竟可以達到甚麼程度，卻一點概念也沒有，或許真是無限量，或許十分小，不知道，一切還全在未知的領域之中，無法估計。」

他略停了一停，才又道：「你提及你認識的那個人，得到了一本有文字記載的冊子，可以令得他的生理狀況發生改變？」

我說道：「是的，還有一些藥物。」

那位朋友道：「我想，這個人的生理狀況改變，主要也是由於潛在能力得到了發揮。還有，那記載著的文字，會……消失？」

我皺了皺眉，關於這一點，我也不十分相信，而認爲是賈玉珍在弄狡獪，所以我道：「他是這樣說。只要他記熟了句子，文字就消失了。不過我不是很相信。」

那位朋友考慮了半天：「也有可能，這就是我剛才爲甚麼提出『意念攝影』來的原因，你想，人的意念，可以具體地令感光材料發生作用，現出影像。那麼，自然也可以令得某些影像消失。那本小冊子，不知道用甚麼材料製成，上面的文字會消失，我想原理也和意念攝影差不多——當他熟記了文字之後，腦部活動就產生了一種力量，這種力量，可以使得影像消失。」

我用心聽著，這位朋友的解釋，聽來很有道理，我道：「這樣說來，人體的潛能，主要還是蘊藏在人的腦子中？」

大家靜了一會，有一個道：「我想，人類文明的飛速進步，大抵也和人體潛能在逐步得到解放有關。以前的人，腦部能力發揮得有限，由於腦部能力的逐步發揮，所以才有了各種各樣的發明，使得文明迅速朝前進展。」

這個說法，得到了大多數次的認同，我道：「照這樣看來，潛能真是無限量的，因爲人類文明，必然不斷向前進展，不會有停止。」

大家紛紛討論著，這時，對於我提出來的賈玉珍的遭遇，沒有甚麼人發笑，幾個對人體生理有著深刻認識的醫生，紛紛發表他們對於人體衰老程序，和抗衰老素的可能性的意見，但是由於並沒有甚麼新意，所以不詳細記載。

後來，大家又熱烈地談到了人是否能克服地心吸力，有人認爲可以，理論上來說，潛能可以發揮到無限量的話，地心吸力爲甚麼不能克服？

這個問題，引起了一陣爭論，一個持可能說的，脹紅了臉，大聲道：「世界一流的跳遠選手，可以創出八公尺以上的跳遠紀錄，普通人做得到嗎？這就是他的體能克服了地心吸力的例子。」

這位先生，可能還是一位武俠小說迷，他又道：「近年來的跳遠姿勢，是在一躍而起之後，身在空中，雙腿作跑步的動作，而這時，他的雙腳是完全不點地的，人在半空之中，藉這樣的動作，就可以使他跳得更遠，哼哼，衛斯理，這是輕功中的甚麼？」

我立時答道：「凌空步虛。」

那位先生十分高興：「就是這玩意兒。」

在場有些不看武俠小說的人，當然不知道「凌空步虛」是啥東西，於是我又解釋了一番。

聚會一直到凌晨一時許才散，各人紛紛離開，我駕著車，在駛回家的途中，感到相當高興，因爲人體潛能發揮論，似乎得到了承認。

我停好了車，下車，心情輕鬆，準備吵醒白素，把我們討論的經過講給她聽。我一面轉著鑰匙，一面走向門口，就在我要去開門的時候，忽然聽得有人叫我：「衛斯理。」

我立時回頭看去，看到在牆角處，有人向我走來。

牆角處有著街燈，光線雖然不十分明亮，但也足以使我看清楚，向我走過來的是一個年輕人，約莫二十出頭，看起來有點臉熟，可是一時之間，卻又想不起曾在哪裏見過他。由於那青年連名帶姓叫我，相當不禮貌，所以我只是冷冷地應了一聲：「是。」

那青年來到我面前：「你家裏沒有人，我等了很久了，你們兩夫妻都習慣那麼晚回家？」

這兩句話，真聽得我冒火，我冷笑道：「我們遲回家早回家，關你甚麼事，你是甚麼人？有甚麼事？」

那青年聽得我這樣問，現出十分古怪的神情來，接著，他伸手在自己的臉上撫摸了一下，說道：「你不認識我了？」

我瞪著眼：「你是誰？」

當我在這樣問的時候，我心中也竭力在想：這人真是臉熟，可是卻又記不起甚麼時候認識這樣一個青年人。

正當我在這樣想的時候，那青年伸手，向他自己的頭上，摸了一下。

在那一霎間，我像是遭到了電殛，整個人都僵呆了，我伸手出來，指著他，可是卻一句話也講不出來。眼前的青年，一點也沒有恐怖之處，但是我卻震懾得講不出話來！

我認出他是甚麼人來了，也正因爲如此，我才會目瞪口呆，舌頭不聽使喚。

那是賈玉珍。我眼前的那個年輕人，是賈玉珍！

我一把抓住了他，生怕他忽然跑掉，在那一霎間，我的思緒，真是亂到了不可再亂。

上次我和他見面的時候，他已經是看起來比實際年齡年輕得多，足以令人詫異了，七十歲左右的人，若是保養得好，看起來像是五十歲，這種情形，可以接受。

然而現在，在我面前的這個人，實實在在，是一個二十歲才出頭的小伙子。這時，我抓住了他的手臂，可以清楚地感到他手臂上的肌肉，強而有力。而且，我和他之間的距離，如此之近，我盯著他，他臉上的肌肉，充滿了青春的活力，一點皺紋也沒有，雖然眼神掩不住他有著豐富的人生經驗，但實實在在，這是一個年輕人。

我不斷地想著：他是賈玉珍，他不是賈玉珍，他究竟是甚麼人？不，他一定是賈玉珍。

我的思緒紊亂之極，除了抓住他之外，我只能說：「你……你……你……」

那年輕人道：「我是賈玉珍啊。」

我「嘓」地一聲，吞下了一口口水，仍然講不出話。賈玉珍神情有點苦澀：「我……看起來……樣子有點變了……是不是？」

直到這時，我才深深地吸了一口氣，能講出一句完整的話來：「天！你返老還童了。」

賈玉珍的樣子，倒未見得十分高興，又苦笑了一下：「是的，我自己第一次看到自己變成這樣子，也嚇了一大跳。」

我仍然緊抓著他，把他拉向門口：「來，進去再說，進去再說。」

當我用鑰匙去開門的時候，我迅速地在思索著：返老還童，一直只是想像中才有的事，但如今，竟然有一個活生生的例子在我眼前。

我的思緒還是十分亂，我忽然又想到，如果現在，賈玉珍落在蘇聯、東德的特務手中，那只怕會把他切成千百萬塊來作研究。

一個七十歲的老人，變成了一個二十歲左右的青年，是甚麼力量使他變成這樣的？他一定已經找到了「玉真仙籙」的下卷，難道他現在已經是神仙了？

可是看他的樣子，他好像心事重重，難道他還有事來求我？如果他一直再年輕下去，會變成甚麼樣子？

我腦中陡然閃過了「顏如童子」、「童顏鶴髮」這一類的詞句，這一類的詞句，在古代傳說中，形容到有關神仙的容顏時，都會用得到。那麼，在他身上發生的變化，如果持續下去，他看起來，會變得像小孩子。他真的有了「童顏」的話，又是怎樣的一種情形？大人的身體，老年人的舉止言行，可是有一張小孩子的臉。

第八部：尋找第三冊秘籙

由於我不斷在胡思亂想，所以開門也開了半天，賈玉珍道：「怎麼啦，你的動作那麼不俐落。」

我只好道：「對不起，我老了。」

等我把門打開，我先讓他進去，不等他坐下，我就道：「快！快！這些日子來，又發生了一些甚麼事，從頭到尾講給我聽，不，揀重要的說，唉，還是由頭講起的好，那兩片玉簡——」

賈玉珍望著我，翻著眼，神情倒和以前一樣，他道：「你不停地說話，叫我怎麼講。」

我忙道：「好，我不說，你請吧。」

賈玉珍嘆了一聲，我還是第一次從一個年輕人處聽到那種老氣橫秋、歷盡滄桑的嘆息聲，所以用一種十分怪異的眼光望著他。

賈玉珍避開了我的眼光：「別這樣看我！我已經無法在熟人面前露面，你知道嗎？我現在的身分，是賈玉珍老先生的孫兒。我還逼得化錢去買了一份南美小國的護照，在處理財務時，要寫委託書給我的孫兒，其實那就是我自己，你想想，那多麼麻煩。」

我一點也不同情他的抱怨。他的那些麻煩，算得了是甚麼。

我大聲道：「這些全是小事！賈玉珍，你突破了人類生命衰老的規律，告訴我，你是不是已經可以長生不死？你……現在已經……是神仙了？」

我在這樣問他的時候，絕對沒有半點譏嘲的意思，我把他當作人類有史以來最偉大的一個人，神態恭敬，只怕世上任何人未曾使我這樣恭敬地對待過。想想看，他可以從一個七十歲的老人，變成一個二十歲的少年。

在他身上發生的事，把整個人類生命的規律推翻了。

可是賈玉珍又嘆了一聲，看起來並不偉大，反而充滿煩惱，望了我一下，想說甚麼，可是又沒有說出口來。我耐著性子等他開口，等了好一會，他才道：「我現在，當然不是神仙。」

我「哦」地一聲，多少有點失望。賈玉珍若是成了仙，未必對我有甚麼好處，但是想想看，我曾見過一個神仙，而且，他的成仙過程，在某種程度上，我曾經參與，這多麼刺激！我問：「是不是你未能悟透那兩片玉簡上的玄機？」

賈玉珍卻又搖了搖頭。

我再追問：「根本沒有玉真仙籙的下冊？」

賈玉珍再長嘆了一聲。我給他弄得又是疑惑，又是冒火，他老是唉聲嘆氣，一個七十歲的老人，返老還童到這種地步，他還有甚麼不滿足的？對一般年老的富翁來說，只要能維持健康，不再衰老下去，只怕他們就願意付出任何代價。

我再提高聲音：「你來找我幹甚麼？」

賈玉珍忽然笑了起來，笑得十分無可奈何：「我想來碰碰運氣，明知我的運氣不可能好到那種程度，但是還是忍不住想來碰碰運氣。」

我怔了一怔，一時之間，不知道他這樣講法，是甚麼意思。

賈玉珍摸了摸頭：「我在你這裏，碰上了兩次好運氣，你記得？」

我「嗯」地一聲：「第一次，在我這裏得到了那扇屏風；第二次，得到了那兩片玉簡？」

賈玉珍道：「是的。」

我又好氣又好笑：「那你現在，又想得到甚麼？」

賈玉珍欲語又止幾次，可是始終未曾講出甚麼來，只是有點賊眉賊眼地四下看著。我道：「你悟透玄機，自然已得到玉真仙籙的下卷了？」

賈玉珍苦笑了一下：「中卷。」

我呆了一下，「哈哈」大笑了起來：「中卷，那你現在，還要繼續尋找下卷了？」

賈玉珍點著頭，無可奈何地道：「是，找不到下卷，我就成不了仙。」

我仍然笑著，這是一種很難解釋的情形，實在事情並不是那麼好笑，可是又無法令人不笑。賈玉珍先是得了那冊仙籙的上卷，以為有下卷，他就可以成仙，費盡心機，卻又冒出一個中卷來，還是要找下卷！

我笑了好一會，看到賈玉珍的神情懊喪，才止住了笑聲：「你在那仙籙的中卷之中，得了一些甚麼好處？」

賈玉珍道：「進一步的靜坐和修煉之法，我開始減少食物，現在，我可以在呼吸之間，就度過十多天，不必進食，而且體力極好，容顏和少年人一樣。」

賈玉珍的話，令我心頭怦怦亂跳，這一切，全是各種各樣有關神仙的記載之中，修仙的必經過程，而賈玉珍一一在經歷著。

我問道：「這大半年來，你是在——」

賈玉珍道：「在青城山的一個人跡不到的小山坳。」

我又怔了一下：「青城山？中國四川省境內的青城山？」

賈玉珍道：「是。」

青城山在傳說之中，出了不少神仙，是道家四十九洞天之一，倒是一個「盛產神仙」的地方。可是賈玉珍是怎麼會跑到那裏去的呢？既然是「人跡不到」的一個小山坳，他又怎能找得到？

我一面想著，一面已經發出了一連串的問題。賈玉珍道：「地點，是記載在上卷最末一頁，還有詳細的地圖，並不難找，那兩片玉鑰——」

他講到這裏，我陡地截住了他的話頭：「你說甚麼？甚麼玉鑰？」

賈玉珍現出十分忸怩和尷尬的神色，但是立即又回復了常態：「就是那兩片玉器。」

我盯著他問：「你不是說那東西是玉簡麼？怎麼忽然又改了名稱？」

賈玉珍咂著舌：「名稱……並不重要，那兩片玉，是玉鑰。」

我道：「要來開啓甚麼用的？」

賈玉珍又遲疑了片刻，我越來越感到冒火：「你早已知道那兩片玉有甚麼用途，可是你卻一句也沒有對我說過。」

賈玉珍不敢看我：「這……害人之心不可有，防人之心不可無。」

我真是無法忍得住心頭的怒火，當日，他在東德，落入了特務組織的手中，幾乎沒將他活生生解剖來研究，他用計把我弄到東德去，令我也吃足了苦頭，可是他媽的「防人之心不可無」。

我一聲冷笑：「賈玉珍，像你這種卑鄙小人，有今天這樣的奇遇，可以說是你祖宗八百六十七代積下來的德，你該心滿意足！你還想成仙？問問你自己的心，你配不配？」

賈玉珍只是眨著眼，我指著他痛罵，他一點也不覺得甚麼，真好本事。等我罵完，他才道：「只要我能得到仙籙的下卷，我就能成仙。」

我懶得再理他，可是我又捨不得趕他走，因爲他有那樣的奇遇，其中的詳細經過，我還不知道，他要是走了，再找他可不容易。

我們兩人就這樣僵持了幾分鐘，還是他先開口，看來他說甚麼「碰運氣」之類，也是鬼話，一定他早已打好了算盤，有事情來求我，所以才會任我痛罵了之後，又對我低聲下氣。

他先開口：「你不是要知道經過嗎？」

我悶哼了一聲，擺出一副你愛說不說的神氣。對付賈玉珍這樣的老奸巨猾，非這樣不可。

賈玉珍得不到我的反應，只好自顧自說下去：「我離開瑞士，到了青城山，入山第三天，就找到了那個小山坳，三面峭壁聳天，我也找到了山壁上的那扇石門，就用那兩枚玉鑰，打開了那道門——」

我用心聽著，賈玉珍的遭遇，越來越傳奇，不過，總有點不很對勁的感覺，我在他講到這裏時，問：「用玉鑰來打開那座石門，那也是你早就知道的事？」

賈玉珍神情尷尬地點了點頭，我冷笑一聲：「你也太笨了，要打開一道石門，在二千年之前或者唯一的辦法是用玉鑰，但現在，辦法多得很，你何必那麼辛苦，非得到那兩件玉不可？」

賈玉珍現出一副不屑的神色來：「你以為我沒有考慮過用炸藥？可是那是仙洞，你用炸藥去炸，第一未必炸得開，第二，你連這點誠意都沒有。就算炸開了洞門，仙籙還會在嗎？會留給你嗎？」

我答不上來，我從現代觀點來看這件事，賈玉珍在「仙遇」觀點上，說起來，自然格格不入。

我悶哼了一聲，沒有再說甚麼，賈玉珍又道：「打開了石門——」

我又道：「等一等，怎麼打開的？那石門上，有著鎖孔？那兩片玉，是鑰匙？」

賈玉珍說道：「不是，沒有鎖孔。」

我盯著他，等他進一步的解釋。他道：「那石門……根本是一塊相當大的玉，玉質和兩枚玉鑰一樣，在門上，有兩個凹槽，大小形狀，和兩枚玉鑰，一模一樣，一將兩片玉貼上去，石門就自動打開。」

我聽得有點發呆。這種經過的情形，我相信是真的。不然，憑賈玉珍，只怕把他倒吊起來，他也編不出這樣的經過。

我所想到的是：這種開門的方式，十分現代，現代最新的磁性鎖，就用類似的方式。

我又竭力在記憶中搜尋那兩枚「玉鑰」的形狀，上面好像有點條紋刻著，這些條紋，是不是起著開啓石門的作用？

賈玉珍又道：「仙家妙法，不可思議，門一打開，我還想把那兩片玉鑰取下來，可是根本無法取得下，那兩片玉，嵌進了凹槽之中，連一點縫也沒有留下，儼然一體，再小心看，也看不出嵌進去的痕跡。」

我苦笑，我又只好相信那是事實，不是賈玉珍編出來騙我的。

賈玉珍繼續說他的「仙遇」：「山洞不大，有一個石製的架子，我一進去，就看到架上，有一隻小玉盒，和三片極薄的玉片，玉片之中有著字，那字，不是在玉片之上，而是在玉片之中，向著光一看，就可以看得到，我當然大喜過望，先跪下來拜了九拜——」

我嘰咕了一句：「你應該長跪不起！」

賈玉珍沒有聽清我在說甚麼，續道：「我又打開那小玉盒，裏面是六顆金丹——」

我吞下了一口口水，賈玉珍道：「丹藥是金色的，簡直像金子打成，玉盒內刻著金丹的名稱，是『太清金液神丹』，每八十一天，服食一顆，玉片中記載的是服食了金丹之後，打坐靜修的方法，我依言而爲，開始十天還覺得肚子餓，採些山中的野果子充飢——」

我嘆了一聲：「有沒有遇上會跑會跳的萬年芝仙、芝馬？」

賈玉珍搖頭：「沒有。」

我道：「可惜，要不然，只怕你已經成仙了。」

賈玉珍現出十分懊惱的神情來，指著自己：「我現在變成了這樣子，你還不相信麼？」

賈玉珍的話是無可辯駁的，因爲他就是證明，我只好放棄和他辯駁。他又道：「我一直在那山洞之中，等到三個八十一天過去，我才離開——」

我作了一個手勢，道：「對不起，這一次，我要將每一個細節，弄得清清楚楚，你在那小山洞中，耽了兩百四十三天？」

賈玉珍道：「是。」

我又道：「那玉片的字跡——」

賈玉珍道：「在我依法修煉成功之後，它就自動消失，到最後那天，全部消失。」

我道：「那你憑甚麼知道這只是中冊，又憑甚麼去尋找下冊？」

賈玉珍嘆了一聲，半晌不語。我知道這老奸巨猾，說話不盡不實，他一定有未曾說出來的經過。他有求於我，我不趁機把他的話全逼出來，以後就沒有機會了。

過了一會，賈玉珍才緩緩地說道：「到了最後一天，我只覺得神清氣爽，又知道自己已可以餐風飲露——」

我忙道：「你用詞不當了，餐風飲露，多半是用來形容孤魂野鬼的。」

賈玉珍惱怒地道：「你少打岔好不好？」

我怕他真的生氣，就笑道：「別生氣，你應該學學你的前輩，成了仙的東方朔，就十分幽默。」

把「幽默」這樣的名詞，和東方朔連在一起，我自己想想，也覺得好笑，所以，忍不住又笑了起來。賈玉珍不理我：「那時，玉片之中，突然發出光芒，有字跡閃動，我一看之下，才知道這些日子來，我修煉的，只是中冊，那三顆『太清金液神丹』的功效極大，但也不能使我成仙，要成仙，還要求得玉真仙籙的下冊才行。」

我「哼」地一聲：「上哪兒去找？」

賈玉珍卻只是盯著我，神情很古怪，我忙搖手說道：「我可沒有甚麼仙籙下冊，有，也留著自己用。」

賈玉珍嘆了一聲：「衛斯理，仙籙不能強求，不要因爲我有仙籙，你就妒嫉。」

我不斷譏嘲他，甚至不顧他變得如此年輕的事實，可能是下意識對他有這樣的遭遇，十分欣羨，這時給他一說，不禁有點慚愧。

賈玉珍又道：「強求是求不來的，秦始皇爲了求長生之藥，費了多少心機得不到，而與他同時代的人，卻往往於無意之中得道長生，升天成仙。」

我說道：「好了，我沒有想變神仙，只是不明白你來找我幹甚麼。」

賈玉珍再次用那種古怪的神情望著我，我嘆了一聲：「你別這樣看我，我真的不知道仙籙的下卷在甚麼地方，一絲一毫的印象也沒有，甚至，我根本不知道有下卷的仙籙這回事。」

我一再聲明，是因爲他望著我的那種神情，分明是又要我替他去找仙籙，所以我拒絕在先，免得他再開口。

賈玉珍苦笑了一下：「現在我的情形：不上不下，尷尬透頂了。我已經無法再過普通人的生活。原來我的生活很好，可是現在我生活圈子裏的所有人，沒有一個再會接受我。我不能向他們說我因爲有了仙遇，所以變年輕了。」

我翻著眼：「爲甚麼不能？」

賈玉珍苦笑：「誰不想變年輕？我一講出來，人人追問我變年輕的方法，我怎麼應付？」

我悶哼一聲：「那你就教他們練氣功好了。」

賈玉珍一副無可奈何的神情：「沒有仙丹，光是練氣，有甚麼用？當他們發現他們不能像我一樣，我會被他們撕碎。我也不能老在山洞打坐，長年累月地坐在山洞中，這日子怎麼過？」

我望著他，由於他的神情真是那麼愁苦，我倒很同情他：「是啊，你不必吃東西，只怕人家會將你當作怪物來研究。」

賈玉珍一副欲哭無淚的神情：「所以，我只有一條路可以走：找到下卷，修煉成仙，這種不上不下的日子，不是人過的。」

我怔呆著，好一會說不出話來。照說，像賈玉珍，有了這樣的際遇，應該高興莫名。可是他卻真的感到十分痛苦，他一定要嚴守秘密，不能讓人家知道，他要完全脫離原來的生活圈子，而他又不能做到在深山之中過一生——他的一生，可能是好幾百年，真令人想起來都會害怕。他說得有道理，他唯一的路，是繼續向前走。繼續向前走的目的，看來是擺脫目前的處境，大於修煉成仙的欲望。

可是繼續向前走，如何走呢？

他完全無法得到指點。那冊下卷的仙籙，根本不知道在甚麼地方。

我想了片刻：「我看，你試圖讓自己回復到五六十歲的樣子，又健康，又長壽，人家也不會把你當怪物，這不是十分幸福快樂麼？」

賈玉珍長嘆了一聲：「要是能由我作主，那倒好了。我離開青城山之後，一照鏡子，自己都嚇了一大跳。」

賈玉珍又長嘆一聲：「真是糟糕透頂了。唉，早知道，還是不要找那中卷仙籙的好，千方百計找了來，弄得現在不上不下。」

我道：「你現在想找下卷，或許，有了之後，修煉之下，情形更糟糕。」

賈玉珍道：「那怎麼會！修煉成仙，就不同了。」

我也無話可說，只好道：「那麼祝你成功。」

賈玉珍又一次用那種古怪的眼光向我望來，我道：「你要說甚麼，只管說吧，別望得我心中發毛。」

賈玉珍道：「下卷仙籙，一定也著落在你的身上。」

我怒道：「你放甚麼屁！我告訴過你了，我甚麼也不知道。」

賈玉珍急急道：「玉片之中，最後顯露出來的，是四句偈語。」

我雙手亂搖：「千萬別告訴我偈語之中有我的名字，我不會相信。」

賈玉珍苦笑著：「你的名字倒沒有，不過，說的十足是你。偈語說：『初遇得上，再遇得中，三遇得下，仙業有望』。我參出了它的意思，是與你打三次交道，三卷仙籙，都因你而得，下卷仙籙，自然也在你身上得到。」

我真是又好氣又好笑，攤開了雙手：「你就算將我拆成絲，我也交不出下卷給你。」

賈玉珍說道：「不是說在你這裏，是說我一定要通過你，才能得到。」

我實在不想解釋，可是看他的情形，說不定會無日無夜泡上我。他現在精神又好，甚至不必進食，真是要纏上了我，我可不是他的對手。

所以，我只好不嫌其煩，道：「唉，在我身上，怎麼能得到仙籙的下冊呢？不像上次，還有一點頭緒，有兩片玉鑰，現在，天下之大，連個著手之處也沒有！」

賈玉珍悶哼著：「不上不下的日子，我沒有法子過下去。」

我只好直截了當地拒絕：「我也沒有法子幫你。」

賈玉珍卻固執地道：「你可以的。」

我只好道：「好，我能怎麼幫你，你說。」

賈玉珍舐了舐唇，道：「你……到那個藏有中卷仙籙的山洞中去一次，或許，會有甚麼發現，可以使仙籙下卷出現。」

我一聽得他這樣說，要十分努力，才能忍住了不破口大罵，可是卻忍不住轉過了身去，看也不去看他。真是太豈有此理了，為了毫無希望的一件事，他要我到那種鬼地方去。賈玉珍卻還在說道：「求求你，去一次，耽擱不了你多少時間。」

我大聲道：「我不像你，你有無窮無盡的時間，花上兩百四五十天去打坐，一點關係也沒有，我生命有限，決計不想浪費。」

賈玉珍瞪著我，半晌，才嘆了一聲：「你好像也練過氣功？可是方法不很對，我可以指點你一下……」

我不等他講完，就道：「謝謝，免了，老實講，我對於我的現狀很滿足，也不想擺脫生老病死的規律。像你那樣，自己當自己的孫子，滋味的確不是很好，而且，你可能還會繼續年輕下去，到了你看起來只有五六歲的時候，那時真是童顏了，可是怎麼生活？除了在深山靜修之外，一出來，就會被人當成怪物。」

賈玉珍給我說得哭喪著臉：「所以，我才非得到那冊下卷不可。」

我一個勁地搖頭：「幫不到你，沒有辦法！」

賈玉珍雙手互扭著，來回打著轉，在不到三分鐘的時間之內，他許了我不知多少諾言，包括了把世界各地的玉真齋，全都送給我。我越聽越煩，忽然起了一個十分頑皮的念頭：「如果你一定要我到青城山的那個山洞中去，我有一個條件。」

賈玉珍大喜過望：「說，甚麼條件，我都可以答應。」

我道：「在你身上發生的變化，十分值得研究，我想用現代的方法弄明白這種變化。」

賈玉珍摸著頭，一時之間，還不明白我這樣說，是甚麼意思。

我繼續道：「我的意思是，你要跟我到一家設備十分完善的醫院去，讓對人體有研究的專家，對你作一次極其徹底的檢查。」

我的話才一出口，賈玉珍的臉色變得極難看，他還未曾來得及回答，突然，白素的聲音傳了過來：「這種要求，太過分了！」

我陡然轉頭，由於剛才賈玉珍一直在煩我，我背對著門，所以白素是甚麼時候進來的，我也不知道。白素的心腸好，她知道那種徹底的檢查，一定會把賈玉珍當作科學怪人一樣地來作種種檢查和測試，所以才說我太過分了。

我轉身向白素望去，賈玉珍也轉過了身去，和白素打了一個照面，白素看清楚賈玉珍如今的樣貌，現出了驚訝之極的神情。這是一定的，以前見過他的，現在再見到，如果不感到驚訝，那簡直是不可能的事。

我趁機道：「你看看他是不是有必要進行一次徹底的檢查，找出他生理上發生了如此巨大變化的真正原因？」

白素沒有回答我的話，只是盯著賈玉珍：「天！賈先生，你看起來……像是二十歲。」

我道：「這是他得了仙籙中卷的結果，還服了甚麼『太清金液神丹』。」

白素慢慢向前走著，一直來到了賈玉珍的面前，才又道：「恭喜你，賈先生，你……真的……成了一個奇蹟。」

賈玉珍苦笑了一下，我又道：「俗語說：快活似神仙。這種說法，看起來不是很靠得住，因爲賈先生看來並不快樂。」

賈玉珍喃喃地道：「那是因爲我還不是神仙。」

我哼地一聲：「你怎麼知道做了神仙之後，一定快樂？現在，在你的身上，發生了奇蹟的變化，如果能把這種變化的原因找出來，造福人群，不必人人都像你，只要能夠抵抗疾病，防止衰老，你是人類史上最偉大的一個人。」

賈玉珍只是眨著眼，摸著頭。

我繼續著：「檢查不會花你多少時間，也不會把你剖開兩半，大不了是抽點血，照照X光，你可以相信我的保證。」

賈玉珍有點意動，他猶豫地望向白素：「剛才你說太過分了，那……是甚麼意思？」

白素沉聲道：「剛才我不知道在你身上發生的變化，如此之甚……賈先生，我想去接受一下檢查，對你可能有點不方便，但如果真能找出原因，那的確是人類史上一件最偉大的事。」

連白素也贊成了，我真是十分高興。當我起這個念頭之初，不過是一個頑皮的想法，故意令賈玉珍爲難，現在，看來有實現的希望。

如果真能由此查出原因來——這實在是想想就令人感到興奮的事！

賈玉珍又團團轉著，白素來到了我的身邊，用疑惑的眼光望著我，我低聲道：「他相信可以通過我，得到一本仙籙的下冊，要我到青城山去。」

白素神情更疑惑，我示意她暫時不要問，先看賈玉珍的決定。

賈玉珍站定了身子：「如果那些專家，知道了我實際上是一個七十多歲的老人，一定會把我切碎了來研究。」

賈玉珍的這種憂慮，倒也有他的道理，我還沒有想出該如何應付，白素已經道：「賈先生，我們保證不洩露這一點。」

賈玉珍深深地吸了一口氣，他那口氣吸得悠遠綿長，足有一分鐘之久，才道：「好，我在接受了檢查之後，不論結果如何，衛斯理，你都要和我一起到青城山去。」

我道：「一言爲定。但是到了青城山，能不能找到那份仙籙，我不保證。」

賈玉珍倒很講道理：「當然，那要看我自己的仙遇如何，不關你的事。」

他說著，伸出手來，和我緊緊地握著，算是雙方都準備遵守諾言。

我請賈玉珍留在家裏，和白素分別以電話，聯絡幾個我們相熟的醫生、專家，告訴他們，要請他們對一個人作生理結構上徹底的檢查。

由於那幾位了不起的科學家，以往都和我有過交往，知道如果我這樣鄭重地提出這樣的要求，一定有十分重大的原因。所以，他們一口答應，而且一致推薦美國威斯康辛州一家大學的醫學院附屬醫院作爲檢查的地方。

和他們約好之後，又等了四天，因爲我邀請的專家之中，有兩個是在那家醫院工作，一個是院長，一個是醫學院的教授。但其餘幾個人，要從世界各地趕去，需要時間。

在這四天之中，我留賈玉珍在家裏住，而且仔細觀察著他。賈玉珍也明白他的一切，我全都知道，所以對我並不避忌。

他的大部分時間，都在打坐，晚上更是整晚打坐，一坐下去，呼吸緩慢，整個人如同泥塑木雕。而且，四天來，他除了偶然喝喝水之外，未曾進食任何食品。

人變得年輕了，這還可以解釋、假設，但是不進食，人體所需的營養，自何而來？難道真的可以在空氣之中，攝取人體所需要的一切元素、物質？空氣中當然有這些物質存在，但是通過甚麼方法來攝取呢？

我和白素商討著，一點結論也沒有，甚至無法提出像樣的假設。

四天之後，我和賈玉珍一起啓程，到了美國，賈玉珍顯得十分不安。他不住喃喃自語：

「他們會不會把我割開來檢查？要是這樣，我恐怕也活不了。」

我有點惱怒：「當然不會，你死了，我有甚麼好處？」

賈玉珍不住眨著眼，摸著頭：「我感到我只要一進入那家醫院，我就像是一頭……白老鼠，要隨那些洋醫生……擺佈了。」

我嘆了一聲，我自然知道，賈玉珍將要接受的徹底檢查，會令得他的肉體，受到相當程度的痛苦，決不止抽點血來驗驗那麼簡單。可是這時看來，他精神上的困擾，似乎更甚。

我只好再一次向他保證：「你放心，沒有人知道你的秘密。」

賈玉珍苦著臉：「我的秘密能保持多久？就算完全沒有人說甚麼，難道我一直不吃東西，也不會引起人家的懷疑？」

我皺了皺眉，這倒的確是一個大問題，我提議：「你不能假裝吃點東西？」

賈玉珍大搖其頭：「不行，一來，我根本不想吃，吃了也要吐出來。二來，再讓人間煙火進入我的肚子，濁氣生長，會影響我的修行，我已經練到可以辟穀了，何必再退回去？」

我深深地吸了一口氣。我早已感到，「辟穀」——不需要進食，最不可思議。任何生物，包括植物在內，都需要通過攝取營養來維持生命。我絕不以爲賈玉珍如今可以不需要營養，我只是假定他用另一種方式，不是傳統的進食方式，來得到營養。我甚至滑稽地想到，他體內的整個消化系統，是不是還有存在的價值？看來，就算將他的整個消化系統所屬的器官，自他的身體內切除，也不會影響他的生命。

我越想越遠，想到人攝取營養，用注射的方法也可以，不過賈玉珍如今所使用的，是比注射、進食先進了不知多少倍的方法。

我又想到，消化系統器官，佔據了人體相當大的體積，從食道開始，胃、大量的腸，是人體最累贅的部分。人的身體如果不需要笨重的消化系統器官，一定可以輕盈很多，行動會更靈便，生活也會更愉快。或許，可以利用省下來的體力，使腦部的活動更精密，從而使人類的文明發展更快速。

當然，人的外形，也會起徹底的變化，身子會變得小，樣子怪異，但如果人人都是這樣子的話，自然也會習以爲常。

將來人類的進化，是不是會朝這一方面發展呢？

第九部：完全不同的生理結構

我一直在胡思亂想，賈玉珍一直在唉聲嘆氣，我給他弄得心裏很煩：「沒見過像你這樣的……神仙。」

賈玉珍反問：「你以前見過神仙？」

我道：「沒見過，可是也看過記載，東方朔偷吃王母的三千年一熟的蟠桃，何等自在；呂洞賓三戲白牡丹，多麼風流，哪有像你這樣愁眉苦臉，唉聲嘆氣的？」

賈玉珍高興了起來：「你看，現在你也不否認世上真有神仙。」

我張大了口，說不出話來。是的，神仙的故事一直流傳，有的記載，甚至活龍活現！

賈玉珍又嘆了一聲：「可惜我還不是神仙，要我真是神仙，我也一樣逍遙快樂。」

發生在他身上的變化，對任何人來說，都夢寐以求，他看起來完全是一個青年人，而且，還不知可以活多久。

然而他卻一點也不滿足，人的欲求，不論是物質或精神方面，看來真是無可滿足。

我想勸他，可是想想，我只不過是一個普通人，他已經是半個神仙了，還有甚麼可以勸他的？只好由得他去唉聲嘆氣。

轉了兩次機，到了預定的目的地，我約好院長和教授在機場接我，見了面以後，他們的注意力，集中在賈玉珍身上。賈玉珍更加侷促不安。

院長本來是一個十分嚴肅的人，但或許是由於我的要求十分奇特，他甚至因爲忍不住好奇心，而偷偷用肘碰我，向我使眼色，向賈玉珍呶嘴。我問：「其餘的人都已經到了？」

他道：「所有的人都來了。」

我吸了一口氣：「那就好，詳細的情形，我會對所有人說。」賈玉珍聽得我那樣講，神情更是緊張，拉著我的衣袖不肯放，我又安慰了他幾句，然後我有點卑鄙的警告他：「你不要想玩甚麼花樣，不然，我不跟你到青城山去。」

一干人等上了車，直駛醫院，我約來的幾個專家全迎了上來，每一個人的目光，都不斷在賈玉珍的身上打轉，看得賈玉珍大是不安。

將賈玉珍安排在一間十分舒服的病房，然後一再向他保證，對他的全面檢查，不會超過三天，請他務必合作。

然後，我們到了院長的辦公室，院長一將辦公室的門關上，就嚷叫了起來：「衛，你究竟在鬧甚麼鬼，這個小伙子有甚麼特別？」

我向每一個人望去，他們每人的心中，顯然都存著同樣的疑問。

我想了一想：「各位，我只是要求各位對他的身體作詳細的檢查，然後，要你們的結論。」一個內分泌專家大聲抗議：「這種工作，任何一間普通的醫院，都可以完成，爲甚麼一定要我們來？」

我神情十分沉重：「當然有原因，現在我不告訴你們，你們幫了我這個忙，我總有一天，會告訴你們一件完全在你們知識範圍以外的事實。」

所有的人，都現出懷疑的神色。也難怪他們會有這樣的自信，因爲在這裏的七個人，他們對人體的知識，可以說已經等於人類對人體的全部知識了。

但是，發生在賈玉珍身上的變化，卻不折不扣在人類對於人體知識範疇之外。

我沒有再和他們多說甚麼，只是道：「請開始吧。」

在接下來的三天之中，七位專家對賈玉珍進行了各種各樣的檢查，我實際上也參加工作。開始的時候，賈玉珍還十分擔心，但是第二天，他就習慣了，因爲他並沒有被「切開來」。晚上，我聽專家的報告，到病房去陪賈玉珍，聽他再詳細地講他根據仙籙的上冊和中冊，進行修煉的經過。

我也曾學過中國武術中的內功，有時，和他一起「練氣」，他教了我一些法門。可是我全然無法做得到，那超越我的體能之外，可是他做來卻十分輕易。

我估計，那是他兩次服食了「仙丹」，使他身體的潛能得到了極度發揮的結果。

「仙丹」的成分是甚麼？何以會有這樣的功效？這是解不開的謎。在所有有關「神仙」的傳說之中，「丹藥」都佔有重要的地位，「丹藥」在人變神仙的過程中，起重大的作用。

我已經打定了主意，如果真有萬一的希望，找到「玉真仙籙」下卷的話，我一定要先看一看，如果有甚麼「仙丹」，我也一定要保留一點來研究！賈玉珍幾乎終夜打坐，而且一連三天，沒有吃過任何東西，只不過喝少量的水。

到了第四天晚上，我們又齊集在院長的辦公室中。專家的神情和上次全體聚集時大不相同，人人看來，都驚訝莫名。我替他們每人倒了一杯酒，然後道：「好了，各位，我在等你們的結論。」

專家們互望了一眼，然後，又望向院長，院長一口喝乾了酒：「這幾天來，我們對賈先生作了徹底的檢查，這，是我們所得的結果。」

他一面說，一面打開一隻巨大的文件夾，夾中有數百頁文件。

可是他卻立時又將文件夾合上：「結果無法公布，一公布，世上稍有醫學常識的人都會訕笑我們，怎麼可能對一個人的詳細檢查，會得出這樣荒謬的結果。」

我深深吸了一口氣：「我只要知道你們的結果，如果情形正常，我何必請你們來？」

院長和各專家又互望了一眼，才說道：「我們必須有一個協議。」

我連連點頭：「我會遵守任何協議。」

院長道：「首先，我們在這裏做的事、說的話，在任何場合，絕口不提。」

我道：「好，我遵守。」

院長伸手，拍著文件夾：「一切不會公佈。」

我皺著眉：「不準備告訴我結果？」

院長忙道：「你有權知道結果，但只是告訴你一個梗概。」

我道：「為甚麼？」

院長道：「詳細的情形相當複雜，而且我們已經決定把這件事當成未曾發生過，所以不想再詳細提。」

他這樣說，我倒很可以諒解，我「嗯」了一聲：「結果太驚人？」

院長呆了半晌：「可以這樣說：太不可以理解了。」

我揮著手：「請把大致的結果告訴我。」

院長又向各人望了一眼，他被推舉出來做發言人，各人都點著頭，院長又停了一會，像是十分難以啓齒，我也沒有去催他，因為我知道，這些專家詳細檢查了賈玉珍，他們一定發現自己對人體一無所知。這對他們的自尊、職業、學術上的權威，是一項致命的打擊。他們一致決定要把這件事忘掉，當然也是基於這個原因。

又過了好一會，院長才道：「你帶來的這個人，他整個身體的情況——我是說，他身體機能的所有活動情況，絕不應該在任何活著的人身上出現。」

我不禁大是駭然，失聲道：「這是甚麼意思？你說他是一個死人？」

院長皺著眉，接連咳嗽了好幾下：「當然不是，他不是死人，可是他……他……是……天，該怎麼形容才好呢？」

一個專家插了一句口：「也許，動物的冬眠狀態，勉強可以解釋。」

院長又咳嗽了兩下，才道：「是的，冬眠狀態勉強可以解釋。動物冬眠，一切活動放慢，新陳代謝放緩，所以可以不必進食，這個人的情形就有點相似，但是他的『放慢』程度，比一隻冬眠的烏龜更甚！我們觀察他身體各部分的細胞活動，發現那種緩慢的程度，超過一千倍。」

我真是沒有想到，這次檢查，會有這樣的結果，一時之間，我也不禁瞠目結舌，講不出話來！

院長又道：「他體內的一切細胞，全以這樣緩慢的方式在活動，細胞衰老的時間，自然也相應延長。」

我「哦」地一聲：「你的意思是說，他的壽命，可以是普通人的一千倍？」

院長點頭：「理論上來說是這樣，但是……實際上那說不通，照這樣的緩慢速度來進行新陳代謝，他活動所需的體能，也只有一千分之一，也就是說，他簡直不能有任何動作，只能像木頭一樣睡著不動，可是他卻又精力充沛。」

我忙道：「是不是有甚麼藥物，可以達到這樣的效果？」

所有專家，都大搖其頭。

院長又道：「更奇怪的是他的消化系統——他似乎不需要進食，他的胃液中全然沒有了胃酸，腸胃的蠕動也幾乎停頓，他不會覺得飢餓，可是他所需要的營養，卻又絲毫未見缺乏。」

一個專家喃喃地道：「我檢查他的消化系統，我甚至幻覺到他根本是一個機械人，而裝上一副不起作用的消化器官。」

我再次深深吸氣，因爲驚愕而有窒息之感。另一位專家道：「他的循環系統，也十分怪異，血液循環的速度並沒有減慢，可是紅血球中帶的氧，數量之少，簡直不能使人生存。」

又一個專家道：「他的呼吸系統更怪，肺活量普通，可是在一次吸氣之後，幾乎……可以維持普通人的百倍以上的需要，真不知道他怎麼支持。」

我聽著這些專家的話，思緒亂成一片。他們對賈玉珍檢查的結果，說明了一個事實：賈玉珍的生理狀況，和普通人完全不同！

我等他們的話告了一個段落之後，問：「各位對於他爲甚麼這樣，可有甚麼概念？」

專家們互望著，呆了半晌，院長才道：「衛，不要故弄玄虛了。」

我怔了一怔，一時之間，不明白院長這樣說是甚麼意思。院長已經壓低了聲音：「他來自哪一個星球？不能告訴我們？」

我「啊」地一聲，這才明白他的意思，院長以爲賈玉珍是外星人！看來，他們全這樣想，我還未曾有任何反應，院長又道：「看來，他們的生理活動狀況，比我們進步得多，他們的生命長，能力強，幾乎可以在任何惡劣的環境之下生存，如果他們和地球人爲敵，我想地球人沒有任何對抗的機會。他們——」

我打斷了他的話頭：「你錯了，他不是甚麼異星人，是百分之百的地球人！」

院長沉默了片刻，才道：「你堅持這樣說，我也沒有辦法，但是我們的結論，你已經聽過了。」

我點著頭，他又道：「那麼，我們這次的聚會，可以解散了？」

其餘人都點頭表示同意，我也只好點頭，院長打開文件夾，把其中的文件，全部取了出來，放進一隻大鐵盆之中，然後點著了火。

我注視著鐵盆中被燒成灰的那些文件。他們的檢查，有了結果，可是他們全然不知道是甚麼原因。所以他們決定忘記這件事，這是十分可悲的一種情形，可是除了這樣，有甚麼法子？

我告訴他們，可能是由於某種藥物的影響，所以才使賈玉珍變成現在這樣，可是每個人都現出了怪異莫名的神情，根本不相信。我們又討論了抗衰老素的問題，院長下了結論：「和抗衰老素無關！這個人的外形，看來和我們一樣，但是他用一種完全不同的方式在活著。完全不同！我不知道生物可以用這樣方式生活，連植物也不行。」

他在這樣講了之後，停了一停，又補充道：「或許有少數植物可以。在蘇格蘭高原上，有一種苔蘚植物，叫『空氣苔』，不需要從泥土攝取營養，而直接從空氣中攝取所需，但那只是低等植物，人是高度進化的動物，人生活的方式，是億萬年生物進化的結果。」

我苦笑了一下：「進化的結果，不一定是進步的方式，我看低等苔蘚直接從空氣中取得營養，就比人要吃下大量食物的方式進步得多。」

這幾句話，令得專家們對我怒目相向，他們顯然絕不同意我的說法。

我沒有再和他們爭下去，只是誠摯地向他們道謝，保證他們日後如果有事要我做，我決不推辭，作為報答。然後，我和賈玉珍離開了醫院。

和來的時候不同，賈玉珍興奮之極，因為他已經實行了他的諾言，現在輪到我了。

一直到了飛機之上，我實在忍不住了：「你對於自己身體情形怎麼樣，難道一點興趣也沒有？為甚麼你連問都不問一下檢查的結果？」

賈玉珍笑著，一副瀟灑得毫不在乎的樣子：「問來幹甚麼？我知道我和一般人完全不同，我有仙籙，我可以變成神仙。」

我悶哼了一聲，無法搭腔，只好楞楞地瞪著他，他又道：「其實，身體狀況怎麼樣，一點也不重要，身體只不過是一個皮囊，遲早要捨棄的。」

我吃了一驚：「沒有了身體，你……你……」

我本來想說「沒有了身體，你怎麼活下去？」賈玉珍用一種十分古怪的神情望著我。他那種神情，使我感到如果繼續說下去，我會是一個笨蛋，所以我停住了不說。

賈玉珍又笑了一下，然後想了片刻：「衛斯理，你我認識，也算是有緣。」

我苦笑了一下：「是啊，等你變了神仙，或許那就是仙緣了。」

賈玉珍對我的話，並不感到有趣，只是自顧自道：「我可以告訴你，在中冊仙籙的最後部分，已經有修煉元嬰的初步方法。」

我陡地怔呆，失聲道：「甚麼元嬰？」

賈玉珍奇訝地道：「你連甚麼是元嬰都不知道？」

我思緒亂極了，揮著手，一時之間，說不出話，想笑，也笑不出來。

元嬰，我自然知道甚麼是元嬰。真好，先是練吐納、練氣，然後是辟穀，現在又是修煉「元嬰」，一切全像真的！

本來，在觀念上虛幻之極的一切，忽然一下子全變成真實，所引起的思緒上的混亂，實在是可想而知。我張大了口，喃喃地道：「元嬰……就是元神？」

賈玉珍點了點頭：「只要我得到下卷仙籙，我就可以煉得成，到時，現在的這副皮囊還有甚麼用處？所以我一點也不在意。」

我張口結舌：「那麼，到那時，你……將以甚麼方式活著？像是一陣輕風？只用精神存在，還是……」

賈玉珍一本正經地搖頭：「沒有到那地步之前，我也不知道，形體或許還有，不過那是新的形體，舊的沒有用了。」

我實在需要靜一靜，所以我沒有再問下去，而且閉上了眼睛。

我在不斷地想，先想到的是元嬰。根據道家的說法是：經過一定過程的修煉，人體內會產生一種十分怪異的東西：元嬰。從記載上來了解，元嬰或元神，是和這個人的外形一樣的，但卻是具體而微的一個小人，可以隨時離體而出。

這個「小人」平時不知盤踞在人體內的甚麼地方，人體的結構十分精密，實在沒有多餘的空隙，可以容納一個小人「居住」。

而且，這個「小人」究竟有多大呢？記載上相當混亂，並不統一，有的說「尺許」，有的說「數寸」，不一而足。

元嬰代表了人的靈魂，靈魂無形無跡，元神有形有體，但是它雖然有形有體，一樣神通廣大，不受時間、空間的限制，可以自由自在，離開原來的人體。

元神離開人體的出入口是「頂竅」，在人頭部的正中處。那裏的頭骨十分堅硬，通過甚麼方法，可以供一個「小人」自由出入，也沒有人說得上來。不會是頭骨出現了一個洞，而是元神透過頭骨出來。也就是說，是突破了空間限制的一種現象。

等到元神煉成了之後，原來的身體，沒有甚麼用處了，生命的重點，已經由原來的身體，轉移到元神，元神甚至還可以通過某種方法，進入不屬於自己的身體。

那麼多有關元神的記載，都十分熟悉和普通，可是一旦要把那些事，當作真實的存在，卻又難以接受。

我想了一會，又睜開眼來：「你剛才提到了元嬰，這……真……不可思議。」

賈玉珍揚了揚眉：「沒有甚麼不可思議，我們原來的身體，再修煉，也不能適應神仙的要求，所以必須使得身體結構來一個徹底的改變，變得具有神仙的能力，這就須要修煉元嬰，脫胎換骨。」

我「嗖」地吸了一口氣，所能想到的是：賈玉珍如今已和常人大不相同，或許，元神只是精神上的一種象徵，並不是真有一個「小人」，而是身體構造完全改變，使得人體潛能可以完全發揮的一種形態？

這一點，連賈玉珍自己也說不上是怎麼一回事，我自然也無法妄測。賈玉珍卻相當高興：「希望順利得到下卷，那就好了。」

我無話可說，只好長嘆一聲。老實說，這時我寧願他是一個外星人，就不會有那麼多連設想都無法設想的怪現象。

到了家，白素來接我們，賈玉珍怕和其他人接觸，所以跟著我回來，把他安排在客房，我答應他休息一天，就跟他到青城山去。

當晚，我向白素說了專家檢查的結果。白素的說法相當直接，她道：「別理為甚麼，也別理有沒有可能，事實已經發生，超乎我們知識範圍之外——雖然一切程序、經過，早有文字記載，人人熟知那些文字記載，但是根本沒有人把它當作事實來接受。」

我只好苦笑：「人真能通過一種方法，修煉成仙？」

白素道：「人可以通過一種方法，使得生理結構發生徹底的改變，用另一種截然不同的生活方式來生活。」

我唉聲嘆氣：「看來我無法和你爭辯，因爲賈玉珍這個例子放在那裏。」

白素也嘆了一聲：「人類對於生命，所知太少了，現代人的毛病，是滿足於目前的科學狀況，古代有關神仙的記載那麼多，甚至有一整套的，極有系統的理論，可是就從來沒有人好好去研究。」

我高舉著手：「從我開始，我會好好研究。」

白素瞪了我一眼：「其實直到現在，你還是不相信，有甚麼好研究的？」

我苦笑了一下：「你想想看，他說，他開始在修煉元嬰。你叫我怎麼相信忽然有一個小人，從他的腦門中走出來？你相信嗎？」

白素猶豫了一下：「這的確十分難以想像，但是我看，這多半也是名詞上的不習慣。」

我盯著白素，不知道她在這種怪異的事情上，可以用甚麼「習慣的」名詞來替代。白素想了一會，才道：「道家對元嬰的說法十分玄妙，但是從意思上來看，可以理解，那是一種不要舊的軀體，換上一個新的軀體的過程。」

我攤了攤手：「請問，新的軀體從何產生？」

白素道：「新的軀體，就是舊的軀體。」

這真是玄之又玄了，我哈哈大笑起來：「求求你別解釋了，請恕我領悟能力太低，不能明白這種仙人的話。甚麼叫作新的軀體，就是舊的軀體？」

白素緩緩地道：「舊的軀體不斷蛻變，到最後，就是新軀體。賈玉珍的軀體已經變得和以前全然不同，還會再變下去。」我用心聽著。

白素道：「等到他身體組織的蛻變全部完成，也就是所謂煉成了元嬰。我想，一個小人從腦門中出來這種情形，是記載上的一種誇大，實際上，新的軀體產生是一種現象，新的軀體，可以發揮不可思議的潛能。」

我用雙手撐著頭，半晌不作聲。

白素柔聲道：「所以，你陪賈玉珍去，有可能發現自己正在參加一件人類歷史上最神秘也最偉大的事。」

我不禁笑了起來：「你真好，怕我不願意長途跋涉，又不得不去，所以變著方法，想令我高興。」

白素搖著頭：「這是我真正的想法。」

我嘆了一聲：「我也知道發生在賈玉珍身上的變化，對於整個人類極其重要。可是，你總不能設想『仙丹』可以大量製造，像是維他命丸！」

白素道：「我當然不會那樣想，但是只要確定了一個原則，意義已夠重大。這個原則是：人體的結構、組織可以通過某種方法改變，改變之後，人體的活動能力，將大大增加。有些科學研究，人無法做到，例如遠距離的太空探索，人的壽命就太短，如果壽命可以延長一千倍——」

我聽她講到這裏，不禁打了一個寒戰，忙道：「別說了，我不能想像在無邊無際的太空中，作一萬年那麼長的航行，那太可怕。」

白素笑了一下，但是她的笑容，也突然之間凝住了，過了片刻，她才道：「普通人想來，一個人……若是可以活上一萬年，也是無法想像的痛苦。」

我深深吸了一口氣，語意有點遲疑：「不會吧，長生不死，一直是人在追求的目標。」

白素低嘆了一聲：「人類有各種各樣追求的目標，不斷追求，全是因爲那些目標沒有達到，真的達到了，未必有甚麼快樂。」

我大是感嘆：「是啊，到了人人長生不老的時候，只怕要爭取死的權利。」

白素緩緩地嘆了一口氣，沒有再說甚麼。

前赴青城山的途中，沒有甚麼可以記述，青城山聳立了上億年，一直是那樣子，交通不便和落後，維持著古老的幽靜和神秘。賈玉珍和我，充著普通的遊覽者，先循著遊客者登山的道路進山，但不久就脫離了山路，在高峰之中亂鑽。

我用了「亂鑽」這樣的字眼，十分真實：完全沒有道路，在山中露宿，一直向西北方向走，越走越是深入，第二天還見到了一些人，到了第三天，一個人也沒有見到。第三天晚上，我們在一個小山坳中露宿，我問賈玉珍：「還要走多久？」

賈玉珍的回答很簡單：「快了。」

他這一聲「快了」，實際上是足足四天。到最後一天，我們翻過了一個山頭，有一道順著山勢而下的山澗，澗水清洌無比，十分湍急，足有三個多小時，我們就一直沿著這澗水向山下走，踏足之處，全是嶙峋怪石。大群猴子用十分怪異的目光望著我們，像是奇怪這兩個同類的動作何以這樣遲緩。

我的體力和賈玉珍比起來，像是八十歲的老人，連續幾小時山路，走得我筋疲力盡，賈玉珍卻若無其事。

好不容易下了山，澗水的去勢緩和。山中風景幽美，至於極點，但是我卻沒有法子欣賞，只是用眼色望向賈玉珍，連問他還要走多久都講不出來。

賈玉珍指著前面：「就在前面了。」

我盡力調勻呼吸，慢慢來到溪水最緩處，那裏水平如鏡，可以清楚地看到自己的倒影，我不禁嘆了一口氣：樣子狼狽之極，披頭散髮，衣衫襤褸，身上還沾滿了青苔，頭髮上全是枯黃的松針，筋疲力盡。

我沒好氣地應了一聲：「就在前面？天邊也就在前面，究竟還有多遠？」

賈玉珍忙道：「真的就在前面，最多再走個二十分鐘，就可以到。」

賈玉珍討好我，推開了一塊大石，在石頭下面，掘出了一些像馬鈴薯一樣的植物根，在溪水裏洗乾淨了叫我吃。我嚼了一下，這種不知名的草根，居然十分香甜可口，我猜那是黃精一類的植物。

休息了一會，沿溪向前走，山溪蜿蜒流進了一個小山坳。實在很難形容這個小山坳的幽靜和美麗，感覺不是在距離上和世界隔絕，而是在時間上隔絕了。

處身在這樣的一個小山坳中，時間全然沒有意義，一萬年之前，這裏是這個樣子，一萬年之後，這裏只怕還是這個樣子。

賈玉珍指著左首，那裏是一片懸崖，極高，懸崖上的石塊，又大又平整，賈玉珍已急步向前奔去，我跟在他的後面。

到了懸崖之前，他撥開了一些藤蔓：「看！」

我看到了一道石門——或者說，我才一看到，不以爲那是一道門，那只是一塊顏色和峭壁上其他部分不同的石塊，恰好是一扇門那樣大小，石質很潤，看來像玉。

第十部：使用炸藥進入仙府

賈玉珍在那塊大石上撫摸著，指著一處：「你來看看，看是不是認出那兩片玉鑰來？」

我走近去，看他手指著的地方，石塊全然是一整塊的，上面有一些不規則的，不是很明顯的石紋，也沒有斷續。

那時，夕陽西下，斜陽照在那玉門上，我不但看，而且用手去撫摸，也看不到那兩片玉鑰，在甚麼地方。

賈玉珍道：「我早已說過，它們完全嵌進去了，沒有那兩片玉鑰，我進不了這個洞府。仙府奇珍，真是巧奪天工。」

我只好苦笑了一下，道：「你快開門吧。」

賈玉珍道：「現在，任何人只要輕輕一推，就可以把這扇玉門推開。」

他說著，只用一隻手去推那玉門，突然之間，他怔了一怔，喉際發出「咯」的一下聲響，神情也變得很怪異，然後，他又用力推了一下。

那扇玉門一動也沒有動，賈玉珍變得尷尬，他雙手再用力去推。

可是那塊看來像是嵌在峭壁上的石門，一點也沒有移動的跡象。

賈玉珍著急起來，一再用力推著，我在旁看著，覺得又是好笑，又是怪異，我提醒他：「是不是需要唸甚麼咒語？像『芝麻開門』之類？」

賈玉珍怒道：「當然不用，我……曾推開過這石門好幾次，每次回去，只要輕輕一推，就可以把門推開來，這次……這次……」

他一面說著，一面不但用力推，而且用他的肩頭去頂，由於他十分焦急，他額上已經滲出汗珠來。

我搖著頭：「我看你再用力也沒有用，仙人的洞府，已經關上了。」

賈玉珍像是根本聽不到我的話，仍然在用力推著，推了一會，他停了下來，伸手在石門上摸著，不住喃喃地道：「就在這裏，那兩片玉鑰，就在這裏的，怎麼找不到了？」

我問道：「是不是你記錯地方了？」

賈玉珍聽得我這樣說，狠狠瞪了我一眼。我也懶得再說甚麼，自顧自走開了幾步，揀了一片長得細軟茂密、雜著許多各色野花的草地，躺了下來，望著天際幾抹淺紫色的晚霞，倒也怡然自得。清風拂來，反正石門打得開打不開，都和我沒有關係。

連日疲倦，我閉上眼，曚曚矓矓之間，已經快要睡著了。賈玉珍還在努力想弄開那道石門，我想，不論他是不是弄得開那道石門，他總會來叫我的。

我真的睡著了，不知道睡了多久，突然之間，被一下驚叫聲驚醒。

我睜開了眼，立時坐了起來，只覺得月色極好，整個小山坳之中的一切，都像是塗上了薄薄的一層透明的淺銀漆，有一個人影，在我的身邊一閃。

月亮斜掛，恰在兩個山峰之間，我看到的人影，當然是月光照在人身上，留在地上的身影。這小山坳中只有我和賈玉珍，當然那是賈玉珍在我身邊。

我轉過頭來：「那門——」

我才講了兩個字，就陡然停住。從看到影子的移動，到轉過頭去，最多不過十分之一秒。賈玉珍就算移動得再快，也不可能在那麼短的時間內，移出我的視線之外，可是當我回頭看去時，卻甚麼人也看不到。

小山坳中有很多石塊，也有不少竹叢、樹叢，賈玉珍若真是返老還童到了童心大發，和我玩捉迷藏，他確然有不少地方可以躲藏，但是我不認爲有這樣的可能，我直覺地感到，有甚麼怪異的事發生了。

我一躍而起，大叫道：「你在哪裏？」

出乎我意料之外的是，我一叫出來，立時就得到了回答，而且，那分明是賈玉珍的聲音。

賈玉珍的聲音，像是從十分遙遠的地方傳來，而且有著回聲，像是他在對面山的山頭回答我的話。

不但如此，而且他的聲音，在迅速遠去，我事實上只聽到了半句，他在叫著：「我在這裏，我——」

我立時循聲看去，他的聲音從石門那邊傳過來，我一面向前奔去，一面又叫道：「你在哪裏？在哪裏？」

可是這一次，我卻並沒有得到回答，我來到那道石門前，月光映在玉質的門上，發出十分柔和的光輝。

我再轉過身來，可就在我背對著石門之際，突然聽到有一種十分怪異的聲音，起自我的背後。那聲音怪異得難以形容，尤其是在這樣的情形之下，更是令得人遍體生寒，幾乎沒有勇氣轉過身來。

那是有人在發出幽幽的長嘆之聲，而且就在我背後發出來！而我幾乎是背貼著那道石門，我可以絕對肯定，在我和那道石門之間，不可能有一個人在。

我先大聲叫了一下：「誰？」然後我立時轉過身來，石門前沒有人，只有我的影子，投射在石門上。就在那一霎間，我又感到了極度的震驚，我看到，我在那道石門上的影子，正在蠕動。

我人站著不動，影子怎麼可能蠕動呢？但是我又絕不是眼花，我的確看到我的影子在動。

我立時想到，唯一的可能，當然是那扇門在動——如果一個人，或一件物體的影子，投射在一幅布幕上，那布幕在抖動，上面的影子自然也會動。

可是在我面前的是一塊平整的石塊，石塊怎麼可能忽然像一大塊豆腐一樣顫動？

我心中訝異之極，立時伸手向石門摸去，我的手碰到石門，天，那是軟的！我的感覺，就像是摸到了才調好的石膏之上。

那令我嚇了一大跳，立時縮回手來，不但縮手，而且退了一步。在那一霎間，我心中駭異之極，不知道發生了甚麼事，我盯著那道石門，可以清楚地看到，剛才的一按，在石門之上，留下了一個相當深的手印。

我不知道該如何做，那嘆息聲又傳了出來，清清楚楚，從那石門上傳出來。

我又大聲問道：「誰？」

一面問，一面我再走向前，在這時我所想到的是：石門既然如此柔軟，就算我沒有甚麼工具，只要拗下一根樹枝，也可以將之弄開來的。所以我一踏向前，立時又伸手去推石門。

當我的手和石門接觸之際，我又呆住了，手按在石門之上，由於驚呆，一時間竟忘了縮回來。

石門冰涼、堅硬，就像它的質地所應該顯示的那樣，絕不柔軟。

我眨著眼，如果不是在石門上，留著我一個清晰而又相當深的手印，我一定會認爲剛才全是幻覺。

可是那個手印，清清楚楚地印在石門上。

這說明了甚麼？說明了不到幾秒鐘前，石門柔軟，只要用力一擠，就可以自它中間把身子穿過去。

但是現在，石門卻變了，變得堅硬了。

我俯身拾起了一塊石塊來，用力在石門上敲著，所發出的聲音相當空洞，這證明石門後面，是一個空間。石頭的尖角處變成了碎片，石門上卻一點被碰撞的痕跡都沒有，可知它質地堅硬。

然而，在前一刻，它又何以如此柔軟？

驚疑不定，我想起，賈玉珍到哪裏去了？

我又大聲叫了幾聲，可是除了回聲之外，甚麼回答也沒有，賈玉珍不在那個小山坳中了。

我被叫聲驚醒過來，他的身影，還曾在草地上一閃而過，他不可能在那麼短的時間內離開山坳。

唯一的可能是，他進入了那道石門，到了石門之後的那個空間。

當我第一次伸手按到石門上，覺出石門柔軟，由於全然出乎意料之外，所以立時後退了一步。

我那一按，並不是十分用力，居然在石門之上，留下了一個至少有一公分的手印。如果我當時，不是伸手按向石門，而是蓄定了勢子，用力向石門撞過去，情形會怎樣？

極有可能在用力一撞之下，我整個人會穿過那時十分柔軟的石門，進入石門之後的空間。事實上，我可以肯定，當我伸手按向石門之前，石門的質地，已經開始在變硬了，因爲我首先發現投射在石門上的影子蠕動，石門看起來就像是一幅水簾。

如果賈玉珍不斷在用力想將石門弄開來，反正他有用不完的精力，不論我睡了多久，他都不會疲倦，他一直在推著，撞著，突然之間，石門的質地變了，變得全然不足以阻擋一個人大力的撞擊，那麼會發生甚麼事呢？當然是直闖了進去。

這可能就是賈玉珍發出一下驚叫聲的原因，假定賈玉珍也料不到會有這樣的情形發生，他自然會不由自主，發出一下驚呼聲。

驚呼聲將我驚醒，我一睜開眼時，正是他衝進石門的那一刹那。然後我大叫，他回答。他回答的聲音，聽來像是從很遠的地方傳來，自然，也可以在一些甚麼阻隔之後傳過來。賈玉珍在石門後回答。

我甚至可以設想，石門的質地，當賈玉珍撞進去時，一定是鬆軟得幾乎等於甚麼也沒有，所以聲音都可以透過去，但是質地由鬆軟到堅硬的過程，一定十分快，所以他回答我的聲音，迅速地被阻隔，傳不出來了。但是，那兩下嘆息，又是怎麼一回事？

由於在這短短的時間之中所發生的事，實在太怪異了，所以我思緒亂到了極點。我一面在迅速轉著念，一面仍然不斷用石頭敲著那道石門。

我鎮定了一些，想到如果賈玉珍是在石門後面，他聽不到我的叫聲，應該可以聽到石頭敲上去的聲音，我這樣亂敲，並沒有用處，是不是可以用敲擊來通消息？

我深深地吸了一口氣，我不知道賈玉珍是不是懂得摩斯電碼，但是只要他可以聽得到有規律的敲擊聲，會給他一個概念，是有人要和他通消息，他可以回答我，使我確定他真的是到了那道石門的後面。我開始敲擊：「你在嗎？」

我足足反覆地敲了十來遍，然後，把耳朵緊貼在石門之上，希望可以聽到有甚麼聲響自石門後傳出。

但是我卻甚麼聲音也聽不到。

我和賈玉珍來到的時候一樣，希望把石門弄開來，可是卻徒勞無功。

忙了很久，才想起看時間，快凌晨一時了。我是甚麼時候被驚醒的呢？大約是在一小時之前，我無法回想究竟花了多少時間，如果是一小時之前，那麼，賈玉珍發出驚叫聲時，可能正是午夜零時。

我的思緒極亂，這時忽然想到了時間，也是由於思緒混亂的結果。如果是零時，那是一天結束，一天開始的一個交替。在傳說和記載中，在這樣的時間，往往會有仙蹟發生，是不是每當子時，那扇石門的質地會轉變，可以使人通過它？

當我想到這一點時，不禁苦笑，因爲在不知不覺之中，也陷入了神仙故事的泥沼之中了。

我竭力使自己鎮定，找了一塊大石坐下。這一晚餘下來的時間我只是怔怔地望著那道石門，希望賈玉珍忽然打開門走出來，告訴我究竟發生了甚麼事情。

可是，一直等到天亮，卻一點結果也沒有。

這時候，我反而不覺得疲倦了，因爲眼前所發生的一切，實在太過奇異。我先採集了一些果子和草根，那倒是這幾天之中賈玉珍教我的，甚麼可口，甚麼苦澀，然後我到小溪邊，就著溪水，吃那些山果。

然後我又來到那石門之前，仔細觀察，那個手印還在，正是我的手印。

（我想：如果日後有人來到這個小山坳，發現了這個手印，那麼這裏就可以成爲「仙人手印」之類的一處名勝。）

（我又想：這樣的名勝，在中國各處，可以說極多。）

（我再想：那些類似的名勝，大都附帶著一個神仙故事。）

（我更想：我的經歷，是不是也可以衍化成爲一個神仙故事呢？）

在白天的光線下，經過仔細的觀察，我依稀找到了那兩片玉鑰。

若不是我曾見過那兩片玉鑰，對它們的形狀有著深刻的印象，絕沒有法子找出它們來。那兩片玉鑰，看起來天衣無縫地嵌在石門上，在它們的周遭有極細的痕跡，我取出了隨身所帶的小刀，試圖就著那極細的縫，把那兩片玉鑰撬出來，但是無論我如何努力，發現自己絕對無法成功。但是我卻可以肯定，得自魯爾手中的那兩片玉件，嵌在這扇石門之中了。

我集中精神想賈玉珍上次在這裏的遭遇。據他說，他用玉鑰打開了門，裏面是一個山洞——傳說中的仙人洞府。

而這扇門，在打開之後，他曾進出好多次，只要輕輕一推，就可以打開。

而在那座洞府之中，他又服了「仙丹」，使他的「仙業」又進了一步。

可是爲甚麼在他離開了一段時期之後，那扇門變得打不開了呢？又爲甚麼那扇門會變得那麼怪異，連質地都會改變？

那種怪異的現象和疑問，如果用賈玉珍的方法來解釋，那倒是再簡單不過的，一句「仙法妙用」，就可以解決。

可是問題就在於：甚麼是「仙法」？

我這時希望到了子夜，那扇門的質地又會起變化，使我可以穿門而入——我相信賈玉珍已經穿門而入了。

我在小山坳中無目的地走著、躺著，又搜集了一些山果，時間倒並不是過得太慢，天色漸漸暗了下來。天黑了之後，我就心急地在那扇石門之前，一直用手按在門上，那樣的話，只要石門一變得可以「穿」過去，我就可以立時行動。

時間漸漸接近午夜，我的心情也越來越緊張，因爲我實在無法想像，如果時間一到，我竟然可以穿過那石門，會有甚麼事發生。

我一直按在石門上的手，由於心情越來越緊張，手心在直冒汗。我失望了，到了午夜，過了午夜，那玉質的門給人的感覺，還是冰涼而堅硬的，一點也沒有變得鬆軟而可以供人穿過去的跡象。

我又等了很久，可是玉質的門始終是玉質，昨天晚上的變化，並沒有在今晚重現。

我一直在那個小山坳中，等了三天，每天午夜，都希望會有奇蹟出現，我也希望賈玉珍像是他神秘消失一樣，會神秘出現。

可是三天下來，我甚麼也沒有得到，唯一的收穫，是有一大群猴子，經常在我身邊繞來繞去，學著我的樣子，把一些不知名的塊狀草根，放在口裏嚼吃著。我還發現猴子比我吃得更講究：他們吐渣。

三天之後，我看起來已經和野人差不多，如果這時候有甚麼探險隊來到這裏，發現我和猴子生活在一起，他們可能會以爲發現了甚麼新種的野人。

我感到沒有必要再等下去，在這三天之中，我已經用盡了一切方法，想弄開那扇石門，在經過用力的撞擊之後，我可以肯定，在那石門之後，一定是一個空間，因爲它發出空洞的聲音。

我決定要打開這扇石門，以一解究竟，在山坳中的原始工具既然不能達到這個目的，那麼唯一的辦法，就是用比較有效的辦法，就是我曾經教過賈玉珍，而賈玉珍不敢用的方法——用炸藥把門炸開來。

賈玉珍不敢這樣做，是有顧忌，他怕炸藥會損壞仙境，會把仙籙和仙丹炸壞了，妨礙了他的「仙業」，可是我卻不必顧忌甚麼。

所以，爲了要探索究竟，我可以在這個闃無人跡的山坳之中，大幹一番，我相信在這裏，就算發生一場芮氏七點二級的地震，至少也要一個星期之後，才有人來到這裏。

當我決定了要這樣做的時候，我有一種頑童即將把一個惡作劇付諸實現的欣喜，雖然只是一個人，我也忍不住哈哈大笑了起來（那些猴子也跟著發出怪聲）。

在進入山區的時候，我留意到在山腳下有一個小兵營，在那裏，我足可以得到我需要的炸藥。我知道那決不困難。我的估計一點不錯，經過甚爲單調乏味，所以不準備把它寫出來了，我選擇的是六個手榴彈，和六條烈性炸藥。手榴彈的威力或者不怎麼樣，但是那六條烈性炸藥，足可以剷平一座小山頭。

一來一去，花了十天時間，回來的時候，幾乎找不到那小山坳，多花了一天。

在我找不到那個小山坳之際，我幾乎相信那是「仙法」在作怪，甚麼迷蹤仙法之類，使我找不到目的地，以免得那座仙家洞府遭劫。

可是我終於找到了那道山澗，順著山澗下去，一直到了那個小山坳。我才一走進去，那一大群猴子就亂叫亂蹦著迎了上來，我要大聲呼喝，才能把牠們趕開。

然後，我來到那扇石門之前，先把弄來的炸藥遠遠放好，再用一塊大石，在玉門上重重敲了幾下，用盡了我的氣力，以我所能發出的最大聲音，向著門叫著：「賈玉珍，我要用炸藥炸門了，你最好出來，至少弄點聲音出來，讓我知道你在裏面，或許我會改變主意。」

當我連叫了兩遍之後，由於用力太甚，連喉嚨都喊痛了，又回到溪邊，用竹節舀了溪水，喝著潤喉，等著回音。

然而，除了猴子發出的聲音之外，一點回音也沒有，我先取下了一支手榴彈，拉開了引線，用力向那道玉門，拋了過去。

手榴彈向前拋去，幾隻自以爲能幹的猴子，飛快地撲向前，想把手榴彈接住，結果自然十分悲慘，手榴彈撞擊在石門上，發出震耳欲聾的巨響，爆炸開來，那幾隻自以爲有能力的猴子，被炸得變成了碎片，而其餘的猴子，發出刺耳之極的尖叫聲，在不到十秒鐘之內，連爬帶跳，走得蹤影全無，我相信牠們再也不會在這小山坳中出現了。

巨響迴蕩，濃煙散去，我呆了一呆。那扇玉門還在，非但沒有像我想像中那樣四分五裂，簡直連裂痕都沒有一條，而玉門兩旁的山崖，卻有不少石塊被炸了下來。我走近去觀察了一下，玉門絲毫無損，那是毫無疑問的了，可是那並不能使我停止，因爲我發現，由於門旁有不少石塊被炸碎，可以清楚看出，那扇門是人工嵌上去的。我肯定，再有幾次同樣的爆炸，就算炸不碎門，由於門四周的石塊鬆了，整扇門也會倒下來，使我可以進入門後的空間。

觀察了一會，我又接連抛出了三枚手榴彈。

等到煙消，玉門周圍的山崖，被炸去了許多，在門旁堆滿了大小石塊。門的一邊，山巖被炸去最多，但是那扇門還沒有倒下來，看起來，手榴彈的爆炸威力還不夠。

我注意到，門一邊，山巖被炸去最多的地方，可以放置炸藥，我決不相信六條烈性炸藥，會炸不開那扇玉門來。我向那扇玉門狠狠踢了一腳。

我取來了炸藥，塞在山旁的石縫中，裝好了引爆雷管，然後把引線拉開了五十公尺左右，把引線和一個小型引爆器聯結起來。

做妥這一切，只要扭動一下掣鈕，那六條烈性炸藥，就會轟然爆炸。

我的手指放在那個掣上，吸了一口氣，就在我要扭動它時，突然我聽到一個人，以一種極怪異的聲調叫了一句話。

突然聽到有人聲，心中自然驚駭莫名，那句話，我聽得清清楚楚：一共是四個音節，而且我可以肯定那是中國話，一句四個音節的中國話，可是我卻完全無法明白這四個字代表甚麼！

我聽到的四個音節，可以用拼音拼出來，很清楚，像是一句責問，拼音的結果是「BI—JIANG—XI—WEI」！

（四個音節根據標準拼音法拼出來，我想誰也不能一下子就明白這四個音節所代表的意思，我也在以後才明白。）

那句話聽來相當憤怒，像是在責問甚麼，我立時四面一看，周圍根本沒有人，我連問了幾聲「甚麼人」，一點回音也沒有。

我把那四個音節，在心中重覆了幾遍，無法明白是甚麼意思，我又叫道：「賈玉珍，是你嗎？」

連叫了幾遍，沒有回音，我又問：「剛才是誰在說話？有人嗎？」

我心中猶豫，六條烈性炸藥的爆炸力極強，如果附近有人，爆炸就可能傷害到這個人。所以，我放下了引爆器，走向看來可以供人隱藏的大石或樹叢後去，看看是不是有人躲著。突然之間，我又聽到了人講話的聲音，這一次，是兩個人在對話，每人講了一句十分簡單的話，一個聲音就是我曾聽過的，還有一個聲音，聽來帶著稚音，是一個小孩子。

那兩個人對話極簡單，一句四個音節，一句只有三個，聽得出是一問一答，問的是那個聽來像是小孩子的聲音，而答的是那個大人的聲音，回答的語調，像是在命令，或是在喝阻甚麼。

我陡地直了直身子，事情發生得極其突然，一下驚天動地的爆炸聲，震得我如同巨浪中的船隻，劇烈地晃動，接著，一下又一下的爆炸，震得我身子跌倒在地上。

我自然知道，那是六條烈性炸藥爆炸的結果。可是我離開引爆器相當遠，炸藥怎麼會爆炸？幸而我剛好在一塊大石的後面，我可以聽到因爆炸而四下亂飛的石塊，撞在大石上的聲音，整個小山坳的地面，似乎都在震動。

足足三分鐘之後，四下的回聲，才漸漸靜了下來，我也直到這時，才能定下神來，站起身，向前看去。我看到那扇玉門，已整個倒了下來，地上滿是大大小小的石塊，空氣之中，充滿了炸藥的氣味。

我也顧不得去想爆炸是怎麼發生的，連跑帶跳，向前奔去，裏面果然是一個空間。

空間看起來十分黑暗，像是一個山洞，並不像賈玉珍曾描述過的，是一個十分光亮明潔的石室。而且，在洞中，還有一種「呼」的聲音傳出來。

我並沒有多考慮，只是想到，可能要先進入山洞，才能到達賈玉珍所說的石室，我叫著：

「賈玉珍，你沒有甚麼吧？」

一面叫著，一面已經向內直衝了進去。

我向前奔進去的速度相當快，一下子就奔進去了好幾尺。也正因爲我向前奔出的勢子太快了，所以等我感到事情不對頭時，已經無法再後退了。

我一進入山洞，眼前一片漆黑，我第一個感覺是：這裏雖然是一個山洞，但決不應該這樣漆黑無光，一想到這一點時，我已經慢了一慢。

而就在那一剎間，一股極大的牽引力量，我像是置身在一個極其強烈的漩渦中，身不由主，跟著那股強大的牽引力而旋轉，而且，在極短極短的時間之內，身子轉得如此急速，像是一隻陀螺，在一片濃黑中，身子作這樣的旋轉，那滋味真不好受！

我本能地伸出手來，想抓住甚麼，以便和那股強大的牽引能力對抗，停止身子旋轉，可是甚麼也抓不到，而且旋轉，也越來越快。

在急速旋轉中，我又有一種十分怪異的感覺：我整個人在漸漸向上升起來。我駭然之極，不由自主，大聲呼叫。

這一切，都在極短的時間發生，然後，突然旋轉停止。

我仍感到天旋地轉，跌跌撞撞，我首先感到眼前已經有了光亮，雙手本能地伸向前，居然給我扶住了一面牆。我連忙用力，使自己的身子穩定下來。

就在這時，我聽到在我身後，有人發出了一下笑聲。我立時轉過身來，看到有一個矮小的身影，閃了一閃，動作極快，一下子就看不見了。

這時，我也已看清，我在一間石室之中，那間石室並不太寬大，有一些石製的東西放著，看來像是桌、榻等陳設。

那矮小的人影一閃不見處，是一大座石屏風，大約有兩公尺寬，有著極其精美的雕刻，刻的是山水風景一草一木、山峰和天上的雲，全是用細細的線條刻出，卻生動無比，而且有著極佳的透視，向它看上一眼，略一疏神，就像那是真實的風景。我忍不住多看了幾眼。然後，我才陡地想起，我是怎麼來到這裏的？剛才那個矮小的人影，看來像是一個小孩子，這裏怎麼會有小孩子？

我勉力定了定神，吸了一口氣：「有人麼？」

我一句話才出口，就看到一個人自石屏風之後，緩步走了出來。一看到有人，我心中就安定了許多，可是向那人看了一眼之後，我就詫異得說不出話來。

第十一部：和神仙在一起

自石屏風後走出來的那人當然是賈玉珍。他並沒有再年輕下去，所以我一下子就可以認出他來。而令我感到詫異的，也不是他身上所穿的衣服十分怪異——那是一種十分寬大的灰布服，看起來，穿這種衣服相當舒適，但是實際上，現在早已沒有人穿這樣的衣服了，那是古代的衣服。

令我詫異的是，這一次不見賈玉珍只不過半個月而已，可是他的臉上，卻有著一種難以形容的光輝——看起來，像是在他的皮膚之下，有一種柔和的光透出來。我由於驚訝，一時之間講不出話來，賈玉珍一面向前走來，一面皺著眉：「衛斯理，你實在太胡鬧了。」

我完全鎮定下來，話像是潮水一樣湧了出來：「這是甚麼地方？我剛才來的時候，發生的事很怪異。剛才我好像還看到了一個小孩子，那是怎麼一回事？你那晚不見以後就進來了？發生了甚麼事？我胡鬧甚麼了？」

賈玉珍連連搖手，可是也無法阻止我的話，等到我一口氣講完，停了一停，又要再立即繼續下去，他才插得上口，急叫道：「你再說，我就甚麼也不說。」

這句話對我來說，有效之極，因為不知有多少疑問，全要靠他來解答，如果他甚麼也不說，那可糟糕得很。

我忍住了不說，看著他，賈玉珍道：「你太心急了，其實我遲早會來多謝你的。」

我瞪著眼：「多謝我甚麼？」

賈玉珍神情高興：「我已經找到了玉真仙籙的下卷。」

我「啊」地一聲：「你……現在已經是神仙了？」

賈玉珍點了點頭。

我嚥下了一口口水，仍然瞪著他，這是我有生以來，第一次和一個神仙在一起。

我向他走近一步，神情懷疑：「神仙？看起來你和人沒有甚麼不同？」

賈玉珍笑了起來：「我本來就是人，當然看起來和人一樣。」

我有點被捉弄了的惱怒：「可是剛才你說你是神仙。」

賈玉珍皺了皺眉，伸手在頭上摸了摸：「人就是神仙，神仙也就是人。」

我忍不住罵了一句：「這算是甚麼屁話？」

賈玉珍又好氣又好笑：「舉個例子說，一個人成了醫學博士，大家都叫他博士，他是博士，可是他實在還是人。人就是博士，博士當然也是人。」

我呆了一呆。

「人就是神仙，神仙就是人」這句話，不容易明白。

「人就是博士，博士就是人」，十分容易明白。

兩句話其實一樣，只不過名詞上差別，為甚麼一句易明，一句難明呢？當然是由於「神仙」和「博士」這兩個名詞不同。「博士」常見常聞，生活之中可以遇到很多，但是「神仙」，卻只在傳說中發生，所以在觀念上就模糊了。

可是，我還是不明白，我於是又問：「神仙和博士，當然不同，博士是人，可是神仙卻是神仙。」

賈玉珍笑了一下，道：「你也可以說，博士是博士。」

我給他越弄越是糊塗，賈玉珍道：「你只要知道，神仙其實就是人，這就行了。」

我搖頭道：「我還是不懂。」

賈玉珍現出十分不耐煩的神情來，說道：「那要怎樣才能使你懂？」

我道：「你是神仙，你應該有法子令我明白。」

賈玉珍十分為難，他的健康狀況看來極佳，但是他的智慧看來並沒有甚麼增進。他猶豫著，不知如何才好，在那石屏風之後，忽然傳來了一下低低的咳嗽聲。賈玉珍一聽，神情大是高興，忙向石屏風後走去。

我不禁疑心大起，連忙要跟了上去，可是賈玉珍忙道：「別過來。」

我停了一停，賈玉珍已經轉進了石屏風之後。賈玉珍的那句話，當然不能阻止我去看清楚在石屏風後發出咳嗽聲的是甚麼人，我繼續向前走去。

這時候，一個極其怪異的現象又發生了，那石室並不大，我和賈玉珍站著說話，離那石屏風絕對不會超過五公尺，以我的步子來說，五步就可以走到。

可是，我至少已向前走了十七八步，一點沒有進展！我停了下來，全然不明其中的原因。而賈玉珍已從石屏風走了出來：「我能使你明白了。」

情形十分明白：賈玉珍自己笨，不能解釋，石屏風後面有一個人在，那人咳嗽了一聲，叫賈玉珍過去，教了賈玉珍一些話，所以賈玉珍就有方法令我明白了。

在石屏風後的是甚麼人呢？何以我竟然無法走近那個石屏風？

賈玉珍向前走來：「一個人，他學了很多東西，有了特殊的能力，他成了博士；同樣，一個人，學了很多東西，有了特殊的能力，他成了神仙，那只是對能力的一種稱謂，人還是人。」

我仔細想著賈玉珍的話，有點明白了：神仙是人，只不過是有著特殊的能力。

我心中仍然充滿了懷疑，問道：「你的意思是，神仙有特殊能力？這種特殊能力，包括長生不老、法力無邊？」

我雖然是在問賈玉珍，但是卻眼望著石屏風，希望石屏風後的那人會現身出來，和我交談。

可是石屏風後卻一點聲音也沒有，賈玉珍道：「對，就是這樣。」

我的思緒，混亂之極。

神仙是人，只不過有特殊能力。他的能力包括了上天入地、長生不老，等等等等不可思議的事，但是他還是人。

我從來也未曾想到過這一點，也從來未曾聽任何人，在任何記載上提到過這樣對神仙的解釋。

我轉著念，仍是疑惑不止，又追問道：「神仙，是人體潛能得到了徹底解放的一種人？」

賈玉珍現出一臉不耐的神色來：「我不懂你在說些甚麼。你總喜歡用古怪的話，甚麼抗衰老素、甚麼潛能發揮，放著好好的話不用，去用這種怪裏怪氣的話。」

我聽得他這樣說，只好苦笑：「好好的話，應該怎麼說法呢？」

賈玉珍大聲道：「用好好的話說，就是我遇到了仙緣，服食了仙丹，修了仙法，成仙了。」

我又是生氣，又是無可奈何：「你這種說法，不能滿足我。看來在石屏風後面的那位朋友，比你懂得多，何不請他出來見見面？」

賈玉珍搖頭道：「他已久矣乎不見凡人了。」

我呆了一呆：「你——是說——他也是神仙？」

賈玉珍有點怪我大驚小怪：「當然是，他的道行極高，東漢末年，就已經得道。」

我感到了一陣暈眩。

這是甚麼話！真不應該在現實生活中聽到。

我要花相當時間，才能令自己鎮定下來，去體會這句話，但我立即決定，不理旁的，只要知道石屏風後面，有一位神仙在，這比較容易明白，神仙無所不能，他們的壽命不受時間限制，那麼，「東漢末年得道」又算得了甚麼？盤古開天闢地時他已經在了，也不足為奇。

我定下神來之後：「我能來到這裏，總算也是有緣分了吧，請他出來見見，又有何妨？」

賈玉珍擺出一臉不屑的神氣，搖著頭，他這時的神情，倒十足是我第一次看到他在收買古董時的那種氣燄，可見本性難移，這倒也使我更相信神仙本來就是人。我感到有點惱怒：「他不出來，我不會過去嗎？」

賈玉珍笑道：「你剛才已經試過了，你一輩子也走不到那石屏風後面。」

我呆了一呆，剛才的經歷，我當然沒有忘記。而這時候，我也學會了賈玉珍所使用的那些詞彙——那是只應該出現在神怪小說中的詞彙。我道：「剛才——他施了法術？那是甚麼法術，使我一直走，但走不到那石屏風？可是傳說中的縮地成寸？」

賈玉珍看來有點不懂裝懂的神情，可是他還是大聲答應了一聲。

我實在忍不住，提高了聲音：「任何事，都有解釋的，一種方法，使我不能接近距離我幾步的石屏風，你怎麼解釋它的道理？」

賈玉珍的回答，使我感到他不是神仙，簡直是白癡，或者說，他是一個愚笨之極的神仙，他瞪著眼：「甚麼解釋？它就是仙法。」

我握著拳，幾乎想向他一拳打了過去，就在這時，石屏風後面，又傳來了一下低低的咳嗽聲。我不等賈玉珍有反應：「快去聽指教吧，聽了，好好講給我聽。」賈玉珍的神情有點被嘲弄後的尷尬，急急向石屏風後走去。

這一次，我早有準備，賈玉珍一走，我也立刻行動，緊貼在他的身後，向前走去，一連幾步，眼看賈玉珍已轉到了石屏風後面，我一步跨出，也可以跟著轉過去了，卻不料一步之後，毫無任何異樣的感覺，又回到了原來的地方。

在接下來的兩分鐘之中，我嘗試了向前衝、跳、撲，可是不論我的動作如何快捷，那石屏風始終和我保持著同樣的距離，我喘著氣停下來，又看到賈玉珍自石屏風後轉了出來。

他的神情十分古怪，嘴唇不斷地在動著，全神貫注，看起來，是石屏風後的那位，教了他一些話，他生怕忘記，正在努力背誦。我一見他出來，已急不及待地喝道：「你在幹甚麼？」

賈玉珍陡然一怔，現出十分惱怒的神情來：「你吵甚麼？那些怪裏怪氣的話，已經夠難記的了，你再要吵個不停，忘記了可不關我的事。」

聽得他這樣說，我倒也不敢出聲，因為我知道，他口中所謂「怪裏怪氣的話」，就是我可以聽得懂和接受的現代語言。

我作了一個手勢，請他快說。賈玉珍作了一個手勢，道：「空間，空間的轉移！運用能量，把空間作有限度的轉移，你一直在前進，可是空間卻一直在作相反方向的轉移，那情形，就像是你在一個原地跑步器上跑步，永遠不能前進。」

我用心聽著，聽得目瞪口呆。

賈玉珍說道：「你聽不懂，是不是？我早說過，這種怪裏怪氣的話——」

我不等他講完，就連聲道：「不，不，你弄錯了，我聽得懂，全然聽得懂，你再說。」

賈玉珍十分意外，又道：「空間的轉移是最主要的一環，掌握了空間轉移的能力，就可以隨意突破空間的限制，而空間的轉移，聯帶也突破了時間的限制，這就是神仙和凡人最大的分別。」

賈玉珍說來，像是小學生在背書，這樣也有一個好處，就是我每一個字都可以聽得十分清楚。

我迅速地轉著念，對於他所說的一切，一時之間，我還不能完全消化，但是卻多少已有了一點概念，我忙道：「再說，再說。」

賈玉珍道：「神仙有能力瞬息千里，那只是空間轉移，神仙也有能力在時間之中旅行。」

我連連點頭：「是，我明白很多，可是……這種能力，是從何而來的呢？」

賈玉珍道：「發自自身，人的身體成了仙體，蘊有一種極高的能量，可以輕易做到這些，能量甚至可以衝擊元……元……」

我忙道：「元素。」

賈玉珍道：「是，元素，能量衝擊元素，使元素的原子結構改變，整個元素也就改變，點鐵成金，就在這種情形下發生。」

我一面搖著頭，一面像是夢囈一樣地道：「不可能，人體怎麼也不可能發出那麼大的能量，要改變元素的原子排列，使一種元素變成另一種元素，需要的能量極大，絕不是人體能提供的。」

賈玉珍聽得我這樣說，起先現出疑惑和不耐煩的神色，像是在指責我竟然敢不相信神仙的話，但接著，他向我抱歉地笑了一下：「是，是，我說漏了一點，能量並不是人體直接發出來的，而是通過人體的作用，聚集了人體四周圍的能量達成，能量無處不在，單是太陽的能量，如果懂得集中、利用，就可以翻江倒海，還有磁能，無窮無盡，只要你懂得利用，順手一抓——」

他講到這裏，伸手向空中一抓，我怔怔地望著他，他不好意思地笑了起來：「當然……我還沒有這本領，但我會有。」

我實在不知道說甚麼才好，賈玉珍剛才講過的話，在我耳際嗡嗡作響，令得我根本完全無法好好地去想一想。

賈玉珍倒很關心我，他問：「你明白了？」

我連嚥了幾口唾沫：「我……開始明白了。神仙，就是掌握了宇宙間無窮無盡能量的人。」

賈玉珍高興得很：「難得，老實說，我還是不明白，我只要會做就行了，誰去理會那些怪裏怪氣的話。」

我不禁啼笑皆非，這時，我已經明白，神仙，就是具有超能的人，這種超人，可以突破時間、空間的限制。在凡人眼中看來，無所不能。賈玉珍成了神仙，仍笨得很，是一個笨神仙。

賈玉珍像是知道我在想甚麼，揚了揚眉：「你說我笨？神仙是人，當然有的笨，有的靈，也有的頑皮，像那位小神仙，就頑皮得很，他弄了一下你那隻小箱子，就幾乎闖了禍。」

我聽得目瞪口呆。我曾看到過有一個細小的身形一閃而過，那是一個小孩子神仙？賈玉珍口中的「那隻小箱子」，當然是烈性炸藥的引爆器。小孩子成了神仙，還像是小孩子一樣頑皮，因為神仙也是人，雖然他具有超能，但是性格不變，小孩子頑皮、賈玉珍笨、東方朔詼諧、呂洞賓瀟灑……神仙是人，他們根本是人，只不過他們具有超特的能力！但是，小孩子……怎麼會成為神仙的呢？當我在心中這樣想的時候，不由自主問了出來。賈玉珍伸手摸著頭，答不上來，想了一會，他才道：「我看……每一個都是一樣的。」接著又道：「不論大人小孩，服了仙丹，修習仙籙……就成仙了，不單是人，服了仙丹，連雞犬都可以升天。」

我深深地吸了一口氣：「仙丹、仙籙是哪裏來的？最早，是誰留下來的？」

賈玉珍眨著眼，摸著頭，又答不上來，我雙手抓住了他的手臂，用力搖著他，嚷道：「去問躲著不肯見人的那個神仙，去！去！」

我說著，用力把賈玉珍推向前。這時，我的心情狂熱，對賈玉珍的態度，也大失一般人對神仙的崇敬。

所謂「神仙」，若是來自浩淼宇宙之中某一個星球上的外星人，那我可以接受，外星人具有超特的能力，已經成爲可以接受的觀點。但是，神仙根本是人，就是和地球上每一個人一樣的人，只不過由於某種機緣，使他們掌握了超特的能力，這卻使人難以想像。

究竟有多少神仙在空間和時間中自由來去，永恆生存？普通人對空間、對宇宙間的能量還一無所知，他們是從哪裏學來這種本領的？仙丹有改造人體潛能得到充分發揮的功用，是誰首先煉製的？煉製的方法，又是誰傳下來的？

我的問題實在太多，多得至腦中打轉，使我的思緒，混亂一片。

在這裏，要加插一小段說明。

我記述這個故事，有一個好朋友，那天恰好走來，看到了上面那一段，他發表了一些意見，我認爲有必要記下來。

他說：「你說『人類對宇宙間的能量還一無所知』，這種說法不實際。」

我道：「人類知道了甚麼？」

那朋友道：「人類已經知道了不少，懂得利用太陽能、電能、磁能，以及許多能量。」

我嗤之以鼻：「那算甚麼懂？」

那朋友道：「當然，人類利用這些能量的方法，十分笨，例如利用電能，就要通過大量笨重的裝置，但是再笨的方法，也是利用。」

我沒有說甚麼，那朋友又道：「舉個例子來說，輪子才發明時，原始人製造的車子，多麼笨重，和現代的車輛相比，實在相去太遠了，但是你不能說原始人對利用輪子一無所知。」

我想了一想，覺得那位朋友的話，很有道理，我道：「好，我把這一句刪掉。」

那位朋友卻又阻止了我：「不必了，還是保留著的好。」

我瞪著他，他神情苦澀——他是一個世界上尖端科學的科學家：「我剛才所說的，是理論上的，理論上來說，一隻蒼蠅停到了航空母艦上，由於重量增加，航空母艦的吃水線應該有所改變，實際上，絕不會改變。」

我有點迷惑：「你想說明甚麼？」

那位朋友嘆了一口氣：「理論上來說，人類可以說已懂得利用宇宙間無窮無盡的能量，但是實際上，還是可以用一無所知來形容。」

我仍然望著他，他停了片刻，又抬頭四面看了一下：「我也知道，就在我們的身邊，有著可以利用來做任何事的能量在，可是就是不知道如何利用它們，要是我也有神仙的能力——」

我連忙阻止他再說下去：「好了，好了，每一個人都想成仙，你別再說下去了，這是一種根本不可能實現的事。」

那位朋友怪叫了起來：「不可能？這是甚麼意思？不是已經有——」

我再次打斷他的話：「就像你剛才所說的：理論上，每個人都有成仙的機會，但實際上，實在沒有可能。」

那位朋友苦笑了起來，神情居然十分沮喪，這令得我很生氣，以致有相當長一段時期，我沒有理睬他。

賈玉珍在我一推之下，跌跌撞撞衝向前，又到了石屏風之後，這一次，過了相當久，我幾乎已等得不耐煩了，才見他走了出來。

我忙道：「那位怎麼說？」

賈玉珍道：「他叫我反問你一個問題。」

我呆了一呆：「請說。」

賈玉珍想了一想，神情有點莫名其妙，顯然他問我的那個問題，不是他自己要問我的。他問道：「請問，人從何而來？」

我陡地一怔：「這算是甚麼問題？」

賈玉珍卻瞪著我道：「回答這個問題，用最簡單的答案！」

剎那之間，我閃過不知多少念頭，人從何而來？

答案只有一個，也是最簡單的答案。

我就用這個答案來回答。

我答道：「不知道。」

賈玉珍笑了起來，顯然我這樣答，在他的意料之中，他道：「是啊，人不知人從何而來，神仙同樣，也無法知道神仙自何而成。」

我陡地叫起來：「不行，我不接受這種滑頭的回答，給我一個切實的答覆，從人變神仙的方法，是誰創造的，是誰留下來的？」

賈玉珍神情無可奈何地回頭向石屏風望了一下：「果然，他要尋根究底。」

我把他的頭轉了過來：「說啊。」

賈玉珍想了一想：「在很久很久以前，有人來傳授了這種方法，究竟是甚麼人，仙丹是用甚麼製造的——我服的仙丹，就有九天仙露，那是甚麼東西，我也不知道，可就知道那能令我脫胎換骨。」我嘆了一聲，我知道，這不能怪賈玉珍說不清楚，一定是石屏風後面的那位神仙，也答不出我的問題。

我想起我和白素討論過這個問題，她曾提及，在記載中最多人「成仙」的年代，地球上一定出現過一些能傳授仙法的神仙，這些人是從哪裏來的？何以能通過藥物，使人體的潛能得到極度的發揮?這個問題，可能就像人從何而來一樣，只有唯一的一個最簡單的答案。

我緩緩搖著頭，賈玉珍道：「其實，神仙一定來自九天之上，這還有甚麼可懷疑的?」

我狠狠瞪了他一眼，心中暗罵了一句：笨!

但我立時想到，「九天之上」是賈玉珍的詞彙，可以翻譯成無限宇宙中的某處，那麼，倒也可以講得通了。

在我發怔的時候，賈玉珍又道：「衛斯理，很多謝你，我的仙緣，全靠你而來，每個人有每個人的機緣，我修仙有成，你反倒——」

我忙道：「那不算甚麼，我並不是那麼熱衷成仙。」

賈玉珍吁了一口氣：「那天午夜，我雙手按在門上，門忽然變軟了，我整個人陷了進來，門內卻不是我上次到過的石室，我被一股強大的力量，轉到這裏來。」

我道：「那不算甚麼，空間的轉移而已。」

賈玉珍眨著眼，我十分相信他從頭到尾，不知道甚麼叫「空間轉移」。他道：「你可以離去了，對普通人來說，你的遭遇已經很不尋常，我教你的練氣方法，你可還記得?好好去做，延年益壽，常保健康，是一定的。」

他要趕我走了，我忙道：「不行，我——」

賈玉珍搖頭：「你怎麼？別再胡鬧了，該走，就得走，留在這裏幹甚麼？」

我忙解釋道：「我不是留戀這裏，只是……只是……」

真的，天地良心，我並沒有硬要賈玉珍或是石屏風後那一大一小的神仙收我爲徒之意，但是我實在又不想離去，因爲我心中的疑團，說解決了吧，好像全解決了，但真全解決了嗎？卻又未必。我想了片刻，只好道：「還有最後一個問題。」

賈玉珍望著我，我道：「石屏風後的那位，我曾聽到他呼喝了一聲，那是甚麼話？可是你們神仙另外有一種語言？究竟有多少神仙？神仙是另外一種人，聚居在一起，怎麼生活？神仙——」

賈玉珍大聲打斷了我的話頭：「這，叫作最後一個問題？」

我笑了一下：「真對不起。」

賈玉珍道：「好了，我來答你，究竟有多少神仙，不知道，高興就聚居在一起，不高興就獨自徜徉九天，你不會明白天地之廣，因爲你只能在地面上過日子——」

我大聲道：「我知道，你們有無窮的空間，而凡人只有一個。」

賈玉珍自顧自道：「我們還是講原來的話，事實上，道行夠了，不必講話，互相可以明白對方的心意。」

我道：「那麼，那句話，只有四個音節，我怎麼聽不懂，你懂嗎？」

賈玉珍道：「你說來聽聽。」

我把那四個音節唸了一遍，賈玉珍呵呵大笑了起來，道：「你少唸古文，他是在問我，你究竟想幹甚麼。」

我呆了一呆，把那四個音節在心中回想了一遍，唉，那真是天曉得，我應該聽得懂的，寫出來，我一定懂，可是說出來，真不易聽得懂。

當時，我正準備引爆烈性炸藥，那神仙問賈玉珍：「他想幹甚麼？」

「他想幹甚麼」是現代人的話，那不知名、不肯露面的神仙是東漢末年的人，所以，同樣的一句話，出自他的口中，就是：「彼將奚爲？」

我倒真有點慶幸我沒有直接和這位神仙交談，不然，只怕連續三年要做惡夢！

賈玉珍作了一個手勢：「要不要我送你出去？你進來的時候，也是旋轉著進來的；出去的時候，還要旋轉出去，這是那位神仙運用他的力量，使你突破空間限制。」

我用心聽著，突然之際，興起了一個念頭來，我問：「這裏，這間石室，已經不在青城山？空間的轉移，幾乎可以使人到達任何地方？」

賈玉珍遲疑地道：「我想……大概是這樣。」

我再提高聲音：「那麼，請送我回家，我不想再在荒山野嶺中長途跋涉。」

賈玉珍回頭向石屏風看了一下，石屏風後面，傳來了一下聽來很低微的「嗯」的一聲。這位神仙，我只聽到他講了兩句話，我實在想去看看清楚他是怎樣的一個人，但是如果他不讓我看，我無法可想，他發出「嗯」地一聲，那表示他答應了。賈玉珍在這時，神情有點傷感，說道：「衛斯理，下次再相見，不知是甚麼時候了。」

我倒十分瀟灑：「對你來說，再過幾千年也不要緊，我可最多還有幾十年命，只怕是沒有甚麼機會相見了。」

賈玉珍更是感慨：「是啊，我要潛修很久，將近一百年，等我修成時，你……」

我攤了攤手，作了一個無可奈何的神情，賈玉珍又道：「那麼，再見了。」

我向他揮了揮手，眼前一黑，那股強大的牽引力量又來了，我的身子不由自主旋轉著，這次旋轉的方向不同，越轉越快，等到突然之間，旋轉停止的時候，我伸手想扶住甚麼時，碰到了一件十分熟悉的東西——那是一對鹿角，鑲在我書房的牆上。我睜開眼來，我在我自己的書房中。

定了定神之後，我打開了門，走了出去，恰好白素從樓梯上走了上來，看到了我，現出了驚訝莫名的神色來，我道：「怎麼，驚奇嗎？」

白素神情訝異：「真有點神出鬼沒，我可不希望你也修成了神仙。」

我深深吸了一口氣：「我也不想。」

我把她拉進了書房，把在青城山那個小山坳中發生的事，詳詳細細講給她聽。白素一聲不響地聽我講著，等我講完，她道：「你也真夠胡鬧的了。」

我道：「那你叫我怎麼樣？那個小孩子神仙，比我更胡鬧，連甚麼是引爆器都不知道，就亂碰亂動。」

白素笑了一下：「難怪凡人要去找神仙洞府，都不會有結果，神仙能突破空間的限制，我相信神仙洞府，都在另外的空間中，偶然可以給人看到，也偶然，或由於神仙的『引渡』才能到達。」

我點頭表示同意：「對於神仙，我有了新的定義，神仙者，一種能突破空間、時間限制，而又能隨意運用宇宙間能量的超人。」

白素鼓了幾下掌：「你如果以這種題目去寫文章，只怕會被人當瘋子。」

我不理會，繼續道：「而且，我還有一個新的認識，神仙的能力不論多強，始終是人，保持著人的性格。」

白素「嗯」地一聲：「那又怎樣，他們始終是神仙。」

我道：「大不相同，他們是人，仍然有著人性上的弱點，有的笨、有的頑皮，也有的只怕並不覺得神仙歲月真正快樂——如果他本來是一個十分貪婪的人。也有的神仙，耐不住寂寞，甚至捨不卻男女之間的戀情，記載中就有不少女神仙半夜進入男人房間，或是故意把男人弄到另一空間去與之相會。」

白素瞪了我一眼：「可惜那石屏風之後，只是一個男神仙和一個小神仙。」

我打了一個呵欠：「是啊，如果是一個女神仙，我可能回不來了。」

白素忽然抿著嘴笑了起來，我大聲道：「我已回來了，還有甚麼好笑？」

白素悠然道：「我在想，像你這樣性格的人，就算真是仙女，要你幾百年、幾千年、二十四小時永遠面對著她，你會怎樣？」

我怔了一怔，嘆道：「唉，那真是糟糕透了，還是現在好！」

《神仙》的故事完了。

一直到現在為止，我沒有再見過賈玉珍。

一個月之前，在一個酒會上，有一個我全然不認識的人，神神秘秘來到我身邊，問道：「你認得我嗎？」

當我說我不認得他時，他神情十分滿意地離去，我想起他可能就是經過徹底外科整容手術後的胡士中校，想去找他，已經找不到了。

至於仙法、仙丹，究竟是怎樣傳到地球來的，我還一直在設想，但正如那個問題：人是從何而來的？答案很令人沮喪。

有時，我想到，神仙既然是人，我們每一個人，都可以視自己爲神仙，性格容易滿足、快樂的人，做人也快樂；反之，做神仙，只怕一樣痛苦——忘了問賈玉珍：如果做神仙做厭了，有方法變回普通人嗎？

神仙！神仙！

後記

還有一些要說明的事，放在這裏補述。

第一，我和白素討論過，如果有朝一日，那些具有超能的人（神仙），忽然改變了他們出世的根本態度，而變得積極地參與人間事務，情形會怎麼樣？是不是人世間有了這一批超人，而可以天下太平？

結果，我們一致認爲不能，因爲這些超人基本上還是人，有著人性的弱點，結果，恐怕更糟，還是讓他們偶然突破空間的限制，遊戲人間一下算了。

其次，道家的學說，認爲在宇宙本體之中，有著無盡的「靈能」，萬物皆由靈能衍化陰陽而生，人也是由此而來，所以，靈能是本體，人是個體，個體和本體之間，本來就有著微妙的聯繫，一旦融會貫通，掌握了運用本體靈能的方法，那自然就使人的能力，擴大無數倍，變成超人。

道家對修煉過程的敘述，雖然加上許多古裏古怪的名詞，例如視原來的身體爲「幻身」，要煉就「真身」，方能出乎生死造化之外，陽神一出超三界，回復先天本來面目……等等。

道家的說法，從宇宙靈能的理論中化出來，說明人體經過一定的程序，可以和宇宙間靈能結合，成爲超人。所謂「天人合一」，就是到達了這個境界之後的一種情形。

道家修仙的理論，提出來已有幾千年，但是記載中修仙成功的人，多半還是依靠丹藥來使人體的潛能得到發揮，所以丹藥始終是極神秘的一環，一定有一個特殊的來源，它的合成方式、它的起源等等，都值得查究，可惜全然無從查起。

或許，這項秘密在若干年後會被世人所周知，或許，連神仙本身也不明白其中原由！

（完）

命運

序言

重新校訂《命運》，又是高興，又是吃驚——所發生的許多議論，竟然和基督教聖經中的文字，接近之至。而當時在寫下這些見解和假設時，對聖經一無所知！

例子之一，故事中提到「有一隻怪形狀杯子」的比喻，且看以下一段聖經：

「有誰抗拒他的旨意呢？你這個人哪，你是誰，竟敢向上帝強嘴呢？受造之物豈能對造他的說，你為什麼這樣造我呢？窯匠難道沒有權柄從一團泥裡拿一塊作為貴重的器皿，又拿一塊作為卑賤的器皿麼？」

——羅馬書第九章十九——二十二節——

故事的結尾，結論是：當事人絕無反抗及參加的能力。人、萬物，只不過是受造之物，能表達什麼意見？不能，什麼也不能！

倪匡

前言

在敘述《命運》這個故事之前，先說說命運。

甚麼？《命運》不是說命運的嗎？「命運」是這個故事的題名，可以說命運，和命運有關的種種；也可以不是。究竟《命運》說的是甚麼樣的故事？還是那句老話：看下去，自然知道。

不論怎樣，先來說說命運。

世界上，宇宙間，奇妙的事雖然多到不可勝算，但是決不會比命運更奇妙。

命運存在嗎？彷彿又虛無縹緲，不可捉摸。命運不存在嗎？卻又彷彿世上所有的人，都受著命運的左右。

（不但人受命運的左右，所有的生物，有生命的，也都有「命」運。甚至沒有生命的物質，也有它們的命運，每一種生物或物質，都有命運在撥弄。）

任何人最關心的，當然是自己的命運，尤其是想解答一個問題：我將來會怎麼樣？

也就是說，人最關心的，是自己將來的命運。

將來會怎麼樣呢？在生命歷程中，會發生甚麼事？是不是可以通過某種方法，預先知道自己的生命歷程中將來的事？

這是第一層次的問題群，這一連串的問題，答案也很難確定。

若說沒有，古今中外，不知有多少方法傳下來，可以推算一個人的未來命運，單是在古老的中國，方法之多，層出不窮，有看相（面相、手相、身相、骨相等等）、有排八字（根據一個人的出生時刻推算未來），還有各種各樣的推算法、占卜求籤，大方法中變出各種小方法，真要統計一下，子平、紫微、梅花神數……至少可以數出一百種以上。

方法是有的，這一點可以肯定。有的方法且十分複雜，不但需要相當高深的學識，而且也需要玄學上的靈感和才能，有的方法十分秘密，不是諳此術者，根本不能窺其門徑，連邊都沾不到。

但是問題又來了，根據這一切方法，推算出來的未來命運，準嗎？算出來如此就真是如此嗎？

於是，問題群進入了第二層次。

未來的事，就是還未曾發生的事。

一件事，不論多麼簡單，那都是表面現象。事實上，一件再簡單的事，都極複雜，和千千萬萬的因素有關，千千萬萬的因素，結合起來，才產生一件簡單之極的事情。

舉一個例子：走進快餐店，買一個漢堡包，把這漢堡包吃下肚子去，那是多麼平常簡單的一件事！每天都不知有多少人在做，很少有人從那麼簡單的事情中，去深一層想想這其實是多麼複雜的一件事。

漢堡包用麵粉製成，麵粉是由甚麼人製造出來？麥子是在甚麼樣的情形之下種出來？牛肉的來源又怎麼樣？洋蔥自然來自農田，但如果恰有一隻害蟲，蛀蝕了那隻洋蔥，自然會被拋掉，當然你還可以吃到一個漢堡包，但也已經不是那一個了，有了微小的不同。

微小的不同，就是有變化，必須承認這一點。

也就是說，這隻漢堡包，到你的口中，是上億個因素結合起來形成，只要其中一個因素不同，整件事就不同了，雖然同與不同之間，相差可能極微，但不同就是不同！

再舉一個例子，若干年前，在香港的半山區，在一個暴風雨之夜，山泥崩瀉，以驚人的破壞力，把一幢十二層高的大廈，徹底摧毀，造成了巨大的災害，有不少人，慘被埋在倒坍了的大廈和崩瀉的山泥之中，喪失了生命。

不幸罹難的人，自然命運差極。但是也有很幸運地逃過了巨災的人在。逃過了災劫的人，看來是不應該逃過的，而不幸死亡的人，其實應該是可以逃得過的。

兩個小故事，可以使關心自己未來命運的人感到興趣，看了之後，也可以好好想一想。

第一個是遭了難的：一位年輕人，約了女朋友外出，可是臨時，由於風雨實在太大，就臨時取消了約會，逗留在家裏。結果，大廈傾坍，遭了不幸。

他推辭約會之前，一定曾考慮過，當時外出還是不外出，決定於一念之間，而一念之間，就決定了他的一生命運。因素也不是在他一個人那方面，若是他的女朋友堅持一下，也就可以影響他的決定，那麼，他未來的命運，就又是另外一回事了。

暴風雨不可測，形成一場暴風雨，不知有多少因素，自然的因素，再加上人的因素，種種因素湊合起來：就是那麼巧。

第二個故事的主角，是一個幸運的少婦。這位少婦當時正有孕在身，在暴風雨之夜，忽然想起要吃某種食品（據說是一種麵包），於是就駕車離家，去購買這種麵包。當她冒著風雨，買了麵包，再駕車回去時，整座大廈已經消失，而她雖然震愕絕倫，卻也逃過了被壓死的噩運。

她決定是不是要冒著風雨去買麵包，一定也曾考慮過，而決定去還是不去，也只不過是一念之間的事，可就是這一念之間，決定了她一生未來的命運。

或許有一句老話可以套用：「命不該絕」。這是承認命運存在的說法，說起來相當玄：命不該絕的，自然會在一念之間，決定外出，命裏該絕的，就會留下來。

但是，為甚麼呢？沒有答案，有，也還是一句老話：命裏注定。

這種命裏注定的說法，忽略了眾多因素的存在，是一種太過簡單的說法。像那位少婦，她忽然想起了要吃某種食物，自然是因為她懷孕，那是孕婦某種生活上的特徵之一。如果她未曾懷孕，自然一切都改變了，而就算是生理正常的男女，懷孕也是一個複雜無比的過程，她恰好懷孕了，命運就不同，如果她沒有懷孕，自然又不同。

所謂前因後果，前因有千千萬萬，恰好是那樣，才有那樣的結果，前因稍有一項變動，結果就不同。

所以在理論上說，要藉不論是哪一種方法，推算未來的命運，都必須把所有的前因，全部正確無誤地推算出來，才能達到唯一的正確結果。

前因既然牽涉的範圍如此之廣，有可能一一了解清楚嗎？更何況每一個前因的形成，又有上億個形成這個前因的因素在，牽扯開去，若用數值來表示，簡直就是無窮大，實在無法計算——那便在理論上，也無法確立可以計算的可能！

好了，就算有某種方法，真可以囊括一切，推算未來；或者，像我在《天書》中記述的那樣，地球上在進行的一切，只不過是一種「鏡子反射」，早已在遙遠的其他地方發生過的，那自然也可以藉著早已發生過的紀錄，來知道將來發生的事。

好了，就算未來命運真可以推算出來，那又怎麼樣？接下來的，自然進入了問題的第三層次。那就是：知道了未來的命運，能改變嗎？若是不能改變，知道了又怎麼樣？

再用上面那兩個例子，那位青年，若是通過了某種方法，早已知道他會在傾坍的大廈中被壓死，他自然不會再在那晚上留在家中，誰也不會明知要被壓死而還留在那裏等死。

所以，他會離開。

所以，大廈傾坍時，他不會被壓死。

結果是：他沒有死在那次災難之中。

那麼，就是推算不準確了，因爲推算，算到他要死在那次災難之中。這是一個相當有趣的邏輯問題：如果算出來的結果可以改變，那麼算出來的結果，就絕不準確，不但不準確，而且在大多數的情形之下，還會截然相反。

而如果推算出來的結果準確無誤，那就不會更改，不能變動。然而，那就是對一個已知道了自己未來命運的人最痛苦的煎熬。在《叢林之神》這個故事中，就曾對一個有預知能力的人的痛苦，作了一句傳神的描寫：「生活就像是在看一張翻來覆去、不知看了多少遍的舊報紙，乏味到了極點！」

既然，預知未來命運，只有兩個可能：（一）不準確！（二）準確，但痛苦莫名。

那麼，爲甚麼還是有那麼多人，幾乎是所有人，都那麼焦急地想知道自己的將來？將來終歸會來，任何人，走完自己的生命歷程，都可以清清楚楚知道有甚麼事曾發生。但是，所有人，古代的、現代的，都焦急地要提早知道。

關於人的未來命運，是否可知，大體上的情形，就如上述。

我記述的故事，很少有那麼長的前言。這洋洋數千字的前言，是我一次和若干大學生的談話：受過高等現代教育的年輕人，對玄學上的事發生興趣，想聽聽我的意見，所以才有了這一次談話。當時所舉的例子還要多，但現在爲了急於記述《命運》這個故事，所以從略。

那次談話結束，有一位青年問：「那麼，衛斯理先生，你的結論是甚麼呢？」

我的回答，可能不能使發問者感到滿意，但是那是我唯一的答案。

我的答案是：「我沒有結論。我的意見已經簡單地表達了出來，大家也不能在我的意見之中，得出任何的結論。」

那位青年又道：「那麼——」

我打斷了他的話頭：「是的，那麼，甚麼是命運，命運是怎麼一回事，我沒有結論。」

談話結束之後不多幾天，就開始發生了我如今名之爲《命運》，要記述下來的那個故事。

以下，才真正是《命運》的開始。

第一部：石頭上的怪紋路

春霧極濃，我處身於一個最不應該在的所在：在一艘船上，普通的中型遊艇，而那艘船正在海面上。

濃霧在海面上整團地緩緩移動，一團和一團之間，又互相糾纏，整個天地間，就只是茫茫濛濛的一片。根本已經無「能見度」可言，那艘船不到二十公尺，我在船的中間，看不到船首和船尾。而我知道，離最近的岸邊，至少有二十公里。

這樣的壞天氣，我會在一艘船上，在海中航駛，這實在有點不可思議。

當濃霧一團團撲面而來，溫暖而潮濕的空氣吸進肺裏，我真的莫名其妙，爲的是一樁奇特的事，我會立刻詳述這件事。

海面上十分平靜，船身輕輕晃動，四周圍除了海水所發出來的輕微的「啪啪」聲之外，靜到了極點，人的視覺和聽覺，彷彿全失去了作用，這是一個十分適合於靜思的環境，也不會有甚麼不可預料的危險發生。

可是，一來，我不適宜靜思，我會爲了追尋一件事的前因後果，而採取行動，而很少靜思。二來，這件事，無論從哪個角度來看，都無從作任何的設想。

事情是怎麼發生的呢？唉！

嘆氣儘管嘆氣，還是得從頭說起。

一個在飛速發展中的城市，如果從高空來觀察的話，新的建築物，簡直就如同春天竹園中的筍，一幢一幢平地而起，而且一幢比一幢更高聳。

新的高樓，有的是拆掉了舊建築物，在原來的地點造起來，也有，是在原來根本沒有建築物的地方造起來。

我在濃霧中，置身於小船上，和城市建築，又有甚麼關係呢？

看起來，一點關係也沒有，但實際上，卻還真大有關係，要從頭說起。

那天下午，聽完了白素自法國打來的長途電話，她父親的健康略有問題，她趕去探視。在電話中，她說老人家的病勢有好轉，那就表示，我可以不必去了。才放下電話，雙手反抱在後腦，把身子盡量靠後。近幾日來，有一個問題一直在困擾著我，我要好好想一想，才會有結論，可是牽涉的範圍又太廣，而且問題的本身不是很有趣，所以有點提不起興致。

就在那時候，電話鈴又響了起來，我拿起電話來，聽到了一個又興奮又急促的聲音在問：

「衛斯理先生在嗎？」

那是一個陌生的聲音。我的電話號碼，就算不是秘密的那個，知道的人也不是太多，而我也不是太想聽陌生人的電話。

因爲很多陌生人的電話，都不知所云。例如他們遇到了甚麼「怪事」，硬要把那件「怪事」講給你聽之類。所以我一聽到是陌生聲音，我立時道：「他不在，到北非洲去了。」

那陌生的聲音「啊」了一聲，顯得相當失望，我也就放下了電話。不到一分鐘，電話又響了起來，我再接聽，才應了一下，就聽到了「哈」的一聲：「北非洲？明明是在你的書房。」

我認出那是一個少年人的聲音，會打電話給我，而又用這種語氣的少年人，除了溫寶裕之外，不會有第二個。我悶哼一聲，一時之間，還不知他又在搗甚麼鬼：「甚麼意思？你把我電話號碼隨便給人？我已經爲你更換過一次電話號碼了！」

溫寶裕急忙分辯：「完全有必要，不是隨便給人。」

我又悶哼了一聲：「速速道來，長話短說。」

溫寶裕答應了，說：「我舅舅是建築工程師，最近在一個島上，由他負責，要建造一組房子——」

我聽到這裏，已故意大聲打了一個呵欠，表示沒有甚麼興趣。

溫寶裕傳來了一下苦笑聲：「求求你，請聽下去，造房子先要開山，那島上的山很多，有的山，爲了開拓地盤，必須開山劈石，把它移走——」

我「嗯」地一聲：「可是在開山的過程中，開出甚麼寶物來了？」

我這樣說，自然是譏諷他，誰知道他的聲音聽來極認真：「還不知道是不是甚麼寶物，可是真的值得研究。」

我笑了起來：「小寶，那你就去研究吧，別推薦我，世界上值得研究的事，實在太多了。」

溫寶裕急道：「你——」

可是我沒有再給機會讓他說下去，就掛上了電話。

看！有很多人說，我似乎特別容易遇上怪異的事，其實有時，真是推也推不掉。第一個電話，自然是溫寶裕做建築工程師的那個舅舅打來的，我沒加理會，第二個溫寶裕打來的電話，我也沒給他說下去的機會，那麼，應該是不論甚麼事，都和我無關了。

可是不然。

就在我又開始思考那個不是很有趣，但足以造成困擾的問題，才集中了精神不久，門鈴響起。

書房的門開著，我可以聽到老蔡開了門，和來人的對話。

來人在要求：「我要見衛斯理先生。」

老蔡問：「衛先生約你來的？」

來人道：「不是，只是有一樣東西，來源很特別的，想請他看一看。」

老蔡也習慣了應付這類事件：「好，請你把東西留下來，在適當的時候，我會轉交給他。」

通常，來人總還要糾纏一番的，這次也不例外：「能不能讓我親手交給他，我想向他解說一下，發現那東西的經過。」

老蔡應對自如：「你把東西留下來，衛先生看了，如果感興趣，自然會和你聯絡。」

我聽到這裏，已經把才集中起來的思緒，完全打亂，心中不禁有點惱怒，而就在這時，電話又響了起來，我抓起電話，再一次聽到了溫寶裕的聲音：「我舅舅到了嗎？那東西是不是很值得研究？」

本來已經心裏不是很高興，再一聽了這樣的電話，不快之感，自然更甚，我立時道：「你很快就會從你舅舅那裏知道！」

我放下電話，走出書房，下了樓梯，來人還在和老蔡絮絮不休，我來到門口，一下子拉開了老蔡，用極不友善的目光，瞪向來人。來人見我來勢洶洶，不由自主，後退一步。我看到他是一個三十歲左右的青年人，相貌很俊美，有點像溫寶裕，身形不是很高，可是很結實，一手提著一隻旅行袋，一手提著一隻公文包，看起來，有幾分像是推銷員。

他自然看出了我來意不善，所以立時陪著笑臉：「衛先生，你說到北非洲去了，原來是開玩笑。」

我看到他這樣子，倒不容易發得出脾氣來，只好笑道：「先生，多幾個像你這樣喜歡來找我的人，我看我該躲得更遠才是。」

來人連聲道：「對不起，對不起，可是這件事……這件東西……」

我嘆了一聲，知道向他說我另外有事，很忙，沒有空，全沒有用。因爲每一個人的心目中，都只認爲自己的事最重要，人是一種極度自我中心的生物，看來多少得花點時間才行了。

所以我作了一個手勢，令他進來：「好，小寶說你開山的時候，發現了一些甚麼，你快拿出來看看吧。」

我實在不想多耗時間，所以連給他自我介紹的機會都不肯。

那青年人走了進來，先把旅行袋放在几上，看起來好像很沉重，接著，他打開了旅行袋，我已經看到，旅行袋中是一塊石頭。

這時，我不禁又好氣又好笑，甚麼寶物，原來是一塊石頭，開山開出一塊石頭來，也要拿來給我看，我有三頭六臂，也不夠應付！

這時，我臉色自然要多難看，有多難看，那青年向我望了一眼，立時低下頭去，不敢再看我的臉色，一面把那塊石頭，自旅行袋中捧出來，一面像是在喃喃自語：「小寶告訴我說，衛先生你的脾氣……很大，不喜歡人家打擾，可是，事情實在很怪。對不起，真對不起。」

我只好嘆了一聲，看著他把石頭取了出來，石頭大約和普通的旅行袋差不多大，不規則，有一面十分平整，他就指著那平整的一面：「衛先生，請看。」

我早已看到了，在一面有深淺不同的顏色，構成了一幅似畫非畫、似圖案非圖案的形象，看起來，有四個柱狀物，比較高，還有一些圓形的、方形的組成，絕無特別。

我不禁又嘆了一聲：「看到了。」

那青年人道：「這上面顯示的情形，看在別人的眼裏，當然不值一顧，可是在我看來，卻是世界上最奇怪的事。」

我譏諷地道：「哦，你練過慧眼，能在一塊石頭莫名其妙的花紋上，看出盤古開天闢地的情景？」

青年人漲紅了臉，囁嚅道：「不，不，衛先生，請你看一看，這上面的花紋，像甚麼？」

我真是忍不住冒火：「像甚麼？甚麼也不像！」本來我還想發作一番，有不少人喜歡把石頭上的花紋，牽強附會一番，像甚麼像甚麼，真正像的不是沒有，出產在中國雲南的大理石，就有些花紋極像是某些東西。

類似的附會多的是，所謂像是「山水畫」的，無非是一些曲線。但是我實在懶得多說，所以說了「甚麼都不像」，就沒有再說下去。

同時，我心中還在想，這個青年人，比我熟稔的一個叫陳長青的朋友，還要誇張，見到了一塊有花紋的石頭，竟說甚麼在他看來，那是「世界上最奇怪的事」。

青年人一面連聲答應：「是，是。」一面又手忙腳亂地打開公事包來。

我知道趕也趕他不走，索性豁出去了，看他還能有甚麼花樣玩出來。我交叉手臂看著他，只見他打開公事包，取出了一張和公事包差不多大小的相片，黑白的，送到我面前：「衛先生，請你看看這張相片。」

我向相片看了一眼，相片上黑白的明暗對比，就是石頭上的花紋，我自己也有點對自己的耐心表示驚奇，居然聲音還不是很高：「哦，你拍了相片，我已經看過實物了，何必再看相片？」

那青年陡然吸了一口氣：「你……也有同樣的感覺？我還以爲……只是我一個人，你看起來，相片拍的就是這石頭上的花紋？」

聽得他把一個有明顯答案的問題，這樣鄭而重之地問，我不得不再看那相片，又看了那塊石頭，點了點頭。青年人現出極興奮的神情來：「衛先生，你說這不是世界上最奇怪的事麼？」

老實說，一直到那時為止，我一點也看不出事情有甚麼奇特之處，我冷冷地看著他：「看來，要人覺得事情奇怪，你還得好好編一個故事才行。」

他又連聲道：「是，是。哦，不，不，不必編故事，我只要解釋一下就可以，這張照片，並不是對著這塊石頭拍下來的，而是對著另外一張照片拍下來的，請看。」

正當我還未曾弄明白他這樣說法是甚麼意思之際，他又取出了另外一張同樣大小的彩色照片來，那張彩色照片，一看就知道是一個住宅區，位於海灣邊上，有高低不同的各種建築物，海水碧藍，拍得十分好，大可以拿來作為明信片之用。

那青年人在繼續解釋：「我特地用黑白軟片，而且在拍攝之前，把輪廓弄得模糊些，弄出那張黑白照片的效果——」他才講到這裏，我已經不由自主，發出了「啊」地一下低呼聲來。我自他的手中，把那張彩色照片取了過來，和黑白照片對比著，的確，黑白照片上本來看不清是甚麼的陰影和明暗對比，和彩色照片一比，就可以知道，那些全是建築物的輪廓。我再一次發出了「啊」地一聲，又把那張黑白照片，湊近那塊石頭，對比一下，兩者之間，完全一樣！簡直就像那張照片，是對著這塊石頭拍下來的！

一時之間，我不知怎麼說才好，一塊開山開出來的石頭上，有著花紋，乍一看來，一點意義也沒有，但是實實在在，和一張照片上所顯示的各種高低不同的建築物、大小位置、距離布局，一模一樣。

這事情，真是古怪之極。

我呆了片刻，指著那張彩色照片：「這是甚麼地方拍來的？」

那青年道：「對著一組模型拍，作爲宣傳之用。」

我皺了皺眉，他再解釋：「一個財團，計畫在一個島上，建築一個住宅中心，由我負責總設計，再根據設計圖，造了模型，顯示建築完成後的景色，照片就是對著模型拍的。」

我揮了揮手，問道：「這是你的設計？」

他道：「是。」

他指著那兩幢高房子：「這是兩幢大廈，高三十八層，這是一連串獨立的洋房，這個半圓型的，是一個購物中心，那邊長尖角形的，是體育館，還有那兩個突出的，是計畫中的碼頭……」

他一直解釋著，每提及一項建築物，就在彩色照片上指一指，然後，再向那塊石頭上的花紋指一指，凡是彩色照片上有的建築物，在那塊石頭平整一面上，都以較深的顏色顯示出來，經他一指出之後，看起來，石頭上的花紋，簡直就是藝術化了的那個住宅中心的全景，絲毫不差。

我又呆了半晌，才道：「太巧了，真是太巧了。」

那青年人緩緩搖著頭：「衛先生，只是……巧合？」

我側頭想了一想：「石頭上，事實上，每一塊石頭上，都有顏色深淺的不同，由於顏色深淺的不同，會構成一種圖案——」

他點頭：「我明白你的意思，這種花紋，有時會湊巧像一件物體，或是某種動物，甚至是一個人，這種情形，在變質的大理石中最常見，可是這塊石頭是花崗岩，花崗岩中有花紋，怎麼會和我所作的設計，一模一樣？」

我也感到迷惑，幾乎想問他一個蠢問題：你是不是見到了這塊石上的花紋之後，得到靈感，才作了這樣的設計的。

但是我當然沒問出口，只是問：「這塊石頭——」

他道：「我看到這塊石頭的經過，也偶然之極——」

他略頓了一頓，我不免有點前倨而後恭：「貴姓大名是——」

他忙道：「是，是。我竟忘了自我介紹，我姓宋，宋天然。」

我道：「宋先生，請坐下來慢慢說。」

他坐了下來：「整個工程，如今還只在整理地盤的階段，要開不少山，現階段，我不必常到工地去。三天之前，我只是循例去看一下，那天霧大，船的航行受了阻礙，所以遲到了一小時。我每次巡視，都只是一小時，我的意思是說，如果那天沒有霧，船沒遲到，我早已走了，不會發現這塊石頭。」

我「嗯」地一聲：「是，一些偶然的因素，會影響許多事情以後的發展。」

宋天然突然問了一句：「那麼，是不是所有的事，冥冥中自有定數呢？」

我笑了一下：「很難說，但從另一個角度來看，一件事發生了就是發生了，不必去猜測如果不是這樣發生，會如何發生。因為事態不像已發生了那樣，可以有無數種別的形式。」

宋天然沒有再問甚麼，繼續講下去：「上了岸，到了工地，了解了一些情形，恰好開山的爆破工程正在進行，所以就等著，等到爆炸完畢，土石崩裂，塵土和煙霧冒起老高，警戒撤除，我就和幾個工程人員走進了爆破的現場——」

他講到這裏，向我望了一眼：「我是不是說得太……囉嗦了一些？」

我忙道：「不，不，你由你說。」

由於事情確然有其奇特之處，我倒真的很樂意聽他講述發現那塊石頭的經過。

宋天然又道：「爆炸崩裂下來的石塊，大小形狀不同，堆在一起，已經有好幾輛車子，準備把它們運走，去進行軋碎，在建築工程展開之後，可以用來做建築材料，我向前走著，恰好有一架鏟土機，鏟起了大量石塊，機械臂旋轉著，就在我面前不遠處轉過，我偶然看了一下，就看到了這塊石頭。」

他說到這裏，用手向几上的那塊石頭，指了一指，然後又深深吸了一口氣：「衛先生，我看到那塊石頭的機會之微，真是難以計算。」

我「嗯」地一聲：「遲十分之一秒，或是早十分之一秒，你就看不到了。」

宋天然道：「而且，當時還要那塊石頭有花紋的一面剛好對著我，我才能看到。」

我道：「是，發生的或然率不論多麼小，發生了就是發生了。或許還有些石頭上的花紋更古怪，但由於被發現或然率低的緣故，所以未曾被發現。」

宋天然認真地考慮了一下我所說的話，看他的神情，像是不很同意，但是卻也無法反駁。

他繼續說下去：「我一眼看到了那塊石頭上的花紋，由於我曾花了將近一年的時間來從事設計，整個住宅中心的藝術設計，也花了兩個月的時間。我對我自己長時期的工作，自然留有極深刻的印象，所以我一看到石頭上的花紋，就震驚於它和整個建築群排列的相似，我就叫停了鏟土機的司機，把那塊石頭搬了下來。」

他伸手在那塊石頭有花紋的一面，撫摸了一下：「當時在場的另外幾個人，就未曾留意到那石頭上的花紋有甚麼特異，我也沒有解說，只是說想弄一塊石頭回去做紀念，弄回去之後，拿出彩色圖片來一看，我就傻掉了，再拍了黑白照片，衛先生，你已經可以看到，一模一樣。我量度過，一模一樣。」

他連連強調「一模一樣」，如果不是有那塊石頭放在眼前，我一定不會相信，可是這時，我對於「一模一樣」，卻一點也不懷疑。

宋天然望定了我：「衛先生，你怎麼解釋？」

我無法立即回答他這個問題，他等了一會，又道：「昨天小寶到我家來，看到了這石頭，他說怪異的事，難不倒你，你一定會有解釋。」

我伸手，指著照片和石頭，聲音聽來十分乾澀：「如果要……理性的，我的意思說，如果要合理的解釋，那就只好說是巧合。」

宋天然立時搖頭：「巧合到了這種程度？石頭在山中，形成了已經不知多少年，上億年，恰好爆炸時在這個地方裂了開來，上面的花紋，又和我的設計，將在那地方出現的建築群一樣？」

我也知道，只是說「巧合」，很難令人入信，根本連我自己也不相信，所以我剛才說話的聲音，才會那樣猶豫而不肯定。

這時，我苦笑了一下：「那你需要甚麼樣的解釋呢？要我說……在幾億年之前，這座山形成時，有人有驚人的預知能力，所以把若干億年之後，會在那裏出現的建築群的花紋，弄在石頭上？」

宋天然急速地眨著眼：「這……這好像也沒有甚麼可能。」

我道：「請注意，就算那種解釋成立，也無法解釋何以這塊石頭恰好能使你看到。」

宋天然喃喃道：「那……是巧合。」

我攤了攤手：「所以說，一切全是巧合，石上本來有花紋，每一塊都有，這一塊，恰好——」

說到這裏，我陡然住了口，沒有再說下去，原因很簡單，我剛才已提到過，這樣子的巧合，根本連我自己都不相信。

宋天然只是望著我，也不出聲，我過了一會，才道：「這石頭不知是從何處崩裂下來的？照說，花紋所現出來的景象，應該還有一幅才是，顯示景象相反的另外一幅，是不是？」

宋天然道：「應該是這樣，不過當然無法找得到了，那次爆炸，炸下了幾萬噸石頭，另外一塊或許早已炸碎，就算不碎，也無法找得到。」

我思緒十分紊亂，因爲眼前所見的事情，真是怪異到無法解釋。世上絕大多數奇怪的事，都可以設想出一種解釋的方法來，不管設想出來的解釋是不是有可能，總可以設想。但是，眼前的奇事，卻連想也無從想起。

我撫摸著那石頭有花紋的一面：「不知道這些花紋嵌在石中有多深？」

宋天然道：「不知道，我不敢挖它，怕破壞了整個畫面的完整。」

我搖頭：「事實明白放在我們眼前，而我們又想不出何以會有這種情形。」

宋天然深深吸著氣，又問：「中國古代的筆記小說之中，是不是也有相類似的記載？」

我正想到了這一點，所以聞言立時道：「有，不但有，而且多得很。不單是石上出現花紋，而且石上有文字，可以成句，句子多半是預言一些災難或以後的事，也有鋸開大樹，樹幹之中的木紋是圖像或文字的記錄。」

宋天然道：「那些記載的情形，和這塊石頭相似？」

我想了一想，這種筆記小說中的事，看過也就算了，沒有太深的印象，而且也無法確定真僞，和現在我們遇到的事，當然大不相同。所以，我搖了搖頭：「我想不同，不會有那樣……」

我又想了想，才找到了適當的形容詞：「不會有這樣活龍活現。」

宋天然道：「真是世界上最怪異的事情了。」

我同意：「而且，怪異得全然無可解釋。」

宋天然望著我，欲語又止，猶豫了好一會，才道：「是不是，當年山脈形成之時——」

他講到這裏，停了下來，用力搖了搖頭，無法說得下去：因爲那無論如何說不通。山不論大小，歷史之長，皆以億年計算，這塊石頭是花崗岩，不論是甚麼岩石，最初的形態，全是熔岩，然後再慢慢形成岩石，有甚麼可能在岩石形成的過程中，故意弄上花紋去？而且，花紋還是預知若干億年之後的事？

所以，宋天然說到一半，說不下去，自然而然。

他笑了一下：「無論如何，我不肯承認那是巧合。」

我陡地想起一件事來：「宋先生，若干年之前，我曾經看見過一夥極珍罕的雨花台石。」

宋天然立時全神貫注地望定了我，我閉上了眼睛片刻。

那塊雨花台石給我的印象十分深刻，所以雖然事隔多年，但一閉上眼，那塊珍罕的雨花台石，就清楚出現在我的記憶之中。

我道：「每一顆雨花台石，不論大小，都有各種各樣的顏色和花紋，那一塊約有拳頭大小，上面的花紋和顏色，活脫就是京戲之中孫悟空的臉譜。」

宋天然大感興趣道：「一模一樣？」

我不得不承認：「很像，但決不是一模一樣。」

宋天然嘆了一聲：「衛先生，若是這石頭上的花紋現出來的景象，和我的設計很像，那倒也勉強可以說是巧合。可是……可是……」

我明白他的意思，也陡然想到了一點：「宋先生，整個建築工程還沒有動工，你可以把設計改一改，譬如說，把兩個碼頭之間的距離，拉遠或是縮近，那就不是一模一樣了。」

宋天然搖頭：「所有的計畫，都經過反覆的討論，要改，談何容易？而且……而且……」

他說到這裏，有點吞吞吐吐，欲語又止，支吾了一會，才又道：「而且，這石上的花紋，像是在告訴我，冥冥之中，自有定數，既然幾億年之前已經有了預示，又何必要去違反？」

我聽他用「冥冥之中，自有定數」這樣的語句，也不禁呆了半晌，他顯然是經過了再三考慮，才這樣說的，那便是何以他剛才支吾的原因。「冥冥之中，自有定數」這種說法，無疑和他所受的教育，格格不入，可是事實卻又擺在那裏，不容人不這樣想。

我想了一會，才道：「看起來，好像早就有甚麼力量知道那地方會變成甚麼樣子，本來，人、物、地方，都有一定的運，可是幾億年之前已經算到了，太匪夷所思了！」

宋天然有點不好意思：「我……也只是隨口說說，或者說，既然在石紋上有這樣的顯示，又何必去改變？何況改變牽涉到巨額的投資，決不是我一個人所能作得了主的。」

我「嗯」地一聲，視線停留在那塊石頭上，心中充滿了不可思議的神秘感，可是對於這塊奇特的石頭，卻也沒有甚麼可以討論，連再無稽的假想都想不出來。

我看了一會，才又道：「這件事，以後如果有機會，我會儘量對人提起，我有很多朋友，不但有見識，而且有豐富的想像力，或許會遇到一個人，可以提出一個能被接受的假設。」

宋天然卻顯然對此不表樂觀，只是神情茫然地搖著頭：「也只好這樣了。」他說著，雙手捧起那塊石頭，放進了旅行袋之中：「對不起，打擾你了。」

我忙道：「不，不，你的確讓我看到了世界上最奇怪的事。」

他放好了石頭，忽然又道：「衛先生，你想不想到發現這塊石頭的現場去看看？」

我怔了一怔，根本連想也未曾想到過，因爲我以爲，到那島上，這塊石頭被爆出來的現場去看一看，一點作用也沒有，難道還會有甚麼石頭上有著奇怪的花紋？但是我隨即想到，又怎知道沒有？所以我一時之間，有點委決不下。

宋天然又道：「今天，我運用職權上的方便，下令爆破工程停止進行一天，過了今天，就沒有機會再看到那座小山頭了……預計整個山快要炸光，所以今天我來見你，也由於這個緣故。」

我本來還在猶豫，聽得他那樣講，便點頭道：「好，去看看。」

宋天然一聽得我答應了，大是高興：「這就走？」

我攤了攤手，表示無所謂，宋天然提起了旅行袋和公事包，走了出去，我跟在他的後面，他的車子就停在門口，他把旅行袋和公事包放在後面的座位，邀我上車：「建築公司有船在碼頭，很快可以到。」

我抬頭看了看，正當暮春，霧相當濃，我順口說了句：「這樣的濃霧天，不適宜航行。」

宋天然也順口道：「不要緊，一天船要來回好多次，航行熟了的。」

在到碼頭途中，我問了他的學歷，他倒是有問必答，提起溫寶裕來，他更是讚不絕口：「這孩子，很有點異想天開的本領，他曾說，如果他是建築師，他就要造一幢完全沒有形狀的屋子，可是問他甚麼叫作完全沒有形狀，他又說不上來。」

我問：「他對那塊石頭上的花紋，有甚麼幻想？」

宋天然笑了起來：「不相信那只是巧合，我們的看法一致，別的看法，多半，對不起，是中了你敘述的那些故事的毒。」

我笑了起來：「『流毒甚廣』？他說了些甚麼？」

宋天然吐了吐舌頭：「外星人幹的事。」

我「嘿」地一聲：「別以為任何奇怪的事，推在外星人的身上，就可以解決，這件事，有可能是外星人幹的，但是外星人如何幹，請設想一下，我就想不出來。」

宋天然忙道：「那是小寶說的，他說，外星人自有他們的方法，他們用的是甚麼方法，在地球人的知識範疇之外，根本無從設想。」

我「哈哈」笑了起來：「不錯，這正是我一貫的說法，他倒背得很熟。」

宋天然也跟著笑了笑，他忽然又問：「衛先生，你希望在現場，又發現些甚麼？」

我連想也未曾想過這個問題，根本上，要到現場去看看，是應宋天然之請而去，並不是我的本意，所以我說道：「甚麼也不想發現。」

宋天然沉默了片刻，才又道：「如果有甚麼人，或是甚麼力量，要留下預言，當然用圖畫來表示，比用文字來表示好得多。」

我皺了皺眉：「你這樣說是甚麼意思？預言？你認為石上的圖紋是一種預言？」

宋天然道：「不管稱之為甚麼，石上的圖畫，顯示了若干年之後那地方的情形。」

我「嗯」了一聲，宋天然的話，不易反駁，我也明白了剛才他那樣問我的意思：「你是在想，在現場，可能會再發現一些石塊，上面有著圖畫，而又有預言作用？」

宋天然一手操縱著駕駛盤，一手無目的地揮動著，顯得他的心緒十分紊亂：「我不知道，我是異想天開？」

我沒有再說甚麼，在看到了石紋顯示的圖畫，如此絲毫與發展設計相同的怪事，世界上沒有甚麼事不可能了。

車子到了碼頭，我們下了車，在碼頭上看起來，霧更濃，海面上行駛的船隻，不斷發出「嗚嗚」的汽笛聲。汽笛聲自濃霧之中透出來，可是由於濃霧的遮掩，看不到發出汽笛聲的船隻。那情形，恰似明明知道有一種情形存在，但是卻不明白這種情形如何。

宋天然帶著我，沿著碼頭走出了幾十步，對著一艘船，叫了幾聲，可是船上卻沒有反應。那船是一艘中型的遊艇，當然就是宋天然所說，屬於建築公司的船隻。

宋天然苦笑：「船上的人大抵以爲大霧，不會有人用船，所以偷懶去了，不要緊，我有鑰匙，我也會駕船。」

我作了一個無所謂的手勢，我們就上了一艘機動小艇，駛到了那船旁邊，登了船之後，宋天然又叫了幾聲，仍然沒有人回答，他就逕自進了駕駛室，發動了引擎，不一會，船已緩緩駛了出去。

一駛出去之後，霧更大，望出去，只看見一團一團的濃霧，在行進中的船，帶動了空氣的流動，甚至可以看到把濃霧穿破一個洞，而被穿破的濃霧，又在船尾合攏起來，整艘船，就在這樣的濃霧之中前進。

在這樣的情形下，船當然開不快，不到十分鐘，全船上下走遍了，那只是普通的遊艇，乏善足陳，我在甲板上又欣賞了大半小時濃霧，又走回駕駛室：「速度那麼慢，甚麼時候才能到？」

宋天然道：「大約三小時，我相信岸上的霧不可能那麼大。」

我嘆了一聲：「早知道要那麼久，不該把那石頭留在車上，帶了來，至少可以再研究一下。」

宋天然立時道：「衛先生，你有興趣研究的話，可以留它在你那裏。」

這話，我倒是聽得進的，至少，等白素從法國回來，可以讓她也看看這件奇妙透頂的事。

所以我答應了一聲，又到了甲板上。

第二部：把石上花紋輸入電腦

這就是我何以會在濃霧之中，置身於海面上的原因。在甲板上，濃霧撲面而來，忽然之間會到海上來，那是我兩小時之前，怎麼也想不到的事。我忽然想到了預言多麼困難！誰要是能預言我今天會出海，他必須先知道宋天然會有一塊那樣的石頭。因爲若不是宋天然有了那石頭，我不會出海。而宋天然有那塊石頭，多麼偶然，誰又能預料得到呢？那種偶然的機會，千變萬化，任何一方面發生了一點變化，一切就都改變了，我也不會在海上。

這時，我忽然想起了「預言」，自然是受了宋天然的話影響：石上的花紋，顯示的是預言？是若干億年之前的預言，用圖畫的形式，表示在石頭的中心？

在甲板上耽了一會，我又回到了駕駛艙，幸而遊艇的駕駛設備相當好，否則這樣的濃霧，根本無法航行。

總算，將近二小時之後，已經可以看到陸地，船在一個臨時碼頭上泊了岸，岸上，有不少工人，正在忙碌地搬運著各種建築工程用的器材，上了岸之後，有幾個人上來和宋天然打招呼。

宋天然一直向前走，這時已是下午時分，雖然岸上的霧，不如海面上濃，可是天色也顯得十分陰晦，很快就會天黑。

走了大約二十分鐘，宋天然手向前指，霧氣飄蕩，我已看到了那座小山，已經被削去了整整一半，或是一大半，我所看到的，是陡上陡下、筆直的、由爆炸工程開出來的山崖。整幅山崖，大約有二十公尺高，四十公尺寬，全由花崗石組成。

宋天然指著山崖：「當初，我主張保留這個小山頭，但由於建築材料的需要，又可以增加建築面積，所以才決定把它移走，如果不開山，自然也甚麼都不會發現，不同的決定，產生不同的結果。」

我只是注意四周的環境，由於開山工程，看起來，這裏像一個礦場，多於像一個建築地盤。

在那個斷崖之前，是一幅相當大的空地，堆滿了被開採下來的大小石塊，和許多器械。宋天然下令停工，所以靜悄悄地，只有我們兩個人。我向宋天然作了一個手勢，示意他一起向前走去，經過大小石塊，我自然而然，去留意石頭上的花紋。花崗石上的花紋，多數由於石質中的黑雲母形成，顏色比較暗，和淺色的石質一對比，就會形成圖案，可是一路看過去，所看到的，全是普通的石頭。

宋天然比我更認真，看到石頭有平整一面的話，他特別留意。但結果一樣，看來看去，全是一些普通的石頭。當然每一塊石頭上都有花紋，可是看起來，都毫無意義。

宋天然翻轉了一塊極大的石頭，望著那塊石頭平整一面上莫名其妙的花紋，忽然道：「衛先生，有可能每塊石頭上的花紋，都在預告些甚麼，只不過我們不懂。」

我皺了皺眉，宋天然越想越玄，如果他的假設成立，那麼，任何一塊石頭，就可以供人研究一輩子！對著石頭上莫名其妙的花紋慢慢去猜好了。

所以，我搖頭：「好像不可能，像這塊石頭上的花紋，你說像甚麼呢？」

那塊石頭，和宋天然帶來給我看的那塊石頭差不多大小，形狀也約略相似——在爆炸之中炸開來的石頭，自然依照花崗石的結構而分裂，所以形狀大體上都約略相同。

那塊石頭上，也有明暗對比的花紋構成的圖案，可是絕看不出那是甚麼，只不過是通常隨處可見的石紋。

宋天然搖頭：「當然不知道。就像衛先生，你看到了我那塊石頭，不知道是甚麼一樣，但總有人會知道的。或許，現在沒有人知道，再過若干年，有人知道，或是若干年之前，有人會知道。」

我細細想著宋天然的話，然後，笑了起來：「宋先生，你不妨把這塊石頭也弄回去——」

宋天然愕然：「然後，逢人就問，那是甚麼？」

我道：「當然不是，就算我們甚麼事都不做，單是叫人來看這塊石頭，問人家那上面的花紋是甚麼，窮一生之力，又能問得了多少人？」

宋天然十分聰明，他一聽得我這樣說，立時「啊」地一聲，十分興奮地向上跳了一下：「把上面的花紋攝下來，化爲電腦資料，輸入電腦，去問電腦那是甚麼！」

我用力拍他的肩，表示他想的，和我所想的一樣。他神情興奮地搓著手，我道：「首先，我們來研究一下，如果你那塊石頭上的圖形，化爲電腦資料，是不是有電腦可以回答出那是甚麼來？」

宋天然立即道：「如果這樣的資料，來到我們公司，輸入我們公司的電腦，那就會有確實的答案：這是整個計畫的設計總圖。」

我道：「如果在別的地方呢？」

宋天然道：「在別的地方……只要那處的電腦，和我們公司電腦有聯繫，也可以得到同樣的答案。如果沒有聯繫，那電腦就不知道答案。」

我搖了搖頭：「這樣說來，得到答案的可能性還是不夠大，不過値得試一試，一般來說，較具規模的電腦中，儲有極多資料，找答案總比逢人問好多了。」

宋天然極高興：「真是好辦法，我們揀些花紋看來比較突出的，去問世界上有規模的電腦。」

我也被引起了興趣：「這方面可以交給我，我認識不少電腦專家，和各地大電腦都有聯繫。」

於是，我們再向前走去，就留意石頭上的花紋，看到有明顯花紋的，就搬過一邊。當我們來到斷崖前面時，已經找到了十來塊，有大有小。

到了斷崖前，仰頭看去，斷崖雖然不是很高，但陡上陡下，看起來也十分有氣勢。開山工程在斷崖上留下階梯狀的凸起，我和宋天然甚至踏著斷崖上的凸起，攀高了約有十公尺左右，沒有甚麼特別的發現。

在高處，宋天然還和我在討論著石頭上花紋的事，他道：「要是那些花紋，刻在石頭表面上，還可以想像一下，可是卻在開山開出來的石頭上！這座小山頭，不知道多少億年之前形成，如果不是有工程進行，山頭中的石塊，再也沒有機會見到陽光。」

我同意他的說法：「是啊，一塊石頭，不會引起人的注意，可是事實上每一塊石頭，能夠重見陽光，機會不大，都應該十分珍罕。」

宋天然伸手向上指了指，用動作詢問我是不是要繼續向上攀。

反正再向上攀，並不是甚麼難事，所以我就繼續向上攀，不一會，就到了山上，那小山頭被開去了一半，另一半還保持著原來的樣子，岩石嶙峋，石縫之中，長著不少灌木野草，就是常見的那種小山頭。

在山頂上站了一會，我們就向著山頭的另一邊下山，雖然全然無路可循，但也是十分容易，因爲山坡並不算是太陡峭，各種大小石塊，在山坡上很多，下山到一半時，我還看到有若干處，岩石開裂，形成山縫，這全是一座小石山上應有的現象。

沒有多久，我們就到了山腳，宋天然嘆了一聲：「這實在是一座十分平凡的小山頭。」

我道：「是啊，這種小山頭，單是在這個島上，就至少有上百個。」

宋天然又站了一會：「整個山頭被移去，由於底部是堅硬的岩石，適宜於建造較高的上蓋，所以兩幢大廈，造在這座山的山基之上。」

我只是順口應著，因爲對整件事，我一點概念也沒有，把石上的花紋圖形，輸入電腦去進行比對，也是一種姑妄試一試的做法，根本沒有祈求有甚麼可以期待的結果。

下了山，又繞到了斷崖前，宋天然叫來了幾個工人，把我們搜集到的石塊，都搬上船去，然後，他抱歉地道：「對不起，拉著你來了一遭，甚麼也沒有發現。」

我笑了笑：「我本來就未曾希望在山中忽然冒出一個怪物來。」

宋天然笑起來，我們再上船時，天色開始黑了，海面上的霧更濃，所以，當我回家，已經晚上十時左右。宋天然送我到門口，在我下車時，他把那藏有石頭的旅行袋交了給我，我又問他要了那兩張照片。

我把那塊石頭，放在書桌上，再將石頭上的花紋，和照片對照了一下，實在是毫無分別。我又取出攝影機，對著那石頭拍了照，然後在黑房中進行沖洗，立時又進行放大，放得和宋天然給我的那張照片一樣大小，這一來，更容易比較了，兩張照片，全然一樣。

然後，我就怔怔地看著那塊石頭，在心中進行種種的設想，但當然，找不出一個甚至只可以在理論上成立的設想。

一直到午夜，我只好長嘆一聲，離開了書房。

自那天之後，宋天然每天都和我聯絡，告訴我，開山工程在繼續進行著，沒有甚麼異狀，也沒有甚麼新的發現，只不過他在每次巡視開山工程時，若有發現花紋奇特的石塊，他就會搜集起來，已經有了五六十塊之多。

而且，他也照我們的計畫，把石頭上的花紋，拍成照片之後，轉變爲電腦資料。

大約一星期之後，他又來找我，帶來了那些電腦資料，利用我家裏的小型電腦，使得石上的花紋圖案，在和電腦聯結的螢幕上，一幅一幅，顯示出來。看起來，每一幅都不規則，沒有意義。

宋天然道：「單憑我們這樣看，看不出名堂來，希望世界各地的電腦，會給我們答案！」

他說著，取出了二十份所有照片來，放在我的書桌上，道：「這裏一共二十份，你分送出去，我自己也可以分送出去三十份左右。」

我問了一句：「這些資料，你有沒有先在公司電腦中尋求過答案？」

宋天然道：「試過了，沒有結果。要電腦有答案，必須電腦之中，先有同樣的資料，輸入的資料與之完全吻合，才會有答案。」

當晚，我就把他留下來的二十份照片，寫上地址，又各附了一封短函，說這只是一種遊戲，但是務請盡力在閣下所能接觸到的電腦中，試尋是否有可以吻合之處，如果有，請立即告訴我，那是甚麼。

我寄出去的地址，包括的範圍相當廣，有世界上最大的天文台、大醫院、大機構，甚至於幾個大國的政府部門和銀行，等等。收件人都是過去在各種各樣的情形之下，和我有過接觸的人。

第二天，老蔡把那些東西全寄了出去，一連幾天，宋天然照樣和我聯絡，他希望我能夠解開那石頭上的花紋圖形，何以和他的設計絲毫不差的原因，可是我總是令得他失望。

那塊石頭一直放在我的書桌之上，這些日子來，來看我的朋友，我就必然使他們去看那塊石頭，所有的人才乍一看到那塊石頭，都不覺得有甚麼奇特，但是一經解釋，無不嘖嘖稱奇，認爲這種情形，真是奇妙到了極點。

那些朋友，包括了我十分熟悉的，和不是十分熟悉的在內。其中有一個是陳長青。

陳長青在知道了這塊石頭的奇妙之處後，自告奮勇：「這石頭，有圖形的那一面，不算是十分平滑，我想，去打磨一下會更清晰，我來做，親手來做。」

我擔心了一下：「不要一打磨，把這些花紋全都磨去了。」

陳長青一面說，一面早已把那塊石頭抱在懷中：「不會的，我會小心。衛斯理，你這人真不夠朋友，有這樣奇特的事，也不通知我，要不是我來看你，永遠不知道有這樣的奇事了！」

我笑道：「你不會永遠不來看我，所以也不會永遠不知道。」

第二天，他就大呼小叫地衝了進來，他手中仍然抱著那塊石頭，不過用布包著，我問：「怎麼樣？打磨成甚麼樣子了？」

他直走進書房，把石頭放在我的書桌上，直視著我：「小心點，別昏過去。」

然後，他用他一貫的大動作，一下子把罩在石頭上的布幅扯去。

我向那塊石頭一看，剎那之間，雖然未曾昏過去，可是也真正怔呆了。

陳長青把那石頭有圖形的那一面，打磨得十分平整光滑，而且又塗上了一種可以令得石頭中的花紋顯露得更清晰的油質塗料。經過了那樣的處理，圖形更加清楚，簡直就是一幅黑白相片，而且極有立體感。

我呆了半晌，說不出話來，陳長青得意地問：「你看怎麼樣？」

我嘆了一聲：「看起來，就像是把照片曬印在石頭上了。」

宋天然給我的照片，就放在桌上，陳長青伸手取了過來，又順手拿起了一柄尺來。我道：「不必量度了，宋天然早已量過了，一點也沒有不同。」

陳長青道：「這樣的情形，要不要叫那個宋天然來看看？」

我一想，也有道理，應該通知宋天然一下，告訴他那石頭經過打磨之後的效果，看了看時間，他應該在公司，可是電話打過去，公司卻說宋天然今天沒有來，也沒有請假，公司正在找他。

我一得到這樣的回答，就覺有點不妙，忙又打電話到他家去，電話一響就有一個女士接聽，我才問了一句，那女士就叫了起來：「你是衛斯理？」

我怔了一怔，心中暗叫了一聲「冤家路窄」。那是溫寶裕的媽媽，也就是宋天然的姊姊。

我忙說道：「是，我找宋天然。」

電話那邊霎時之間傳過來的聲音之響亮，令在一旁的陳長青，也為之愕然，那位美麗的女士，多半是把電話話筒，當作是唱女高音的擴音器了，她用十分尖利的聲音在叫：「甚麼人和你走在一起，甚麼人就倒楣。」

我和陳長青相視苦笑，我忙道：「宋先生他——」

美麗女士尖叫如故：「天然失蹤了，從昨天晚上起，就不知所終！」

我陡地一怔：「昨天下午，我還和他通過電話——」

美麗女士的叫聲更響：「請你離開我的家人遠一點。算我求你，好不好？」

我也大聲道：「一個成年人，從昨天晚上起到現在，下落不明，這不能算失蹤，你明白嗎？」

我不等他回答，就放下了電話：「長青，宋天然可能有了意外。」

陳長青本來就最容易大驚小怪，可是這次，他卻不同意我的感覺：「不會有甚麼意外吧？他可能又去找有圖形的石頭。」

我想了一想：宋天然生活十分有規律，還未結婚，和父母同住，一夜未歸，又未回到工作崗位，自然很不尋常，如果他在工地，公司應該知道。她姊姊自然是由於他的「失蹤」而被他父母請去商量的，這中間，真有問題。

可是，究竟是甚麼問題，我卻說不上來。而且，我也沒有法子去找他，因為我和他不算太熟，他平時和甚麼人來往，愛到甚麼地方去，我一無所知。他的家人一定會盡力去找他的。

我心緒十分亂，陳長青則一直盯著那塊石頭，不斷讚嘆。我問道：「你有甚麼假設？」

陳長青長嘆了一聲：「我一直以為自己想像力十分豐富，現在方知不然，我作了一百三十七個假設，每一個，唉，不說也罷！簡直是絕無可能，可是偏偏又在眼前。」

我也不禁嘆了一聲，和他又討論了一會，心中實在記掛著宋天然的下落，可是又不想再去聽那位美麗女士的尖叫聲。

就在這時，溫寶裕的電話來了，他第一句話就道：「我舅舅失蹤了。」

我沒好氣地道：「不過十多小時未曾出現。」

溫寶裕的聲音有點鬼頭鬼腦：「他到哪裏去了？」

我對著電話叫了起來：「我怎麼知道？」

溫寶裕顯然被我的聲音嚇得有點發呆，過了一會，他才道：「會不會進入了……進入了他自己設計的那……個地方去了？」

我一時之間，不明白他這樣說是甚麼意思。但是溫寶裕有很古怪的想法，我對他所說的話，絕不因為他是一個少年人而輕視，所以我定了定神：「我不明白，他到哪裏去了？」

溫寶裕道：「那塊石頭……那麼古怪，上面的圖形，完全和他設計的建築群一樣，如果那塊石頭表面的圖形，是另一個空間，我舅舅可能進入了那個空間，我的想法是，就像是人進入了甚麼圖畫、鏡子之中一樣。」

我把電話接駁了擴音器，所以溫寶裕的話，陳長青也可以聽得清清楚楚，陳長青立時「啊」地一聲：「這小孩子是甚麼人？真了不起。另外一個空間的設想，真不簡單。」

溫寶裕的話，自然是一種設想，我想：「就算是這樣，你舅舅也沒有機會進入那個空間，應該是我進去才是，因為那塊石頭，一直在我的書桌上。」

陳長青加了一句：「或者是我。」

溫寶裕立時問：「你是誰？」

我大聲道：「小寶，一有你舅舅的消息，請立刻通知我。」然後我就掛上了電話。

一個陳長青，或是一個溫寶裕，已經令人難以忍受了，我簡直無法想像陳長青加上溫寶裕，會變成甚麼。所以我急急把電話掛上，不希望他們兩人取得任何聯絡。不然，陳長青和他一起，生出甚麼事來，溫家三少奶只怕要買兇把我殺掉。

陳長青仍然大感興趣：「這少年是誰？」

那時，我和溫寶裕之間的故事《犀照》，還沒有整理出來，所以陳長青不知道這個少年是誰，我道：「過一個時期你自然會知道，他是宋天然的外甥，剛才在電話中唱女高音的，是他的母親。」

陳長青「哦」地一聲：「這少年有點意思。」他指著石頭：「那麼奇特的現象，真有可能是另一個空間，如果能夠突破空間的限制，人就可以進去，進去了之後的感覺，一定像是置身於建築已經完成的那個住宅中心——」

他越說越是起勁，我道：「教你一個法子，可以使你進去。」

陳長青立時睜大了眼睛，怪聲怪氣道：「快說。」

我道：「你用頭去撞這石頭，撞著撞著，說不定就可一頭撞了進去。」

陳長青自然知道我在消遣他，十分惱怒，悶哼了一聲，指著石頭道：「既然你那麼沒有想像力，這塊石頭留在你這裏，也不會有甚麼進展，不如放到我那裏去。」

陳長青有這樣的要求，我一點也不奇怪，反倒奇怪他怎麼到這時才提出來，不過，我一口拒絕了他：「不行，石頭不是我的，是宋天然的，我不能作主。」

陳長青神情怏怏，但隨即又釋然：「不要緊，反正我已知道了有這樣的奇蹟，我會運用我的想像力——宋天然有了消息，別忘了通知我。」

我嘆了一聲，點了點頭。他出去，才打開門，就看到一輛車子急速駛過來，在急煞車的聲音中停下，車門打開，一個人自車中跨出來，那人一抬頭，我和他打了一個照面，不是別人，是警方的高級人員，和我並不是十分談得來的黃堂。

陳長青和黃堂見過幾次，知道黃堂的身分。黃堂有急事來找我，誰都可以看得出來，無事尚且要生非的陳長青，一見到這樣情形，如何還肯離開？整個人立時如同釘在地上一樣，再也不肯向前移動半步。

黃堂一見到我，就和我打了一個手勢，示意我進去，有話要說，我推了陳長青一下，示意他離去，可是陳長青反倒跟了上來。我望向黃堂，黃堂明白我的意思，立時對陳長青道：「對不起，陳先生，我們有十分私人的事要商談，你請便吧。」

陳長青真是好脾氣，陪著笑：「或許，我能貢獻一點意見？」

我和黃堂齊聲道：「不必了。」

陳長青遭到了我們兩人堅決的拒絕，十分尷尬，自然不好意思再跟過來，我讓黃堂進了屋子，看到陳長青還站著不動，知道萬萬不能去招惹他一絲半點，只好裝著沒有看到，也進了屋子，隨手把門關上。

我才關上了門，黃堂就轉過身來，一臉嚴肅地道：「問你一些問題，你一定要據實回答。」

我對黃堂本身，並沒有甚麼成見，但是總覺得和他不是很談得來，像這時，我根本不知道他來找我是爲了甚麼，可是他一開口，已引起了我的反感。

我立時道：「黃大人，你應該說：若不從實招來，定必嚴刑拷打。而且，你手中好像也應該有一塊醒堂木。」

黃堂睜大了眼睛瞪著我，悶哼了一聲：「事情很嚴重，我沒有心情和你說俏皮話。」

我道：「好，那就說你的嚴肅話。」

黃堂急速地來回踱了幾步：「衛斯理，我不知道你和情報機構有聯繫。」

我一聽，真是無名火起，一句「放你媽的屁」幾乎已經要出口了，硬生生忍了下來，臉色自然難看之極：「我不知道你在說些甚麼。」

黃堂的臉色也不好看：「情報組織，我是說，大國的、小國的情報組織，專門靠特務活動來蒐集情報的組織。」

我盯著他，感到在這樣的情形下，發怒也是沒有用，我用十分疲倦的聲音道：「你誤會了，我和大國小國不大不小國的任何情報組織，皆無任何聯繫。」

黃堂盯了我半晌，欲語又止，我反唇相譏：「看來，你倒和情報機構有聯繫。」

黃堂坦然承認：「是，在業務上，有一定的聯繫。」

我道：「好，你有，我沒有，還有甚麼問題？」

黃堂道：「有一個人，叫宋天然，近來和你來往十分密切。」

我一聽得事情和宋天然有關，不禁大是愕然：「不錯，他發現了一些奇怪的事，來和我研究。」

黃堂沉聲道：「你可知道他真正的身分？」

我更是訝然：「甚麼叫真正的身分？你以為宋天然是甚麼組織的特務？」

雖然，特務的臉上沒有刻著字，越是像特務的越不是，但是宋天然，我絕無法把他和特工人員聯繫起來，所以才會這樣問。

黃堂沉默了半晌：「他……衛先生，我真希望你能……幫我。」

他說話客氣了許多，我也訝異莫名，希望他快把事情講出來，所以我立時點頭。

黃堂壓低了聲音：「宋天然，他可能是有史以來，最厲害、最神通廣大的特工人員。」

我張大了口，合不攏來。黃堂不喜歡在言語中開玩笑（或許就是因為這一點，所以我才不是十分喜歡他），可是這時，他說的話，卻實在可以令人大笑一場。不過，又由於他神情肅穆，倒也不是容易笑得出來，所以我只好張大了口望著他。

黃堂又道：「他做到了任何情報人員無法獨立完成的事情，他——」

當他繼續講的時候，我一直張大了口望著他，他忽然停了下來：「算了，你一定早已知道他是甚麼人，做了些甚麼事，何必還要我說？」

我連忙舉起手來：「黃堂，我一點都不知道！你明白我絕不喜歡轉彎抹角，不知道就是不知道，我只知道他是一個建築工程師，他做了甚麼？」

黃堂先用疑惑的眼光望著我，然後，神情轉爲信任，但他還是停了片刻，才道：「和美國國防部，人造衛星攝影部門有聯繫的電腦組織，正式的名稱是──」

他說到這裏，又頓了一頓，看到我沒有反應，才又道：「如果你不知道那個機構的名稱，我就不說了。」

我作了一個「隨便你」的手勢，仍然不知道他想說些甚麼，他道：「這個機構專門負責處理人造衛星拍回地球來的照片──」

我嘆了一聲：「你說得簡單點好不好，我知道，現在人造衛星滿天飛，間諜衛星更多，拍回來的甚麼樣照片都有，而且清晰程度十分驚人，經過放大之後，甚至可以看出地面上行駛的一輛車子，是甚麼類型。」

黃堂道：「對，先請你留意一點，間諜衛星拍到的照片，有軍事秘密價值的，被列爲最高機密，除指定人員外，誰也不能看到。」

我道：「這是普通常識。」

黃堂望了我兩眼：「這個機構，在兩天前，通過了一枚性能十分優越的間諜人造衛星，這種優越性能也是一項秘密，連蘇聯情報人員都不知道，通過這種優越性能，拍到了一張照片，顯示蘇聯在阿富汗境內，部署了一個有計畫的火箭陣地。」

我耐心聽著，黃堂又盯著我看，我忍不住道：「到現在為止，我不知道你想說甚麼，你不必打量我臉上的表情！」

黃堂的神情有點尷尬，但是他還是直視著我：「這是最高的機密，可是和那機構有聯繫的電腦，卻顯示這張照片，電腦中早有資料，是宋天然寄去的一批照片中的一張，對比的結果，一模一樣，比人造衛星拍攝到的，早了三天進入電腦資料，而宋天然得到這張照片的時間，可能更加早——」

黃堂講到了「宋天然寄去的一批照片」之際，我耳際已經響起了「轟」地一聲，接著，他又講了一些甚麼，我完全沒有再聽進去，而在那時，我臉色一定也難看到了極點，所以黃堂也陡然住了口。

我定了定神，揮了一下手，這時，我喉際發乾，一開口，連聲音都變了樣：「請你繼續說，我很快就會解釋……事情的實在情形。」

黃堂吸了一口氣：「那枚衛星，一直在監視蘇聯在阿富汗的軍事行動，定期攝影，每次攝影的相隔時間是三天，三天之前的一批，還未曾有火箭陣地的跡象，也就是說，宋天然在火箭陣地還未曾布置好之前，就已經知道了部署法。」

我沒有出聲，思緒相當亂。

黃堂又道：「你想想，一個情報人員做得到的事，比間諜衛星還早，而且同樣準確，這豈不是神通廣大，至於極點？」

我已經坐了下來，無力地揮了揮手：「那麼，和我又有甚麼關係？」

黃堂道：「宋天然在寄出那批照片的同時，有一封短函，說是如果照片和收件處的電腦資料吻合，可以和他聯絡，或者，和衛斯理先生聯絡。上面有你的名字和地址。」

我不由自主發出了一下呻吟聲，決定等他完全講完，我再開口，所以我又示意他再講下去。

黃堂道：「這種情形，簡直是前所未有的，一發現了這一點，美國和西方國家的情報機構，度過了天翻地覆的兩天，證明了宋天然不屬於西方任何國家的情報機構。那麼，就只剩下了兩個可能。」

我的聲音有點軟弱無力：「他是蘇聯集團的特工人員，希望藉此行動，投靠西方。」

黃堂點頭：「二，他還不屬於任何集團，只是想藉此顯示他的才能，以冀得到西方世界的重用。剛才，美國一個情報官找我，打聽宋天然和你，我想和宋天然聯絡，聯絡不到，所以只好來找你。宋天然既然提到了你的名字，你們……你們是合夥人？」

我陡然跳了起來，失聲道：「糟糕，宋天然失蹤，一定是……一定是蘇聯集團……先下了手。消息洩露了出去，蘇聯集團的特工，震動必然還在西方之上。絕對的軍事秘密，在事先就給人知道，自然非找到這個人不可！」

黃堂森然道：「是啊，如果他已被綁架，下手的是蘇聯特工，那麼，你——」

我不由自主，發出了一下呻吟聲。我和宋天然的「求答案」的行動，竟然會產生這樣的後果，真是隨便怎麼想都想不到的事。

黃堂見我在發獃，有點生氣地道：「就算你不對我說甚麼，也該爲你自己打算一下，你要知道，特務行動……警方也保護不了。」

我只好苦笑：「我也不至於要警方保護。到我書房來，我詳細說給你聽。」

我帶著黃堂，進了書房，先給他看那塊石頭，再向他解釋石頭上的花紋圖形是甚麼，又給他看相片，然後又向他說了宋天然和我異想天開去求圖形答案的經過，隨後找了五六十塊有圖形花紋的石頭，拍了照，寄出去，向各地的電腦詢問……我講到一半時，黃堂的神情，已經像個白癡一樣。

等我講完，他不斷地眨著眼睛，沒有任何別的動作。任何人聽了敘述，都會有同樣的反應，所以我也沒有去驚動他。

過了好一會，他才用夢遊太虛似的聲音問：「你是說，你是說，宋天然寄出去的那批照片……只是石頭上的圖紋？」

我用力點了點頭，拉開抽屜，取出一疊照片來，放在桌上：「他寄出了三十份，我也寄出了二十份，這裏一份是自己留著的，請你看看，哪一幅是所謂……蘇聯在阿富汗的火箭部署圖？」

黃堂把那些照片迅速地看了一遍，照片看起來全然沒有意義，不外是黑白的陰影構成的一些圖案，或是點和線的排列，看起來十分普通。但是如果其中有一幅照片上的一些顏色較深的黑點、排列的方位，恰好和火箭的部署是一樣，那麼問題就大不簡單！

黃堂一面看，一面現出茫然的、不可置信的神色，像傻瓜一樣地搖著頭。我倒並不覺得可笑，因爲在知道了事實，幾乎每一個人都會作這樣的反應，因爲那實在是太不可思議！

黃堂看了一遍又一遍，我問：「是哪一幅？」

他苦笑了一下：「我也不知道，這些照片，看來全一樣，一點意義也沒有。」

我攤了攤雙手，表示事實的確如此：「那些石頭，還在宋天然那邊，是在爆炸後，順手揀來的，一點也不是名貴的東西。」

黃堂深深地吸了一口氣：「要是宋天然真的被特務機構弄走了，那麼，只怕世界上沒有一個特務，會相信他的解釋。」

我也不禁發起急來：「可是事實確然如此，當特務的，總得接受事實才行。」

黃堂緩緩地道：「肯接受事實的，也不會去當特務了，特務只知道自己的想像。就算事實不是如此，他們對付錯了一個人，又有甚麼關係？總比情報再度洩漏好得多！」

我來回走了兩步：「那位來自美國的情報官——」

我才講到這裏，他就打斷了我的話頭：「對，頭昏腦脹，我倒忘了，該讓他來聽聽這個神話故事。」

我糾正他：「不是神話故事，是事實。」

第三部：小山石塊可使人變先知

他苦笑了一下，沒有再和我爭下去，拿起電話來，背對著我，按著號碼。他那種行動，多少有點鬼頭鬼腦，我冷冷地道：「我這裏打出去的每一個電話，都錄音，你可以到外面去打公共電話。」

黃堂嘆了一聲：「衛斯理，這件事，說大可大，說小可小，我們別再說些沒用的話好不好？」

他這兩句話，倒說得相當誠懇，所以我也沒有再說甚麼。電話有人接聽，他迅速而低聲地說了兩句，然後轉過頭來問我：「我能不能請他到你這裏來？」

我攤了攤手，作了一個無可無不可的手勢，他又講了幾句，然後再轉過臉來，用一種十分訝異的神情望向我。

黃堂問道：「他說他認識你，是你的好朋友。他父親更和你是生死之交。」

我揚了揚眉：「誰？」一面心中在想著，在西方人之中，從事情報工作的，我倒是認識不少，可是能稱得上「生死之交」的，實在不多。

一則，我朋友多而雜，真正有好交情的，不能說沒有，像剛才被我拒諸門外的陳長青就是，但是「生死之交」這個名稱，一聽就令人想起武俠小說中的那種朋友交情，在現實社會中不是多見。二則，西方人只怕更不容易明白甚麼才是「生死之交」。

黃堂的回答來得極快：「小納爾遜，小納，他的父親曾是十分出色的情報工作者，納爾遜——」

黃堂才講到這裏，我就陡然叫了起來：「他，納爾遜的兒子，小納？」

我一面叫著，一面已伸手接過了電話來，對著電話，用十分激動的聲音叫：「小納，快來。」

那邊傳來了一個同樣激動的聲音：「是，我立刻就到，立刻就到。」

我放下電話，不由自主，深深地吸了一口氣，剎那之間，我和納爾遜結交相識的經過，一下子都湧了上來。想起來，彷彿就在眼前，而且，在電話中聽來，小納的聲音，就與當年他父親一樣。

他父親，出色的情報工作人員，曾和我共同有過一段難忘的經歷，在最後關頭，不幸犧牲。那時，小納已經是一個相當出色的青年人，我曾見過他，因他父親的犧牲而安慰他，而他在當時，也表現了出奇的鎮定和勇敢，令我留下了極其深刻的印象。現在，他的工作成就，只怕已超越了他的父親。

我把手按在電話上發怔，過了一會，黃堂才問我：「納爾遜？就是在《藍血人》那件事中，和你共事的那位納爾遜？」

我大力點了點頭：「就是他。小納……真想不到。」

黃堂自然熟知我記述在《藍血人》這個故事中的一切經過，自然也知道納爾遜是怎麼死的，所以他沒有再問下去，只是道：「那就好了，你們之間有這樣的關係，他自然會接受你的解釋。」

我感嘆地道：「我和他的父親，倒真的可以說是生死之交，一點也不誇張。」

黃堂卻自有他的想法，他搖了搖頭：「我只是擔心，小納接受了你的解釋，怎麼去取信他的上司。」

我有點惱怒：「我的解釋是百分之一百的事實，不是虛構出來的。」

黃堂怕惹我生氣，沒有再說甚麼。

黃堂一連打了幾個電話，要他屬下的人員傾全力去偵查宋天然的失蹤，並且向他的幾個得力手下，暗示了宋天然的失蹤，有可能涉及國際特務組織的綁架行爲，要特別小心處理。

他那幾個電話，大約花了七八分鐘，在那短短的時間內，我不斷來回踱著步，焦急地等待著。等他終於放下了電話，我心急地問：「小納在甚麼地方，怎麼還沒有到？」

黃堂道：「不遠，應該到了，怎麼還沒有——」

當他這樣說的時候，我站立的位置，正面對著窗子，可以看到街上的情形。我看到在對街的一根燈柱上，有一個人攀在燈柱上，看起來，像是修理電燈的工人，可是他的安全帽下，有著一副十分巨大的「護目鏡」，這種類似護目鏡的物體，實在太大了，使我一看到，就知道那是一具性能優越的特種望遠鏡，這種望遠鏡，不但有著紅外線裝置，可以令使用它的人，在黑暗中看到東西，而且，多半還有抗折光裝置，那也就是說，雖然由於窗上玻璃的緣故，外面光線強，室內光線弱，應該看不見室內的情形，他也可以看得到。

既然有這種設備的望遠鏡，我相信這傢伙的身上，一定也有特種竊聽器，這種竊聽器，可以輕而易舉聽到兩百公尺內的聲音。

有這種「道具」在身上，不問可知，絕不會是真正的修電燈工人了！

我只向那人望了一秒鐘，我問：「黃堂，你派人爬上電燈柱在監視我？」

黃堂怔了一怔，本能地要轉個身，向窗外看去，但是我立即作了一個手勢，制止了他，並且用眼色告訴他，要裝出若無其事的樣子。

黃堂領悟能力高，他甚至連姿態看來，也十分自然，渾如沒事人。

我這樣做，自然有原因：黃堂沒有派人來監視我，小納自然更不會，那麼，這個神秘的監視者，就可能和使宋天然失蹤的那一方面有關，他們對付了宋天然，又準備來對付我。

任何人，要對付我，當然會知道，我不容易對付，比起對付宋天然來，不知道要困難多少，所以先派一個人來視察監視，自然而然。

假設這個監視者，已經竊聽到了我和黃堂之間的對話，那真是再好不過，我們絕不必去驚動他，讓他帶著他監視的結果回去，好使他們知道，宋天然不是甚麼人類有史以來最偉大的特務，一切全是一種不可思議的「巧合」。

這樣，對宋天然來說，自然大有好處。

黃堂明白了我的意思，是以，他身子雖然移動著，但是絕不向窗外望一眼。

可是，就在這時，我突然看到一個人，用極快的速度，攀上了電燈桿，這個人攀上去的速度之快，簡直就像是猴子。

電燈桿能有多高？一下子，那人就抓住了那個監視者的腳踝，同時身子上竄，身手靈敏之極，一拳打出，打中了監視者的下顎。

那監視者冒充了修電燈工人在電燈桿上，腰際扣著安全帶，所以，攀上去的那人一拳打出，監視者並沒有跌下來，但是那一拳的力道十分強大，令得那監視者的身子，陡然向後仰了一仰，又向前反彈回來，前額撞在電燈桿上。

看來，監視者在一下子之間，就喪失了抵抗能力，那攀上去的人，弄鬆了安全帶的扣子，和那監視者順著電燈桿一起滑下來。

一切經過，連半分鐘也不到，隔著窗子看出去，就像是看默片。

黃堂也注意到了我望著窗外的神情古怪，他也以十分自然的動作，向窗外望去，剛好看到了兩個人一起滑到地上的情形。

他陡然叫了起來：「天，是陳長青。」

早在那個人像猴子一樣攀上去的時候，我已經認出他是陳長青了。可是有甚麼法子阻止他？他的動作是如此迅捷，而我們之間的距離又如此之遠。

在黃堂叫了出來之後，我只好苦笑了一下：「對了，是陳長青。」

陳長青爲甚麼會出現，做了這樣的事，倒也是十分容易明白。

他好事生非，看到黃堂，這個在警方負有重要任務的高級警官，這樣氣急敗壞地來找我，知道一定有非常的事故，而又被我們拒在門外，他一定不甘心，在門外徘徊，尋找機會。

就在這時候，他看到了那個「修燈工人」。

陳長青人雖然古裏古怪，但是觀察力卻十分強，我一眼就可以看出那「修燈工人」很有點古怪，他自然也可以看得出來，那個人是在監視我的住所。

所以，他就立即採取行動，對付了那個人，破壞了原來我最簡單的、對宋天然有利的計畫。

我甚至可以絕對肯定，他對付了那人，一定會帶著那人，到我這裏來領功，那麼，他就有機會參與我和黃堂之間的事！

果然，就在這時，門鈴聲大作，我向黃堂作了一個手勢，衝下樓去，打開了門。

門一打開，我不禁一怔：門外不但有陳長青——他的肩上，負著那個被他打昏過去的監視者，還有一個金髮碧眼，看來英俊而惹人喜愛的西方人，身形並不是十分高大。一瞥之下，就給人以十分紮實之感，他臉部的輪廓，很像當年納爾遜，他當然是小納。

陳長青擺出一副勝利者的姿態，而且，衝著小納，明顯地十分不友善地瞪著眼睛，令得小納十分不好意思，向我攤著手：「這位先生和我同時到達，他堅持要由他來按門鈴。」

陳長青悶哼了一聲：「衛斯理，你知不知道——」

我立時打斷了他的話頭：「再知道也沒有，我正要他把監視的結果帶回去，就給你這猴子，壞了好事。」

陳長青聽得我這樣說，急速地眨著眼，一時之間，不知如何才好。

小納自然不知道發生了甚麼事，可是他只向軟垂在陳長青肩上的那個人看了一眼，就立時現出了極其訝異的神情。

自然他一眼就看出了那人身上的裝備十分不平凡。小納是這方面的專家，知道得比我還多，可以看出那人的路數。

黃堂在一旁，看到了陳長青的窘相，忙道：「進來再說。」

陳長青巴不得有這句話，又恢復了勝利者的神氣，雄赳赳氣昂昂，大踏步走了進來，一歪肩，令得肩上的那人，重重地跌在地上。

黃堂向我望了一眼，指了指地上的那個人：「也好，至少可以知道他是屬於哪一方面。」

陳長青動作粗魯起來，也真驚人，他一伸手，抓住了那人的頭髮，把他直拉了起來，那人翻著眼，看樣子像是醒了，陳長青一下子就伸手捏住了那人的腮，令得那人的口，不由自主張開，發出「呵呵」的聲響。

我又好氣又好笑：「你想幹甚麼？」

陳長青道：「這人鬼頭鬼腦不是好東西，恐怕他失手被擒之後會服毒自盡，這樣一來，他就無法咬破他口裏的毒囊。」

我被陳長青的話，逗得笑彎了腰，那人一倒地，小納就已把他戴著的那副「護目鏡」取下，在手中翻來覆去地看，這時他才道：「真的，別笑，這位先生是一流的特務人員。」

我止住了笑聲，向那人看去，那人的頭髮被陳長青抓著，腮幫子又被捏著，樣子自然不會好看，可是他本來的樣子，卻並不難看，眼珠轉著，不是十分慌張，可見小納的判斷，自有道理。

這時，最高興的，莫過於陳長青，他一聽得小納這樣說，忙道：「是嗎？一流特務，哈哈，我花了不到一分鐘，就把他自電線桿上拉了下來。」

我指著那人：「你放手吧，服毒自盡的特務，那只是電影或者小說裏的事。」

陳長青猶豫著，不知是不是應該聽我的話，小納十分嚴肅地道：「先別放手，這副設備精良的望遠鏡，是東德的出品，據我所知，只有蘇聯系統的特務，才使用這種特殊產品，他真可能會自殺。」

陳長青一聽，自然更不肯放手了，捏得更緊，令得那人殺豬也似叫了起來。

我道：「我們還要不要他說話？這樣捏著，他怎麼開口講話？」

陳長青不假思索：「給他紙和筆，叫他寫，我們問，他寫答案。」

他又大感興趣：「衛斯理，你是怎麼一回事？蘇聯特務監視你，爲了甚麼？」

我和黃堂互望了一眼，都沒有陳長青那樣興高采烈。小納不知道發生了甚麼事，無法發表意見。他用行動代替了語言，走過去，一下子把那人的手臂抬高，並且用極嚴厲的神情，示意那人要維持著手臂舉高的姿勢。

可能，特務同行之間，有某種同業的暗號，那人本來不斷在叫著，可是當小納一來到他面前，開始行動，他便靜了下來，而且雙眼之中，也不由自主，流露出驚恐的神情。

小納開始在那人的身上，熟練地搜索，不一會，就搜出了七八樣東西，他取起其中一支唇膏般的東西，示意陳長青留意，然後一揚手，那東西發出了「嗤」地一下聲響，有一枚小針射出，釘在茶几上。

陳長青嚇了一跳，小納道：「有毒的。」

他走了過去，拈住了針尾，把那枚針拔了起來，又來到了那人的面前，把針尖對準了那人的眉心，針尖距離眉心，不過半公分，那人更加恐慌，雙眼的眼珠，拚命向眉心聚攏，想盯著針尖，樣子看起來又滑稽又可憐。

我看到這種情形，忍不住又哈哈大笑，我絕未想到，作爲美國高級情報人員的小納，作風竟然如此乾脆。

小納向陳長青道：「好了，你可以放開手了。」

陳長青十分聽話，手鬆開，那人立時叫了起來：「我和ＫＧＢ沒有任何關係！」

「ＫＧＢ」是蘇聯國家安全局的簡稱，那人一上來，未等我們發出任何問題，就自己表示了自己的身分，這倒很令人感到意外。小納冷冷地道：「沒有任何關係？那麼，請你解釋你這一身KGB特務的標準裝備。」

那人喘了一口氣，神情又倔強起來：「你可知道這口針刺中了我的後果？」

小納道：「當然知道，你會在十秒鐘之內，變爲死人，而且在十秒鐘內，你也不會有多大的痛苦，所以，不必那麼害怕。」

那人臉色變了一下：「我不知道甚麼標準裝備，爲卡爾斯將軍工作的人，都配發有這些裝備。」

這句話一出口，我、小納、黃堂和陳長青四人，都怔了一怔。

卡爾斯將軍，這個世界上知名的獨裁者，全世界恐怖活動的支持者，胡作非爲到了極點，簡直不是二十世紀應該存在的人物，卻實實在在統治著北非洲一個小國家，而且接受一些唯恐天下不亂的野心國家的支持，又有著用之不竭的自然資源供他揮霍。

這個「將軍」的名字，大家都知道，而我的印象又特別深刻，是因爲我認識一個年輕的醫生，和我說起過，他和卡爾斯將軍之間，有著某種糾葛。

我在一怔之後，走了過去：「卡爾斯將軍爲甚麼會對我的生活感到興趣？」

那人瞪大了眼睛望著我，像是我問了一個極其愚蠢的問題。

小納冷冷地道：「你必須回答任何問題。」

那人在驚惶之中，現出狡猾的神態來：「我不相信你會殺我，殺了我，你們如何處置我的屍體？」

陳長青裝出一副兇相來：「別說他們三個人了，單是我一個，就有八十七種方法，可以使得你這副臭皮囊的每一個細胞，都在空氣中消失，如果你已經決定慷慨就義，請先告訴我你選擇哪一種。」

黃堂接口道：「如果你合作，我們可以當作甚麼事也沒有發生，是你自己從電線桿上滑下來的。」

這一下軟硬兼施，那傢伙眨了幾下眼睛，又向我望來：「我知道你夠鎮定，但是全世界特務都在打你主意，你還能這樣鎮定，我真是佩服。」

我聽得他這樣講，並不害怕，可是也忍不住暗暗叫苦不迭，我的生活之中，雖然充滿了各種各樣的冒險，也要接觸各種各樣匪夷所思的人物，可是我對於各類特務，一直敬鬼神而遠之，寧願和來自不知名星球的外星怪物打交道，也不願意和特工人員多來往。儘管外星生物的外形可能醜惡之極，但是醜惡的外形會習慣，醜惡的心靈，卻無可藥救。

這時，我聽得那人這樣說，已經多少可以知道一下事態。宋天然的「照片事件」發作，不但東西兩大陣營特務機構，感到震動，其餘各個小國家的特務系統，自然也大爲震驚。宋天然在寄出照片的同時，也列上了我的名字，事情就夠嚴重了。宋天然有甚麼來頭，全然沒有人知道，可是我卻幹了不知多少稀奇古怪的事情，在很多國家的情報機構中，都有案可稽。

如果這件事，牽涉在內的只有宋天然一個，那還比較單純，雖然他提出來的解釋，仍然不可思議，但由於的的確確，他的背景，單純之極，人家就算不相信，也只好接受。

可是，一有我牽涉在內，情形就大不相同，有誰肯相信那個不可能的「巧合」？自然以爲我神通廣大，不知用甚麼方法，獲得了極度機密的情報，說不定還會懷疑，假設我和甚麼外星人有聯絡，有著超人類科學的設備，可以事先獲知絕對秘密的軍事情報。這樣的話，我一定會招惹極大的麻煩！

那人的話已說得很明白，全世界的特務，都把注意力集中到我身上。本來，應該是集中在宋天然和我身上，但宋天然不知道已被哪一個特務集團「捷足先得」，自然而然，就只剩下我一個人了！

想到這裏，我有一種極怪異、極不自在的感覺，就像是全身塗上了蜜糖，而有成千上萬的螞蟻，正洶湧向我撲來！

我不由自主向小納望了一眼，心中明白，黃堂來找我，當然是小納的主意，他正是那萬千隻螞蟻中，一隻十分巨大的。

我心中暗嘆了一聲，只盼這件事，越快解決越好，突然之間，我興起了一個十分古怪，但是也十分有用的念頭，我伸手在那人的肩頭上，輕輕拍了一下。

雖然我的動作，完全善意，可是由於我手上戴著一枚戒指，那傢伙顯然怕我的戒指上，會忽然有毒針射出來，在那一霎間，臉色變得難看之極，不由自主，側過頭去，看著肩頭上被我拍過的地方。

我看了這種情形，真是又好氣又好笑，忙道：「朋友，你放心，我絕對不會害你，只是想請你幫我一個忙，不知道是不是可以？」

那人急速地眨著眼，顯然是一時之間，不知道我那樣說是善意還是惡意。

我不理會他，自顧自道：「你剛才說的話，我相信是實情，所以，我想請你把所有如今在注意我的貴同行，全都集中起來，我可以只花一次時間，向所有人解釋清楚一切你們想知道的事情。」

那人一聽，現出了訝異莫名的神情，像是聽到了一個億萬豪富要召集所有等錢用的人，把他的財產拿出來和別人分享一樣。

他的喉結上下移動，還未曾回答，我正想再誠心誠意地說一遍時，小納突然道：「衛，我是不是可以和你私下談一談？」

陳長青也急著道：「甚麼事？如果十分神秘，衛斯理，先打聽打聽行情，再說不遲，別白白便宜了人！」

小納正色道：「衛，我代表我的組織，願意付出任何代價，得知內情。」

黃堂的神情十分尷尬，我則哈哈大笑了起來：「小納，你一分錢也不用花，真的，我絕對會把真相說給你聽，不過你要是不相信，我可沒有法子。」

小納神情極度猶豫，向黃堂望去，黃堂嘆了一聲：「真的，雖然不可相信，但是我相信。」

陳長青聽得我們的對話，好奇心熾烈至於極點，連聲問：「甚麼事？究竟是甚麼事？」

他不但問，而且人像是斷了頭的蒼蠅，在團團轉，可是卻誰也不睬他。我向那人說道：「你可以走了，如果你能盡力把你所有的同行召集起來，我想卡爾斯將軍，一定會很高興你有那樣的工作能力。」

那人本來還在猶豫，可是一聽得我這樣說，他陡然「啊」地一聲，跳了起來：「我盡力，我一定盡力，我怎麼再和你聯絡？」

我道：「隨時可以打電話給我，我相信我的電話號碼，早已不是甚麼秘密了！」

那人連連應著，又指著被小納搜出來的那些東西。小納的神情十分難看，揮了揮手，那人拿起了所有東西，落荒而逃。

小納望向我，眼光和神情之中，充滿了不滿，我暫且不對他作甚麼解釋，我知道他對我不滿，是他認爲看在我和他父親交情的分上，應該盡力幫他的忙。

可是他卻不知道這件事的本身是多麼古怪，我實在幫不了他甚麼。

我向他作了一個手勢，白了陳長青一眼，想他知難而退，但那猶如蜻蜓撼石柱，他毫不猶豫，義無反顧，跟了上來。

到了書房，我指著散在書桌上的那疊照片，對小納道：「這裏有一批照片，哪一張是衛星拍攝到的火箭陣地圖？」

小納一步跨了過去，一張一張揭過那些照片，神情充滿疑惑，然後，他陡地走了下來，盯著其中的一張，吸了一口氣，轉過頭，向我望來。

我立時向那張照片望去。

所有的照片，我已經說過了，其實都沒有甚麼特別，這一幅也是一樣，只是有著許多深淺不同的陰影和黑點。

小納看到我的神情有點發獃，他猶豫了一下，伸手在上衣之中，取出了一個紙袋，抽出了一張照片，放在那張照片的旁邊，陳長青搶過去看，一下子就叫了起來：「一樣的兩張照片，怎麼一回事？」

我和黃堂也看到了，小納取出來的那張照片，尺寸比較小，但是兩張一樣，那毫無疑問。

我吸了一口氣，小納道：「衛先生，請你解釋你這張照片的來源。」我向他作了一個手勢，示意他先坐下來，然後，我一五一十向他說明我這張照片的來歷。

我說到一半，陳長青由於知道上半截故事，不由自主，不斷發出「啊啊」的聲音來。小納聽得雙眼發直，一直在重覆：「不可能，不可能。」

等我講完，他還是在說著這幾個字。我苦笑了一下：「小納，聽起來真是不可能，但事實上又的確如此。」

他無意義地揮著手，指著照片上一條細長的深紋：「這是阿富汗境內，中部地區一條著名的河流，河流的右邊是高原地區，全是山陵，蘇聯軍隊在這些山陵之間，開築了不少路，你看，這些路，全在照片上。這是一座軍營，天，軍營建築物的排列，完全一模一樣，那些——」

他指著十來個在照片上看來，分布在各處，顏色較深的點：「這些，就是發射火箭的基地，位置和人造衛星拍到的，完全一模一樣，天，這怎麼可能？」

聽得他指指點點，一一道來，我也同樣想叫一句：「天，這怎麼可能。」

但是，整件事的來龍去脈，我再熟悉也沒有，就是這樣子，絕無可能的事實，就在我們的眼前。

我和黃堂，對於小納充滿了疑問的眼神，都保持著沉默，陳長青忽然失聲叫了起來，他的叫聲，真的十分尖銳，以致我們三個人，都嚇了一大跳，他叫著：「天！那座小山是一座寶山。」

他不但尖叫著，而且在不由自主喘著氣。黃堂悶哼了一聲：「那座小山，除了石塊之外，並沒有蘊藏著甚麼寶物，怎能稱爲寶山？」

這時，我倒已經知道陳長青稱那座小山爲「寶山」是甚麼意思了！

果然，陳長青立時氣咻休地道：「當然是寶山，自這座寶山中開採出來的每一塊山石，上面的花紋，都預言著一件已發生或將會發生的事！」

黃堂和小納陡然震動，陳長青更加興奮，指著照片：「這一塊石紋，預言了阿富汗的火箭基地，那一幅，預言了將來會在那裏出現的建築群，這一幅——」

他指手劃腳，又指了一幅照片，但是卻說不下去了，因爲那照片，實在說不上甚麼來。

我問：「請問，這一幅，預言了甚麼？」

陳長青用力一拳，擊在桌上：「不知道，現在還不知道，但既然已有兩項實例放在那裏，這石頭上的花紋，一定有意義，或許是一個新城市的規畫，你看，有著旋轉的圖紋，或許是一場暴風的氣象圖片，或許是一個人體病變的放大圖，或許是海底的一組岩石，可以是任何情形，只不過我們不知道，這座小山的每一塊石塊上的花紋，都表示著一件會發生或已發生的事。」

陳長青說到後來，慷慨激昂，他的話，聽來雖然十分荒誕，但是整件事如此，倒也無法反駁。陳長青說完，也不等我們有反應，立時匆匆向外走去。

他走得急，我伸手拉他，一把竟然沒有拉住，我喝道：「你到哪裏去？」

陳長青頭也不回：「我去搜購那家地產公司的股票，取得控制權，這座小山就歸我所有，我就可以慢慢來研究，可以在這座小山的石塊上，預知一切將會發生的任何事情。」

陳長青這人，異想天開的妙事不少，我知道他這時，並不是這樣說說就算，一定會立刻開始行動。一時之間，我還不知如何回答他，他陡然轉過身來，不懷好意地瞪著小納，失聲道：「不好，我自己洩漏了行動秘密。」但接著，他又立時鬆了一口氣：「就算你們機構想和我搶購，公家行事慢，開會批准，一大堆手續，而我在三天之中就可以成功！」

他說著，搓著手，躊躇滿志，彷彿那座小山已經屬於他，而他又把那座小山，變成了億萬塊石塊，而他坐在那億萬塊石塊之間，隨手拿起一塊來，看了看上面的花紋，就可以說出一年之後，美國密西西比州中部的一個小鎮，會有三分之二的建築物，毀於強烈的龍捲風。或者，他可以知道，某個偉人的背痛，究竟由甚麼病變形成，他會變成人類自有歷史以來，最偉大的預言家，億萬想知道自己未來命運的人，會崇拜他，把他當作救世主！

我揮了一下手：「陳長青，你只不過要那些石頭，何必小題大做？」

陳長青衝著我吼叫：「我要這座小山上的每一塊石頭，少了一塊也不行，誰知道少了一塊的石頭，上面的花紋，顯示著甚麼？或許恰好是那一塊上的花紋，可以告訴我第三次世界大戰何時爆發。」

我給他氣得說不出話來，黃堂鎮定地道：「陳先生，就算你擁有整座山，你又有甚麼法子知道石上的花紋表示甚麼？」

陳長青怔了一怔，他顯然未曾想到這一點，一怔之後，他又不住眨眼，過了一會，神情已不再那麼趾高氣昂，多少有點沮喪：「那……那總有辦法的。」

小納十分堅定地道：「作爲個人的力量來說，絕不會有辦法。」

陳長青幾乎直跳了起來：「你是說——」

小納打斷了他的話頭：「不，我不會像你那樣，愚蠢到要整座山，我會建議上司，盡可能把這座山中開出來的石頭，作攝影後，進行研究。」

陳長青脹紅了臉：「這座小山，可能預告整個宇宙，至少是整個地球上一切變化。過去、現在和將來，怎可以把它弄得殘缺不全，自然要全部研究清楚。」

小納道：「那只怕已經沒有可能，小山已被開去了一半。」

陳長青來回轉著：「能保存多少，就保存多少！這辦法是我想出來的，你可不能——」

我大喝一聲：「住口，你若是有辦法一看石頭上的花紋，就知道會有甚麼事發生，請先告訴我，這裏二十多張照片，昭示甚麼將發生的大事？」

陳長青叫嚷著：「輸入電腦去查。」

我悶哼一聲：「這是我和宋天然想出來的辦法。」

陳長青揮著手：「別爭這是誰想出來的辦法，天，老天，真是難以想像，那些石塊上的花紋，每一塊都是無價之寶，顯示著過去未來的一切。」

小納十分嚴肅地道：「所以，陳先生，私人力量是達不到這種偉大求知目的，這件事，你不要插手，我會處理。」

陳長青眼睛睜得老大，額上青筋綻起，看起來想和小納拚命。

我看到了這樣的情形，真是又好氣又好笑，他們兩個人這時的樣子，十足是在一大堆寶物前快要起火併的強盜。我雙手按住了他們的肩頭，免得他們越來越接近時，有過火的行動出現，然後我道：「兩位，請你們靜下來想一想，你們就會知道那座小山上的每一塊石頭，實在一點價值也沒有。」

小納和陳長青兩個人，一聽得我這樣說法，兩人的眼睛睜得老大，我忙作了一個手勢，示意他們先別說話，先聽我的意見。

可是他們兩人還是異口同聲叫了起來：「一點價值也沒有？虧你講得出來！」

當他們在這樣說的時候，一齊用手指著那張「火箭部署圖」。

我不讓他們再講下去，立時道：「好，就以這張照片爲例，有甚麼價值？」

小納和陳長青二人又同時吸了一口氣。

我道：「是的，看起來，好像很有價值，重大的軍事秘密，就在石頭的花紋上。可是，那是在間諜衛星已然拍到了照片之後的事，而在衛星拍到了照片之後，秘密已不成其爲秘密，還是秘密時，根本沒有可能知道石頭上的花紋代表甚麼。」

陳長青大聲抗議：「可是石頭上的花紋早已存在，存在了幾十萬年，甚至更久。」

我揚了揚手：「事情要分開來說，我只說這些有花紋的石頭，沒有價值，並不是說這件事的本身不奇特、不神秘，相反地，奇特到匪夷所思，但是，卻一點價值也沒有。」

小納的神態冷冷地：「衛先生，我不明白你的邏輯——請你進一步解釋，如斯奇妙的現象，怎麼可以說一點價值也沒有？」

我嘆了一聲：「小納，世上奇妙而不可思議的東西卻沒有甚麼價值的，太多太多了，路邊任何一種小野花，都奇妙之極，人類或許可以製造出許多東西，但是集中全人類的力量，也無法製造出一朵有生命的小野花，一朵隨隨便便的小野花，包含了不知多少生命的秘奧，不知再過多久，人類也不一定可以了解，可是，小野花遍地皆是，有甚麼價值？」

小納呆了半晌，說不出話來，陳長青大搖其頭：「這是典型的詭辯。」

我指著他：「這是百分之一百的事實。」

陳長青道：「事實是這些石頭上的花紋，包蘊著過去、未來、現在世上發生的一切事。」

我道：「對，可是你必須在知道了這些事之後，才知道它的展示，而不是根據它的展示，去知道會發生一些甚麼事。」

陳長青急速地眨著眼，我笑著：「對不起，我的分析，打破了你成為世上最偉大先知的美夢。」

陳長青的眼睛眨得更快，我攤了攤手：「你必須接受這個事實，一定在事情發生之後，才能在石頭的花紋上得到印證，而無法自石頭的花紋上，測知會發生甚麼事。」

第四部：各方爭取石紋啟示

小納坐了下來，用手托著頭，顯然他已在我的話中，知道那些石頭，真的沒有價值。而陳長青儘管不服氣，可是他無法反駁我的話。三個人靜了一會，陳長青才喃喃地道：「如果石頭花紋，連過去的事也顯示，還是有用。」

我望向他，他神情又興奮了起來：「譬如說，在攝影術發明之前，沒有人知道歷史上的一些人物，是甚麼樣子，就可以在石紋上顯示出來。」

我搖著頭：「你還是弄不清因和果的關係，就算在石頭上，給你找到了一個十分清晰的人像，那只不過是一個人像，你無法知道他是王莽還是趙孟頫。如果你知道了他是誰，那你早已知道了他的樣子，石頭上是不是會顯出他來，又有甚麼重要？」

陳長青又呆了半晌，才長嘆一聲，頹然坐倒在沙發上，雙眼發直。

小納則喃喃地道：「我真不知道該如何向上級交代的好，真不知道……」

我也坐了下來：「照實說就可以了。」

小納陡然又跳了起來：「無論如何，怎樣會有這種奇特情形出現，還是值得深入研究。」

我吸了一口氣：「當然值得研究，我建議你運上十噸八噸石塊回去，想把整個山弄回去是沒有意義的。」

小納望著我，大點其頭，我又道：「小納，你應該爲宋天然出點力，他顯然不知道是落在哪一方的特務手中，這座小山的石頭不計其數，人人可以分十噸八噸，沒有必要綁架他。」

小納苦笑了一下：「那得要他們相信這一切才好。」

一直在旁邊坐著不出聲的黃堂，看來有點發獃，這時他才道：「我相信各方面的特務，很快會來聽衛先生解釋，他們會接受這個不可思議的事實。很奇怪，這件事，使我聯想到人的命運，剛才我一直在想著。」

我們一時之間，都有點不明白他這樣說是甚麼意思，黃堂苦澀地笑了一下：「很多人想預知自己的命運，用各種方法去推算——」

陳長青的老毛病又犯了，搶著說：「有很多方法，的確可以推算出命運來。」

黃堂笑了一下：「對，這正是我的意思。推算出來了，又怎麼樣呢？將來的事，始終只是將來的事，等到事情發生，才變爲切切實實，而到了那時，事情已經發生了，推算再準，又有甚麼用？」

陳長青大聲道：「事先推算準了，可以趨吉避凶。」

黃堂哈哈大笑，拍著我：「剛才衛先生說你始終弄不清因、果的關係，真是一點不錯。算出來是因，要是可以避得過去，那就表示推算將來的事不準；要是準，那表示一定會發生這樣的事，怎麼避得過去？」

陳長青滿面通紅，急速眨眼，大聲道：「就算避不過去，先知道了，也沒有甚麼不好。」

我和黃堂齊聲道：「也沒有甚麼好。」

陳長青用力一揮手：「我懶得和你們說，我相信在那些石頭的花紋上，蘊藏著人類一切秘密，說不定，我們每一個人的命運，也全在這些石頭的石紋中，我要去弄一大批來，好好研究。」

我帶點譏嘲似地說：「祝你成功。」

陳長青走出了書房，下樓梯，自己打開了門，先聽到了他開門的聲音，接著，又聽他發出了一下怪叫聲，那一下怪叫聲，真像是被人突然踩中了尾巴的公貓發出的叫聲，我嚇了一跳，忙來到門口：「甚麼事？」

陳長青還沒有回答，我已經知道是甚麼事了，因爲從樓梯上望下去，可以看到大門口的情形，在門口，至少有三十多個人，形形色色，各種各樣的人都有，在最近門處的，就是曾被陳長青擒住，又被我放走的那個，門一打開，他也看到了我，向我揮著手，大聲叫：「衛先生，我能找到的人都找來了。」

那些人來得如此之快，自然是由於他們原來就在我住處附近，這倒很好，事情越拖下去，越是對宋天然不利，速戰速決，使這些代表了各種不同勢力的特務，儘快了解事實真相，自然比拖下去好。

我一面下樓，一面道：「請進來。」

那些人爭先恐後，湧了進來，陳長青像是逆流中的小船，努力向外擠出去，口中嘟嘟噥噥，也不知在說些甚麼。

等到所有人都進了來，我不去問他們的身份，把黃堂和小納請了下來，然後，就把事情的經過，詳細地告訴這些人。

一時之間，那些人臉上神情之古怪，可以說竭盡人類面部肌肉所起變化之大成，各種各樣神情都有，我把那些照片讓他們傳來傳去看，又把那塊石頭，也放在几上，任由他們去看，然後，我再建議他們，盡可以多弄點石頭回去研究，但是那些石頭，本身其實並無價值。

等我講完，先是一連串十分古怪的聲音，自那些人的喉際發出，接下來，則是一片沉寂。

我道：「令得宋天然先生失蹤是一個錯誤，趕快令他恢復自由，他只是偶然間發現了一件奇事的倒楣建築師，並不是你們的同志，扣押他一點作用也沒有。」

人叢中又靜了一會，才有一個瘦瘦小小的老婦人問：「能借用你的電話？」

我作了一個隨便請用的手勢。那老婦人拿起了電話，按號碼，用低沉的聲音說了幾句話，用的是波羅的海沿岸一帶的立陶宛人的語言，我聽得她在說：「趕快放了那人，一切全是荒謬劇。」

聽她用這樣的語氣說話，不論她是代表著甚麼勢力，她的地位十分高，當可肯定。真是人不可貌相，至於極點。等她放下了電話之後，我用同樣的語言道：「你用荒謬來形容整件事，倒十分恰當。」

那老婦人驚訝於我會說立陶宛話，睜著眼睛望了我半晌：「衛先生，宋天然沒有用，你有用！」

她輕描淡寫的那句話，令我嚇了一大跳，忙道：「沒有用，一點用也沒有。」看不出，這瘦小的老婦人，十分捉狹，看到我認真分辯，哈哈大笑，一面笑著，一面對著幾個人道：「衛先生的建議十分有用，反正石頭多的是，一塊可以研究幾十年，走吧。」

那幾個人跟著她走了出來，看來她的勢力還真不小。

（我之所以在這裏，多用了一點筆墨，來記述這個瘦小的老婦人，是因爲就在這椿事之後不久，我和她又有見面的機會。）

（又有「荒謬」的事發生，我會接著就記述那件古怪的、難以想像的事。當然，在以後的接觸中，我也知道了這個其貌不揚的瘦小老婦人真正不簡單的身份！）

當時，我所知道的，是這個老婦人，在這些人之中，有一定的影響力，她和幾個人一走，其餘人也陸續離去，走的時候，大都說著客套話：「很高興認識你。」之類，我則一律答以：「我並不想認識你，也不想再見到你。」

不一會，所有人全都離去，只有小納和黃堂還在，乍見小納，我感到十分高興，可是一見之後，發現他有他的職業性格，而我極不欣賞，他和他父親不同，只怕我們之間，很難成為朋友。

所以，我們隨便又交談了幾句，他也感到了這一點，就和黃堂一起離去。

客廳中只剩下我一個人，我雙手托著頭，想起發生過的一切，心知所有人，包括陳長青，不知會花多少時間，去研究石頭上的花紋象徵甚麼，但是我卻決定，我對這件事的看法，和他們略有不同，我想要知道的是：何以石頭上的花紋，會和世間發生的事相吻合。

那當然不是巧合，巧合不可能到這種程度，一定是有某種不可測的力量，形成這件事，去探索這種不可測的力量究竟是甚麼，這才是我所要做的事。

然而，又從何開始這樣的探索呢？無從著手。我想了一會，不得要領，想起宋天然應該已經恢復了自由，就打了一個電話，接聽電話的是溫寶裕，我道：「你舅舅——」

他不等我講完，就已經叫了起來：「已經回來了，我們正準備來看你。」

我皺了皺眉，宋天然來看我，當然起不了甚麼作用，但是我和他之間，還有一點事要商量，所以我想了一想：「好，你們來，你們還是要小心一點，那些人……不見得完全相信我的話。」

溫寶裕大聲答應著，放下了電話，我在客廳中來回踱著步，作種種可能的設想，可是沒有一個設想能在抽象的觀念上成立。

過了不多久，門鈴響起，我打開門，溫寶裕大叫一聲，衝了進來。我看到宋天然從一架小貨車上跳下，那輛小貨車，還帶來了兩個搬運工人，把一隻大竹簍，吃力地自車上搬下。

我大是愕然：「這算是甚麼？」

溫寶裕道：「就是那三十塊石頭，舅舅說，他不想再因爲那些石頭惹麻煩，可是又不捨得拋掉，所以全弄到你這裏來，你神通廣大，一來可以深入研究，二來，也沒有甚麼人敢惹你。」

我啼笑皆非，可是宋天然已指揮著搬運工人把竹簍抬了進來，又自竹簍之中，把那些大小石塊，一起搬出，堆在客廳一角，他們工作完了，一面收宋天然給他們的費用，一面向我道：「先生，要這些石頭砌假山？」

我只好報以苦笑，含糊以應，搬運工人離去，宋天然才道：「衛先生，真想不到，石頭上的花紋，竟會和火箭部署圖一樣。他們把我當作世界上最偉大的間諜，真不知從何說起。」

我請他坐了下來，溫寶裕和他舅甥之間的關係相當好，宋天然一坐下，溫寶裕就在沙發背後，緊靠著他，我道：「所有的經過，你全知道了？」

宋天然點頭：「他們對我十分客氣，先是問我如何在事先會知道蘇聯方面的最高軍事機密，我自然不知道他們在說甚麼，後來他們一解釋，我就知道怎麼一回事，可是他們不信我的解釋，後來，他們接到了首領的電話，就把我放了。」

我「哦」地一聲：「那個瘦瘦小小的老婦人，是他們的首領？」

宋天然道：「多半是，他們是……何方神聖？魔鬼黨？還是——」

我沉聲道：「我想是一個有勢力集團的特務人員，極可能是蘇聯集團。」

宋天然和溫寶裕同時伸了伸舌頭，我又把在我這裏發生的事，和他們講了一遍，最後道：「我看，未來幾天，會有不少人到你的工地去問你要石頭，不必拒絕他們，這些石頭雖然奇妙無比，但實際上沒有甚麼價值。」

不等他們表示異議，我就把我的想法，又向他們說了一遍。

溫寶裕側頭看著堆在客廳一角的那幾十塊石頭：「我們有了一個寶庫，明知寶庫之中，甚麼都有，可是卻無法打開。」

我笑道：「對了，而且，寶庫一開，寶庫中的一切，見風就化，變得一點用處也沒有。」

溫寶裕又想了一想，跳過去，托起了一塊石頭來，指著那塊石頭較為平整的一面：「這塊石頭，其實可以有無數面花紋，如果把它切成薄薄的石片，我想每一片石片上的花紋都不同。」

我「嗯」地一聲：「理論上是這樣。」

溫寶裕來到了我和宋天然中間，指著石上花紋。那塊石頭上的花紋，是一團較深色的不規則的陰影，看不出是甚麼東西。

我對這塊石頭上的花紋，並不陌生，因為宋天然曾把這裏所有的石頭較平整一面，都拍成照片，那些照片，我也看了許多遍，自然有印象。我道：「小寶，研究石頭上的花紋，我已說過了，並沒有意義，真要研究的話，該問為甚麼會有這種情形出現。」

溫寶裕道：「是，我同意，我忽然有了一個奇特的想法。」

溫寶裕雖然只是一個少年，可是他的想法很有獨特之處，所以我作了一個請他繼續說下去的手勢，溫寶裕十分高興，指著那塊石頭：「這上面的花紋，沒有人知道是甚麼，只知道世上一定有一個現象，與之吻合。」

我笑了起來：「可以這樣說，這個與之吻合的現象或許已經發生了，或許，還沒有發生。」

溫寶裕大點其頭：「這個現象如果是靜態的，那就不必深究了，如果是動態的，它的變化，是不是會隱藏在這表面之後？」

我一聽得他這樣說，不禁心中「啊」地一聲。他想到的，我未曾想到過。

宋天然皺著眉，有點不明白小寶這樣說是甚麼意思。溫寶裕提出的問題，相當複雜，他只是簡單地一說，我就明白了，那是因爲我和溫寶裕的思想方法相當接近。

所以，當溫寶裕望向他舅舅，看到他舅舅神情疑惑，想要進一步解釋一下，而又不知道如何解釋之際，我道：「小寶，你用那塊和他設計的建築群一樣的那塊石頭來解釋，他會比較明白。」

溫寶裕立時明白了我的意思，他雙手一托，像是打籃球投籃一樣，把他剛才托在手中的那塊石頭，向客廳一角其餘的石頭拋去。少年人做事，總是這樣，我也習慣了他的這種動作，他要是肯老老實實托著石頭走回去放好，那才是怪事。

我伸手向書房指了指，他飛快地奔上去，把那塊宋天然第一次帶來給我看的石頭捧在手中，又連跑帶跳，奔了下來，把石頭放在我們前面的几上，指著石上的花紋：「我們都知道，這上面的花紋，顯示了未來的建築群。」

他講到這裏，有點裝模作樣地頓了一頓，宋天然道：「這早已證實了，大約兩年，這樣的建築群，就會出現。」

溫寶裕望向我，我已知道他想說甚麼，就作了一個手勢，鼓勵他說下去。

溫寶裕道：「假設，石頭上的花紋，能顯示兩年後的一種現象，也應該可以顯示二十年後的現象。」

宋天然是一個建築師，想像力比較差，一聽之下，第一個反應是：「二十年後？二十年之後，建築群一定還在，還是一樣。」

溫寶裕道：「如果，在二十年之內，或者，若干年之內，忽然出現了災變，例如戰爭、地震，使建築群起了變化，例如說，兩幢大廈倒坍了，那就是說，建築群起變化，變化的結果，理論上來說，也早已在石紋上注定了。」

宋天然神情疑惑，但他還是點著頭，溫寶裕吸了一口氣：「我想，顯示建築群以後變化的石紋，應該也在這塊石頭之中，如果把這塊石頭剖成薄片，我想，剖開之後，石片上的石紋，就顯示著建築群以後的變化。」

溫寶裕一面說著，一面雙手比著，經過他這樣一解釋，他的設想，就容易明白多了。

他解釋得十分清楚，我鼓掌表示讚賞。

宋天然呆了半晌，又搖了搖頭：「這……聽來似乎很有道理，可是事實上，一個建築群，可以維持原狀，不會超過一千年，總是會有變化的，就算沒有任何災變，一樣會在若干年之後，蕩然無存。」

溫寶裕一時之間，不知如何回答才好，我接上去道：「自然，在理論上來說，沒有永恆存在的東西，若干年之後，聳立著建築物的地方，可能變成更多的建築物，可能重歸混沌，這沒有人知道。小寶的想法是，日後的變化，隱藏在目前顯示出來的花紋之後。」

宋天然「啊」的一聲，神情迷惑。

我從溫寶裕的設想之上，再進一步設想，指著那塊石頭道：「這石頭表面，只要被磨去薄薄的一層，花紋就會有不同變化，不知道石頭每減少一厘米的厚度，是表示多少時間？如果把變化一幅一幅拍攝下來，可以知道建築群在今後若干年的變化，或許，在磨去了一公分之後，就完全不同了，那就可能，一公分石頭的厚度，就代表了一萬年。」

溫寶裕叫道：「或者是十萬年。」

宋天然笑了起來：「很有意思。」

我吸了一口氣：「想不想知道，你精心設計的建築群，在若干年之後，會變成甚麼樣子？」

宋天然忽然悲觀起來：「將來，自然是一無所存，不必看也想得出來。」

溫寶裕壓低了聲音：「我想，即使只是極薄的一層表面被磨去，也一定代表了極久遠的年代，像那幅火箭部署圖，就算蘇聯人改變了，都可以在這塊石頭上知道。」

我也在同時，想到了這個問題，那塊石頭，在客廳一角的石堆之中，這種設想，那些特務只怕還沒有想到，不然，這塊石頭，對他們來說，就是無價之寶，那地方火箭部署的情形，一直會在石塊上顯示出來。

我忙向溫寶裕作了一個手勢：「這種設想，別對任何人說起。」

溫寶裕和宋天然也想到了我出言警告的原因，一時之間，他們都有駭然的神色，沉默了好一會，我才道：「小納是我一個好朋友的兒子，可以讓他來做這工作，我把我們的設想告訴他。」

我又說：「蘇聯必然會改變火箭的部署，叫他小心處理這塊石頭，我們的設想是不是事實，就可以得到證明。」

溫寶裕大表同意，高舉雙手。宋天然站了起來，來回走著，神情迷惑，顯然他又想到了甚麼問題，過了一會，他才站定身子：「爆石工程的目的，是將那座小石山炸平，石塊的形成，可以給我們看到的，全然是由於偶然的因素，這真是巧極了，如果這塊石頭，不是恰好從這裏被爆裂開來，這種奇異的現象，就永遠不能被發現了。」

我同意他的說法：「是，這是巧合，機會率極少的一種巧合——在生活中，這種或然率極小，但又是一直發生著的事，卻每一秒鐘都可以遇到——」

我順手拿起一支煙來，點燃，吸了一口：「譬如說，一支煙，到我手裏，被我在現在點燃，這或然率的分母，只怕是天文數字，機會少極了，但我隨便拈一支煙，就發生了這樣的事。」

宋天然對我的解釋表示滿意：「一切事情都太奇妙，冥冥之中，自有一股力量，早已決定了一切。」

我道：「是的，對任何事物而言，所謂『冥冥之中的那股力量』，實際上，就是主宰一切的命運，不論是人是物，甚至於整個地球、整個宇宙，都擺脫不了這個力量的主宰。」

宋天然和溫寶裕兩人，聽了之後，呆了半晌，然後一起向我望來：「這種力量，來自何方？」

我眉心打著結，緩緩搖了搖頭。

當然，照基督教的聖經說：力量來自至高無上、唯一的神，耶和華，上帝！

一時之間，我們三個人都默不作聲，隱隱感到那股不可測的力量，正在主宰操縱著一切。

這股力量，根本是不可捉摸的，但是誰又能否定它的存在？

這股力量，使人一旦感到了它的存在，就不得不承認，這是宇宙之間最大的、最不可抗拒的力量。

過了好一會，我才緩緩地吁了一口氣：「別去想我們想不通的事了——或許，將來會有新的發現，有助於解決這個問題。我看，你的建築地盤，會有幾天忙碌，那些人全都想得到石塊，最好先安排一下，免得到時，那些人打破頭。」

宋天然苦笑點頭，和溫寶裕一起告辭離去。

我望著堆在客廳一角的那些石塊，發著怔，心中想，石頭上有花紋，那是極普通的現象，幾乎每一塊石頭都有，除非是石上的花紋十分逼真，十分引人入勝，不然決不會引起注意。

整個地球上，由各種各樣岩石組成的山嶺，不知道有多少，是不是那些山嶺上的石塊上的花紋，也預言著甚麼或昭示著甚麼？還是只有這座小石山上的石塊上的花紋，起著這樣的作用？

我來到了石堆前，一塊塊搬起來看。那些石塊平整一面上的花紋，我已看得十分熟悉。

過了好久，我才放棄了思索，上樓去休息。

接下來的幾天，宋天然每天都和我維持著電話聯絡，告訴我建築地盤上的事，爆山工程繼續進行，地盤中十分熱鬧，至少有三十起以上的各路人馬，在每次爆破之後，忙著找尋有比較平整面的石塊，雖然未曾引起甚麼爭執，但是他們的行動，也看得地盤上的工人，嘖嘖稱奇，不知這些人要石頭來幹甚麼。

那些人倒也守口如瓶（這自然是他們的職業習慣），不論別人怎麼問，都一言不發，只是一個勁地搬石頭，而且都自備運輸工具，將揀出來的石頭搬走。

宋天然又在電話中說，那個身材瘦小的老婦人和她帶的人最貪心，一連三天，每天都搬走大量的石塊，甚至有一艘船，泊在就近的海面，把石塊運上船去。最後一次，她望著至少還剩下一半的石山，大抵是想到終於無法把整座山都搬回去，才搖了搖頭，依依不捨離去，估計她手下人搬走的石塊，超過一千噸。

聽了那老婦人這樣的行動，自然不免感到好笑。但一想到那老婦人所代表的，可能是蘇聯集團的龐大勢力，倒也不足爲奇，他們有足夠的人力和設備，可以對每一塊石頭，進行長時間的研究，就算一點結果也沒有，他們也浪費得起。

值得注意的是，小納所代表的美國方面，卻並沒有人去搬石頭，只不過小納和宋天然見過面。那是在我和小納分手之後的第三天，宋天然也將經過情形，詳細告訴了我。小納向宋天然提出了一個要求，要求宋天然在爆破工程之中，如果有甚麼「異樣物體」發現，務請和他聯絡。

宋天然不知道小納所謂「異樣物體」是甚麼意思，小納的解釋是石頭山開出來的，當然全是石頭，「異樣物體」就是除了石頭之外的物體。

當宋天然向我這樣說的時候，我也不禁佩服小納心思的縝密。他沒有和其他人一樣，去爭那些石頭，因爲他已經接受了我的想法：那些石頭本身，沒有意義，重要的是何以形成這種現象的原因。於是，他就設想在山中，可能蘊藏著甚麼別的東西，所以要宋天然留意。

宋天然答應了他的要求，小納卻做了兩件不應該做的事。第一件，他給了宋天然一張面額相當大的支票，作爲請他留意「異樣物體」的酬勞。那令得宋天然勃然變色。宋天然事後解釋說：「我也不是甚麼清高的人，可是我知道，特務機構的錢拿不得，一拿，那就等於成了他們的自己人，我可不想有這樣的身份。」

由於第一件事，小納令得宋天然十分反感，所以第二件事，宋天然當時沒有甚麼反應，只是把他敷衍了過去，但卻在事後，立即告訴了我。

小納要宋天然做的第二件事是：「如果真有甚麼異樣物體發現了，千萬別對任何人說起，只和我聯絡，尤其，別對衛斯理說。」

這樣的話，引得宋天然十分反感，當他向我講起，兀自憤然，我則搖著頭：「他有他的立場，不能太怪他。」

宋天然憤憤不平地道：「我還以爲你和他是好朋友。」

我十分感嘆：「我和他的父親是好朋友，和他，只是認識。」

宋天然仍然很激動：「哼，真要是發現了甚麼東西，我絕不會告訴他。不過，他倒提醒了我，這座小石山，有點古怪，可能裏面真有點甚麼怪東西藏著，我要常駐在地盤留意。」

我對他的決定，不置可否，也不知道他是不是履行了他的決定。

因爲在第二天，我就接到了白素的電話，從法國打來的：「爹的病情惡化，你最好來一次。」

一放下了電話，我就決定盡快起程。白老大的身體一直十分壯健，但越是壯健而沒有小毛病的老人，如果一旦患起大病來，就是十分凶險的大病。

我第二天動身，第三天，就到了醫院，就是在里昂的那家醫院，上次在這家醫院之中，我和白素，第一次見到了傳奇人物馬金花。

（馬金花的故事，記述在《活俑》之中。）

我和白素一起在醫院的走廊，走向病房，白素憂形於色：「爸的腦部，醫生說，有一個血瘤，十分小的那種，正在形成，如果形成，那麼他的生命，隨時可能因爲這個小瘤而喪失。這種小瘤，可能比針尖還小，但是卻足以令得那麼大的一個人死亡。」

我皺著眉，雖然我的醫學知識十分普通，但是足以知道這種腦中的小瘤，的確致命，這種小瘤，是潛伏的殺手，不發作的時候，患者和正常人完全一樣，但卻可以在一秒鐘之內把生命奪走。

我只好空泛地安慰著她：「在形成中？或者未必形成，不必太擔心。」

我們來到了病房的門口，白老大宏亮的聲音透門而出：「小伙子，別在我面前耍花樣，我擁有的博士銜頭之多，足以令得你們咋舌，快把紅外線掃描拿來給我看。」

我推開了門，看到白老大半躺在床上，看起來精神很好，旁邊有三個醫生在，那些醫生的神情，都很尷尬。白老大一看到了我，就高興了起來，指著他自己的頭部：「這裏面，可能有點毛病，他們作了紅外線掃描，可是想將結果瞞著我，你說混賬不混賬？」

白素忙道：「爹，醫生有醫生的理由——」

白老大陡地提高了聲音：「屁理由。」

他一面說，一面掀開半蓋在身上的毯子，一躍而起：「不把掃描結果拿來，我這就走。」

那三個醫生中的一個忙道：「好，好，拿來，拿來。」

白老大這才呵呵笑著，坐了下來，問了我一些話，興致很高，白素也強忍著憂慮，陪他說笑。白老大在說了一會之後，忽然感嘆地道：「人，總是要死的，自從有人以來，還沒有一個人，可以逃出死亡的。」

白素有點悠悠地道：「神仙就可以。」

白老大搖頭：「我可不要當神仙，小衛向我說過的那個古董店老闆變成了神仙的故事，我看不出當神仙有甚麼樂趣，餐風飲露，哪及得上大塊肉大碗酒快樂？神仙的嘴裏，只怕會淡出鳥來。」

我不禁「哈哈」大笑，把「神仙」和「嘴裏淡出鳥來」連在一起，也只有白老大這種妙人才想得出。

白老大又道：「所以，生死由命，還是接受命運安排的好。」

他忽然又傷感了起來，我和白素都不便接口。就在這時，醫生已將一大疊掃描圖，拿了過來，三個醫生、白老大、白素和我，一起湊前去看。

才看了一看，我心頭就陡地打了一個突。

紅外線掃描圖，不是內行人，看來全然是莫名其妙的，不知是甚麼東西，只是一團團模糊的陰影而已。

這時，一個醫生指著第一張圖，解釋著：「這經過了一千五百倍放大，就在這一部分，有病變的跡象，這一團陰影，如果病變持續，就有可能形成一個瘤——」

那醫生指著的那團陰影，呈不規則狀，看來有雞蛋那樣大小，那是放大了之後，原來的尺寸自然小得怕連肉眼都看不見。

在那團較深的陰影之旁，是一些深淺不同的其它陰影。

我一看到那圖片，就打了一個突，接著，我不由自主，發出了「啊」地一下驚呼聲，神情怪異莫名。白老大瞪了我一眼：「小衛，大驚小怪幹甚麼？就算形成了，也不過是一個小瘤。」

我對於白老大所說的話，根本沒有怎麼聽進去，只是反手握住了白素的手，手心冰涼，滲著冷汗。這種異常的反應，令得白素吃了一驚，她立時望向我。

這時，我自然沒有法子向他們作詳細的解釋，何以我會如此震驚。

那幅紅外線掃描圖，我十分熟悉，一眼看去，就十分熟悉，多看兩眼，我已經可以肯定，圖片上顯示的一切，和第一批，我與宋天然寄出去的那三十張攝自石頭表面花紋的照片中的其中一張，一模一樣。

儘管已經有過兩次的「巧合」，但是那時，我還是如同遭到了電殛，目瞪口呆。

白素向我望了一眼之後，低聲問：「你怎麼啦？」

我深深吸了一口氣，盡量使自己鎮定下來，指著圖片問：「這是放大了一千五百倍的？」

醫生點頭：「是，掃描圖一定要放大。」

白老大悶哼著：「人老了，身體總有點出毛病的地方，不值得大驚小怪。」

一個醫生道：「不，這種病例，我們經歷不少，一旦形成了瘤，就十分麻煩，我想……我們的意思，在瘤還未形成之前，可以先採取雷射治療法，將病變的程序打亂，使小瘤不能形成。」

白老大翻著眼，儘管他有好幾個博士的銜頭，思想十分科學化，但是人到年紀老了，總不免會有點古怪的念頭：「一群妖魔要聚在一起生事，若是驅散了它們，它們四下各自生起事來，豈不更糟糕？」

那三個醫生怔了一怔，顯然一時之間，未曾聽明白白老大這樣說是甚麼意思，白素忙道：「他的意思是，雷射治療，會不會反而使病變因素擴散？」

三個醫生神情嚴肅：「當然，不排除這個可能。」

白素沉吟著：「那樣，豈不是更加危險？」

一個醫生嘆了一聲，又拿過那張放大了的掃描圖來，指著那團陰影旁的一股暗影：「看，如果形成了瘤，這個瘤，將附在這條主要血管之上，這極嚴重，小瘤的擴大，再變化，或是破裂，都可以使這條血管也爲之破裂，那就……」

白老大悶哼一聲：「輕則四肢癱瘓，重則一命嗚呼。」

白素輕輕頓了一下腳，叫了一聲：「爹！」

白老大伸手在她頭上輕輕拍了一下，白素道：「現在接受治療，可能有危險，但也有好處，唉……應該怎麼決定才好？」

第五部：只能得到前一半

白素本來十分有決斷力，而且處理事情，極其鎮定，可是這時，卻心慌意亂，自然由於事情和她父親的生命有關。

白老大推了我一下：「怎麼，小衛，你也出點主意，別像鋸了嘴的葫蘆。」

我在一旁，一聲不出，因爲我思緒十分紊亂。看到了白老大腦部紅外線掃描圖，和石頭上的花紋一樣，思緒之亂，真是難以形容。直到白老大問我，我才勉力定了定神：「這……我看也不必忙於決定——」

一個醫生打斷我的話頭：「越快越好。」

我閉上眼睛一會：「三天，總可以吧？」

三個醫生一起皺眉，神情勉強，但總算答應了。白老大瞪了我一眼：「小子有甚麼錦囊妙計？」

我忙掩飾著道：「沒有甚麼，我只是……希望有時間，多考慮一下。」

白老大搖著頭：「沒有結果的事，現在沒有，三天之後也不會有。」

我沒有再說甚麼，醫生又指著圖片，解釋了半晌，等醫生離去，白老大以極快的手法，自枕頭下取出了一瓶酒來，大大喝了一口：「悶都悶死了，還不如回農莊去。」

白素堅決道：「不行。」

我們一直揀些閒話說著，雖然我心中極其焦急，想把一切告訴白素，但白老大顯然沒有讓我們離去的意思。白素也看出了我的心神恍惚，頻頻向我望來，最後連白老大也看出來了，他揮手趕我們走：「去，去，我要休息一下，明天再來好了。」

我和白素這才退了出來，一出病房，我就向白素提起宋天然來看我的事。

白素為了照顧白老大，就在醫院附近，租了一層小小的公寓，屋子雖然小，但是設備齊全、舒適，步行到醫院，只消三分鐘。

我一面走，一面講述著一切經過，像所有人聽到了敘述之後的反應一樣，白素的神情，訝異莫名，等到了那層公寓房子之中，我繼續在講著，白素一面聽，一面調弄著咖啡。

我講得相當詳盡，不但講事實，而且還講了我們所作的種種設想。

白素並沒有發表太多意見，她只是說了一句：「這全然無法設想，不必多費心神了。」

我苦笑了一下，又說到了我、宋天然、溫寶裕想到的，石上的花紋，是不是可以連環地顯示出今後事態發展的設想。等我講完，白素深深地吸了一口氣，凝視著我，用十分小心的語氣問：「你……是不是想告訴我，爸腦部的掃描圖片——」她講到這裏，停了下來。她十分聽明，已經想到了有甚麼事發生了。

我屏住了氣息，緩緩點了點頭：「是，一模一樣，真不可想像！石頭顯示的，是一個病人的腦部紅外線掃描的一千五百倍放大圖！」

白素一向能接受怪誕的事，可是這時，她也不禁喃喃地道：「不可能，實在不可能！」

我嘆了一聲：「事情實實在在放在那裏，那張圖片，甚至那塊石頭，就堆在我們客廳的一角。」

白素陡然道：「如果你們三個人的設想……成立……」

我接上去：「我想到的，就是這一點，石頭表面顯示的，是如今的情形，極小心打磨，或許會顯示出下一步的變化來？可以看出是形成了瘤，還是病變因素停止活動？如果真可以的話，十分有助於是否現在接受雷射治療的決定。」

白素在來回走著，忽然站定，現出苦澀的笑容：「有一個邏輯上的問題——」

我立即點頭：「是的，我早已想到過，如果下一步，顯示是一個瘤，那就一定是將來的事實，無法改變。」

白素「嗯」地一聲，我又道：「但也有可能，下一步顯示的是沒有瘤。」

白素的神情充滿了疑惑：「如果沒有瘤，那表示甚麼呢？」

我道：「表示雷射治療有效，至少我們可以作這樣的假設。」

白素表示同意：「要不要對爸說？」

我遲疑著：「恐怕說不明白。」

白素道：「要是不說，我們如何可以離開幾天？」

我想了一想：「可以託人辦這件事，就算石頭弄來了，在這裏也沒有打磨的工具，我想……可以託……」

我首先想到託宋天然做這件事，又想到溫寶裕，但最後，我決定請陳長青。白素也同意，因爲陳長青對於這類稀奇古怪的事，十分有興趣，做來興致勃勃，絕不會怕麻煩。

我和陳長青通電話，電話才一接通，我卻聽到了溫寶裕的聲音，一時之間，我還以爲自己撥錯號碼了，我問：「小寶，你在陳長青家？」

溫寶裕道：「是啊，我們已經成了好朋友，陳叔叔人真有趣。」

我可以想像得出這兩個人在一起的「有趣」情形，陳長青已接過電話來，我道：「長青，託你做一件事，你聽清楚了。」

陳長青這傢伙，有時真是不知怎麼形容他才好，竟然搭起架子來，我才說了一句，他就一口回絕：「對不起，近來我很忙，不能爲別人做甚麼事。」

我給他氣得差點沒昏過去。

他又道：「我最近忙著磨石頭。」

我知道他所說「磨石頭」是甚麼意思，有求於人，說不得只好忍住了氣：「我就是想請你磨一塊石頭，我有了新的發現，那塊石頭，就在我客廳一角，表面上的花紋，正中部分，有雞蛋大小不規則的深色陰影，旁邊有一股較淺色的粗條紋。」

陳長青一聽，登時興奮起來：「那是甚麼？天，那是甚麼？」

我可以想像得到他不斷眨眼的情形，他不等我回答，又已道：「你一定要告訴我，不然，我不但不替你做，而且把石頭毀去。」

我知道他要是撒起潑來，真是說得出做得到，所以和白素交換了一個眼色，就把實情告訴了他。陳長青不斷在叫著：「天！天！」又在叫著：「小寶，你聽到沒有，天！天！」

我嘆了一聲：「別再叫天了，你叫一聲天，至少要三個法郎的電話費。」

陳長青問：「你想知道病情的變化？」

我應道：「是。」

陳長青說道：「好，我立刻就去拿這塊石頭，我已經設置了極先進的儀器，一定用最小心的手法來做，把圖片用無線電傳真，傳送過去。」

我吁了一口氣：「謝謝你了。」

陳長青大聲道：「謝甚麼，天！天！」

他又在不住叫「天」，我也沒法子不聽他叫，他又叫了好幾十下，才掛了電話。

我道：「不必太憂慮，我想明天就會有結果了。」

我不知道陳長青「磨石」設備如何，事實上，石頭被磨去極薄的一層，也有可能代表了好幾千年，又或者，石頭上的花紋根本不能對一件事作連環的顯示，所以，其實我並未寄以太大的希望。

我也有了決定，沒有結果的話，我會勸白老大接受雷射治療，總比聽憑腫瘤形成好。

我當時不知道陳長青在用甚麼方法「磨石頭」，事後才知道，陳長青有鍥而不捨的精神，他在長途電話中告訴我的「設備」，可以媲美一座小型的精密工業製造廠，其中有一部極其精密的磨床，還是他硬從一間極具規模的光學儀器廠手中搶購來的，操作的精密度，以數字來計算，可以達到一百米的萬分之一。

接下來兩天，我們都陪著白老大，那三個主治醫師一直在等我們的決定，陳長青的傳真，在第三天傍晚時分到達。

在傳真到達之前，陳長青打了電話來：「經過極小心的處理，一共得到了十幅照片，真是不能想像，被磨去的部分，只有一厘米的八千分之一，花紋已經有了顯著的不同，十幅照片已經通過無線電傳真送去，衛斯理，我們的設想是成立的。石上的花紋，連環顯示著事態的發展，你看了那十幅照片，就會明白我的意思。」

陳長青的語音，興奮之極。未曾看到照片，我還不明白他何以如此肯定，等到十幅照片到手，我和白素一看之下，也不禁呆住了。

不明究竟的人看來，那十幅照片，可以說沒有甚麼差異。但是我們知道照片的來龍去脈，所以一看，就可以明白。

照片中那一股陰影，是腦際一根血管，在十幅照片中，那條血管都存在。在血管旁是一團病變的陰影，順著照片的次序，那團陰影，由大變小，最後一幅上，只有血管，全然沒有那團陰影。

白素看了之後，大是興奮：「看，病變因素消失了？」

誰看了這一組照片，也不能否定那是對某一種情形的連環顯示，我也禁不住興奮：「真是太奇妙了，不知道一厘米的八千分之一，代表了多少時間？」

白素道：「不管多少時間，總之病變因素消失了，證明他不會生瘤，進行雷射手術有效。」

我深深吸了一口氣道：「是不是先去徵求一下三位主治醫生的意見？」

白素呆了一呆：「我們如何向他們解釋這些照片的來源？把他們綁在刀山上，他們也不會相信。」

我揮著手，這倒是真的，就算把事情從頭講起，他們也不會接受，我想了一想：「先把那組照片給他們看，聽聽他們的意見。」

白素表示同意，我們一起到醫院，並不通知白老大，只把三位醫生約到他們的辦公室中，然後把那十幅照片取出來，給他們看。

三位醫生看著那些照片，都十分訝異，這在我們的意料之中，他們若是不表示驚訝，那才是怪事。

我也知道他們一定會發出一連串的問題，所以我說在前面：「我知道，三位一定有些問題要問，不過我要說明，有些問題，不會有答案。」

三位醫生互望著，神情更疑惑，一個醫生指著照片：「原來白先生早就接受過紅外線掃描，我們不明白，他早該接受治療，為甚麼一直任由病變發展，不加理會？」

那醫生所說的話，十分容易明白，可是我和白素聽了，陡然怔了一怔，一時之間，腦筋轉不過來。

我反問道：「甚麼意思？醫生，你是說——」

另一個醫生指著順序攤開的那十幅照片，道：「我們曾估計，白先生腦部的病變，大約三年前開始形成，你看這一幅照片，顯示白先生腦子這一部位，完全正常，而接下來的一幅，已經有了一個小黑點，那是病變的開始，這是不是三年前所作的掃描圖？」

一聽得那醫生這樣說法，我和白素兩人都呆住了！

竟然會有這樣的狀況，我和白素兩人，都未曾料到。

那幅「腦子這一部位完全正常」的圖片，在陳長青送來的十張照片中，編號第十，是最後的一張，我們以為那是以後的情形。

可是，那三位醫生一看之下，卻一致認為那是以前的情形。

我和白素互望了一眼，我們同時想到了一個可能：那三位醫生決想不到「以後的情形」可以有照片，所以，他們把照片當作是以前的事。

我忙道：「會不會那是以後，病變消失了的情形？這些照片，會不會顯示了病變逐步消失的經過？」

三位醫生立時現出怪異莫名的神情來，一個道：「病變消失？怎麼能顯示出來？」

我道：「別問原因，請回答我，有沒有這個可能？」

那醫生搖了搖頭，年紀最長的那個道：「不可能，病變消失的病例很多，掃描照片上顯示消失的過程，都是分裂、消失，也就是說，病變的陰影，會先分裂成許多小團，然後再逐漸消失。這一組照片所顯示的，是一種凝聚的形成，陰影逐步增大。」

我和白素面面相覷，一句話也說不出來。

石頭上的花紋，的確可以連環顯示一件事情發展的全部過程，從這組照片上，可以得到證明。可是我們想知道的是以後的情形，結果卻得到了以前的情形。

整個情形，如果在石頭之中，佔了一萬分之一厘米的厚度，向一邊去探索，得到的是以前的情形，向另一邊去探索，可以得到以後的情形，問題就是，另一邊的石頭，在甚麼地方？上哪兒找去？根本沒有可能把那另一邊石頭找回來了。

石頭被爆開，恰好顯示了事情中間部分的花紋，即使在當時，也難以在爆炸過後，找到本來是相連著的石塊，何況現在！落在我們手中的那塊石頭，偏偏是昭示以前情形的，這真是造化弄人之極。

試想，石塊落在我們手中的機會是何等之微，但我們居然擁有了這塊石頭，而另外二分之一的機會，我們卻得不到我們所需要的。

我和白素發怔，那年長的醫生道：「既然三年之前就發現了病變，早該接受治療，拖到現在，已經太遲了。」

他在責備我們，我們有如啞子吃黃連，有苦說不出，我忙道：「是，是，我們會勸白先生儘快接受治療。」

另一個醫生指著照片，還在發牢騷：「這是哪一位醫生進行的？這位醫生不堅持進行治療，是一種不可饒恕的錯誤。」

白素也只好尷尬地應著，又委婉地道：「請三位千萬別在我父親面前提起這些照片的事，不然，他脾氣很怪，一想拖了三年也不過如此，就不肯接受治療了。」

三位醫生一想有理，居然答應了。

我們一起來到病房，又著實費了一番唇舌，才算勸得白老大肯接受治療。當天晚上，我們回到那小公寓，兩個人坐著，一句話也說不出來。

過了好一會，我才苦笑道：「真是造化弄人。」

白素喃喃地道：「或許將來的事情，根本不會連續顯示？」

我手握著拳：「怎麼會？我們得到了那石頭的另一邊，就可以知道。」

白素道：「將來的事無法獲知，包括我們根本得不到石頭的另一邊這件事在內。」

我有點不服氣：「一半一半的機會。」

白素站了起來：「可是，人卻永遠只能得到前一半。」

白素的話，不是很容易理解，但是想深一層，卻又有極深的含意：雖然是一半一半的機會，人追求的是其中的一半，可是得到的，永遠是不想要的另一半！

我想了好一會，才嘆了一口氣，沒有再說甚麼。

白老大接受了雷射治療，情況十分好，病變因素逐漸消失，醫生把病變因素消失的過程，逐步記錄下來。從圖片上看來，的確如那位醫生所說，分裂之後再消失，和陳長青傳真送來的那十幅圖片，大不相同，那十幅圖片，顯示的是以前的情形，而非以後的，也得到了證實。

陳長青在第二天就打了電話來詢問結果，我把情形對他說了，他嘖嘖稱奇：「真叫人想不通：只有像白老大這樣的人物，才會有記錄在石頭上，還是每一個人都有？如果世界上每一個人的身體變化、成長過程、每一件發生的事，都記錄在石頭上，那麼，這座小小的石山，蘊藏的資料之多，真不可想像。」

我無法回答他的問題，只是道：「全世界所有的電腦加起來，只怕也不及這座石山所儲存的資料的億分之一。」

陳長青激動了起來：「再過一千年，人類的全部電腦，也不能儲億分之一這樣的資料，現在我和你在通話，我們講話的聲波圖形，也可能在石頭上顯示！」

我苦笑道：「誰知道，也許。」

陳長青道：「你快回來吧，我實在想和你詳細討論，電話裏講不明白。」

我的回答是：「白老大的病況一好轉，我就回來。」

等到白老大出了院，回到了他的農莊，白素還要留在法國多陪他幾天，我一個人先回來，下機之後，我直接來到了陳長青的住所。

陳長青看到了我，興奮之極，連忙叫我去看他新設置的「工作室」，陳長青也真貪心，我看到他屋子，不但在院子裏，而且在走廊上，甚至樓梯之下，都堆滿了石塊。

他看到我面露不以爲然之色，有點不好意思地道：「每一塊石頭，都是寶藏，無窮無盡的寶藏，我實在想弄得越多越好。」

我苦笑了一下：「任何一塊，即使是一小塊，窮你一生之力，你也無法研究得透，弄那麼多，一點意義也沒有，真是貪心。」

陳長青自己替自己辯解：「人總是貪心的。」

到了「工作室」，我看到許多塊石頭，表面被打磨得十分光滑，工作室的一角是各種儀器，另一角是完善的攝影設備，再另外一個角落上，自然，又是堆滿了石塊。

這些日子來，他已拍攝了上千幅照片，他裝了一個屏風型的架子，將這些照片，全放大到二十乘三十五公分，一幅一幅全貼在上面，架子在工作室的另一個角落。我一扇一扇地轉過去看著，每一張照片，都有不同的陰影所構成的圖形，但是沒有一張可使人明白那表示甚麼。

有一部分照片，是陳長青每磨薄一層之後拍下來的，從花紋看來，的確顯示了一件事情逐步的變化。我指著那些照片，把白素的想法，告訴了他，陳長青皺著眉：「全是以前的事？根本我們連是甚麼事都不知道，怎能判斷連續的變化是以前還是以後？」

我總算在工作室中找到了一張椅子，坐了下來，由衷地道：「我想，那些人把石頭弄回去，所作的研究工作，雖然以國家的力量進行，只怕也不會有你這樣的成績。」

陳長青聽得我這樣說，得意非凡：「也不單是我一個人的工作成績，宋天然和小寶，一有空就來幫我，小寶幾乎每天都來。」

我笑了起來：「你當心小寶的母親告你誘拐少年。」

陳長青伸了伸舌頭：「她來過兩次，開始很不友善，後來我給了她一條減肥良方，她態度就好得多了。」

我睜大了眼睛：「想不到你還有祖傳的秘方？」

陳長青「呸」地一聲：「甚麼祖傳秘方，我這個減肥良方，萬應萬靈，只是『少吃』兩個字！」

我被他逗得笑了起來，又說了一會話，宋天然和溫寶裕一起走進來，原來陳長青把屋子的鑰匙配了一套給他們，使他們可以隨時進出。

他們兩人見了我，自然十分高興，宋天然大聲道：「正好，今天有一個十分重大的發現。」

他一面說著，一面打開了公事包，取出一大疊文件來，翻到其中一頁：「看這份報告。」

我看了一下，看得出來那是石質的化驗報告，報告上列舉著石頭的成分。這是一種專業知識，我不是一看就明白。陳長青忙道：「有甚麼新發現？」

宋天然道：「這座石上的岩石，全是花崗岩，可是抽樣化驗——一共取了一百個樣本，卻發現成分和普通的花崗岩有所不同，接近花崗閃長岩，其中二氧化矽的含量，只有百分之五十，黑雲母的含量則高出三倍之多——我相信是形成石頭上花紋陰明對比特別複雜的原因，正長石和角閃石的含量也高，斜長石和石英的含量比例則低，這種岩石的成分，甚至於沒有記錄可供查考。」

宋天然解釋著，我聽了倒不覺得怎樣，因爲岩石的構成成分，極其複雜，單是花崗岩，也不知有多少種，而且各種成分不同，在一座石山之中，可以找出許多種不同的岩石。

陳長青顯然和我有同感，他也不是很有興趣的樣子。宋天然又翻過了另一頁：「這裏，有一個相當奇怪的現象，石山的爆破工程，要將整座山剷平，可是有某幾處所在，由於建築上的需要，還要向下掘下去，最深處，要掘深十公尺左右。」

陳長青也挺會欺負人，他不耐煩起來：「你還是長話短說吧。」

宋天然脾氣好：「好，在幾處掘深的地方，都有同一現象，那就是掘下去的五公尺左右，下面一層的石質，就和上面的截然不同，全是典型的角閃石花崗岩。」

陳長青用力一揮手：「這種情形，說明了甚麼？」

我知道他想說甚麼，立時道：「別告訴我這是一座天外神山，從不知甚麼地方飛來。」

陳長青眨著眼：「為甚麼不能是這樣？」

我道：「自然，在這件奇事上，可以作各種各樣的設想，你堅持要這樣想，我也不反對。」

宋天然皺著眉，不出聲，他畢竟是一個科學家，要他設想一座石山，是從不知甚麼地方飛過來的，的確比較困難一些。

溫寶裕則道：「大有可能，中國杭州有一座飛來峰，據說就是從印度飛來的。」

陳長青在急速地踱步，像是想把他的設想作進一步的說明，可是又不知如何說才好。

我笑道：「反正只是設想，隨便怎麼想好了，譬如說，在若干年之前，宇宙之中，有一顆神秘的星球，突然跌落在地球上，就落在那個小島上，那就是如今的這座山。」

陳長青眼眨得更快，他不甘示弱：「也可以說，若干年之前，宇宙某處的星球上，有高級生物不知運用了甚麼方法，把要在地球上發生的事，全濃縮起來，形成一個資料庫，而把這資料庫，放到了地球上。」

溫寶裕也發揮了他的想像力：「我說，這本來是宇宙形成，或是太陽系形成時留下來的，安排好了將來要在地球上發生的一切事，用圖形的形式來顯示。」

我們三人，一起向宋天然望去，宋天然有點無可奈何，咳嗽了幾下：「一定要我也來設想的話，我會說，在宇宙深處，有某種力量，在操縱著一切生物和非生物的命運，這種力量，先訂定了一個藍圖，並不是它知道會發生甚麼事，而是它早已訂定了會發生甚麼事，然後操縱著一切，照它訂定的去做，這樣，看起來，就和它能預知將來的事一樣。」

宋天然的設想，雖然講來結結巴巴，不是很流利，可是他的設想，和我們的不一樣。我和陳長青、溫寶裕，都認爲某種力量，有「預知」的能力，但是宋天然的想法卻是，他認爲某種力量，並沒有預知能力，只不過是有著要一切事情，都照它計畫而發生的能力。

舉一個實際一點的例子來說，一個製瓷杯的人，他可以在某種怪樣子的瓷杯出現之前，就知道在若干時間之後，就會有一隻這樣的杯子。那並不是他有預知的能力，而是他早就有了計畫，要做出這樣的一隻杯子來，而又按計畫進行。

結果，自然是有了一隻某種怪樣子的杯子。

宋天然看到我們都不出聲，還以爲他自己的設想太荒誕，臉有點紅。他不知道我們三個，正在十分認真地考慮他的設想。

過了好一會，陳長青才長長地吁了一口氣：「這樣說來，那……座石山中所蘊藏的一切資料，根本是龐大之極的計畫書？」

溫寶裕哭喪著臉道：「一切全照計畫進行，天！有關我的計畫是怎樣的？是不是有甚麼方法可以知道？」

陳長青瞪了溫寶裕一眼：「聽說甚麼街上，有一個瞎子，算命很準，你要是想知道，可以找那個瞎子，替你算一算。」

宋天然欲語又止，我道：「我們都很同意你的設想，你還有甚麼意見，只管說。」

宋天然鬆了一口氣，道：「既然一切都是一種力量在計畫著，而且在照計畫實行，那麼，這種力量，究竟是甚麼？」

我、陳長青和溫寶裕三人，異口同聲道：「命運！」

白素在若干日之後回來，我和她談起了我們的討論，她也十分同意宋天然的設想，認爲雖然現象看來一樣，但是預知和按計畫實行，是兩件不同的事。

雖然，一切全在一種叫做「命運」的力量的操縱下，按計畫進行，想起來極可怕，但命運之力量如此強大和不可抗拒，不知其自何而來，最好的辦法，還是別去想它。

後語

你同意宋天然的設想，還是自己另外有不同的設想？反正這件事，可以容許任何角度不同的設想，只管發揮你的想像力。

把自己的設想記下來，是很有趣的事。

在我所記述的，接近一百個故事之中，《命運》獨一無二，大家都可以看得出，這個故事，只有過程和現象，完全沒有結論，勉強算有結論，就是幾個人各自不同的設想，人人都可以有自己的設想，或在已有的幾個現成的設想之中，任擇其一。這個故事，不算曲折，但卻最奇特。

或曰：這個故事之所以奇特無比，全是有一座那樣的石山，它的石頭上有花紋，而花紋又和一些現象完全吻合之故。

真有這樣的石頭嗎？

有花紋的石頭，十分普通，從來也沒有人去深入研究，又焉知石頭上的花紋，不是顯示著甚麼呢？

重要的不是是不是真有故事中所說的那種石頭。

（這句句子的上半句，讀起來有點不是很順。）

重要的是，的的確確，有不少方法，可以窺知「計畫」的內容。

請注意：不是預知未來，只是窺知計畫的內容，約略知道一下計畫會如何實行。

因爲計畫不可改變。

這許多方法，能窺知「計畫」的一鱗半爪，說起來好像很神秘，但其實人人皆知，十分普通，幾乎每天都有接觸。

這許多方法之中，包括了星相學、人相學、子平神數、梅花神數．以及種種占算術，包括了瞎子摸骨術和在神廟中求籤、測字、卜卦、回光、扶乩、看水晶球等等，一切希望知道未來的方法在內。

而在這許多方法之中，有一些，還真的有看到一點計畫內容的能力。

我們事先看到了，並沒有用處，因爲命運的力量不可抗拒，計畫不會改變，不論通過甚麼方法看到了，結果還是不變。

正因爲有一個包羅萬有，有關天地之間的一切事、物、生命的一切的計畫在，所以最聰明、求知力最強的人，才能千方百計，想出一點方法來，先窺知它的一些內容。

如果根本沒有這樣的一個計畫，就根本不會有任何方法可以窺知。這就像你要取得一滴水，一定要有多於一滴水在，才能從中取得。如果根本沒有水，如何取到水？

所以，不論甚麼方法，可以推算出將來會發生的一些事，是由於那些事早已在那裏的緣故。

又所以，推算到的將來的事，不可以改變，要是可以改變，那麼，根本推算不出。

一定有人會說，這個故事，越看越不像小說了，前言一大堆，後語又那麼多，那也沒有辦法，這只怕也是「計畫」的一個部分：我要寫這樣的一個故事，而你又看到了這個故事。

「計畫」無所不包麼？答案：是。

整個「計畫」，如果要冠以一個名稱呢？

最理想的名稱是：命運。

整個「計畫」的擬定者和執行者是甚麼力量？

可以有很多不同的名稱，但是我認爲最恰當的是：上帝。

上帝在哪裏？

就在我們頭上，就在我們身邊，在我們的腦中，在我們的心裏！

著名的老故事「瓶子在午時會碎裂」，大致如此：一人擅測字（或占算），算到他一隻心愛的瓶子（或其他物件）在正午時會破碎，於是鄭而重之，把瓶子放在面前，盯著它看，應該可以不會破碎了吧？誰知他的妻子催他吃飯，屢催不至，河東獅吼，過來抓起瓶子，一下摔碎，其時恰好是正午。

這個小故事很有趣，有趣在這個人如果不去占算，瓶子就不會破，占到會破，而無法避免。他占算的行動，也早在「計畫」中，「計畫」要他去占算，「計畫」瓶子破碎，「計畫」幾乎無處不在。

人的命運，也是在按「計畫」進行的，發生機會極少的事，硬是發生了。

舉世著名的體操運動家童非，若不是在體育館前徘徊，被教練張健看到了，他就決不會有今天。當年上海的聞人杜月笙，若不是在窮途末路之際，在馬路上遇到了朋友，而把他介紹到黃金榮公館去，也就不知會怎樣。

在戰場上，人的生死，只在一線之間，幾百人一起衝鋒，一大半人死在戰場上，一小半人活了下來，這其間，全然沒有選擇標準，除了「命運」之外，沒有任何別的解釋。

嘗見一位軍官，左右面頰上，都有極深的酒渦，當時我就說：「很少男人有你這麼深的酒渦。」

軍官又好氣又好笑：「甚麼酒渦，打仗時，衝鋒，一顆子彈飛過來，從左頰入，右頰穿出，其他甚麼傷都沒有，從此臉上就多了兩個洞。」

聽了之後，不禁駭然失笑，叫他站定了，由神槍手來射擊，也絕對無法造成這樣的結果，但是這種不可思議的事，硬是發生了。

在香港，一個女學生，放學在路上，遇上了警匪槍戰，中了流彈，香消玉殞，其間，時間、距離，只要有極其微細的差異，她就不會有事。

常想及的幾句話是：任何一個細微的動作，都可以影響人的一生。出門，向左走，向右走，早十分之一秒，遲十分之一秒，都會有不同的遭遇，而這些遭遇，又都受著命運的操縱……

世上有將近五十億人，可知道一個人，照如今這樣子出生的機會率是多少嗎？大約是十億分之一。

不作任何結論。因為根本沒有結論。沒有結論，並不等於不能設想。我要不斷地設想。你呢？也可以不斷地設想。

大家都來想想，或許，在若干年之後，就可以有一點結論。

《命運》這個故事，應該已經結束了，到後來，發了許多議論，已經不是故事的範圍。可是，故事卻還有一點餘波。既然有餘波，就應該讓它蕩漾一番。

餘波和正式的故事，沒有甚麼聯繫，可以單獨成立。而這個餘波確確實實和命運有關，和命運是一個計畫有關，而且，這個「計畫」，不由當事人擬訂和實行，而是由一種甚麼力量在擬訂和實行，當事人絕無反抗和參加意見的能力。

所以，這個故事，可以作爲《命運》的附篇——在我所記述的許多故事之中，似乎還沒有過這種結構方式的例子，算是破了例。

那個故事，是一個相當悲慘的故事，若是不喜歡看悲慘故事的朋友，可以不必看，就當根本沒有這個附篇。

十七年

第一部：求助的父母和奇怪的少女

一連收到了好幾封來信，內容相同。

由於我生活的接觸面極廣，所以收到的信件也極多，送信的郵差，每天都是用細繩把我的信紮成一紮。

除非是我特別在期待著的信，或是一看信封，就知道是熟朋友寄來的，不然，我都不拆，因爲實在沒有那麼多閒時間。

大多數的情形下，白素每天都會抽出一定的時間拆看這些信件。她說：「人家寫信給你，總有一定的目的，何必令人失望？就算不回信，也該看看人家說些甚麼。」

我自然不會反對她這樣做。

那一批同樣內容的信的第一封，就是她給我看的。

當時她道：「這封信很有意思。」

我接過信，先看署名：一個不知如何才好的媽媽。這是一個相當吸引人的署名，表示了這個作爲媽媽的人，內心一定焦急之極。

當時我道：「這封信，是不是應該轉到甚麼青年問題中心去？」

白素瞪了我一眼：「你看完了信再發表意見！」

我高舉手，作投降的手勢，信的內文如下：

衛斯理先生：

我知道你不會輕易幫一個陌生人，除非這個陌生人來自外星。你真是不公平，地球上有那麼多你的同類需要幫助，你置之不理，老是去幫助不知來自何處的外星人，難怪有人懷疑你根本也是外星人。

我看到這裏，咕噥了一句：「豈有此理！」

白素微笑了一下，像是早已料定了我會有這樣的反應一樣。我再看下去：

看了你記述的《洞天》，我對李一心的父親李天範先生，寄以無限的同情，一個家庭之中，有一個異乎尋常的孩子，十分痛苦，作為父母，完全無法知道自己的孩子在想些甚麼、做些甚麼、為甚麼而來，何時會突然失去他。

我搖了搖頭，向白素望了一眼：「全世界的父母，似乎都有同樣的麻煩。」

白素向我作了一個手勢，示意我看下去。

我有一個女兒，異乎尋常，這孩子，自小就怪極了，比你在《洞天》中記述的李一心還要怪，李一心只不過對佛寺的圖片有興趣，而我的女兒，似乎有著與生俱來的特異，她在周歲的時候，就會時時支頤沉思，可是卻又從來不肯對我們說她在想甚麼。

有時我偷偷留意她，看到她在沉思中，表情十分豐富，有時現出甜蜜的笑容，有時卻又愁容滿面，有時也會暗暗垂淚，從小到大，一直是這樣，令得我們不知如何才好，而近一年來，她的行動更是怪異——她再有一個月，就滿十七歲，一切都正常，沒有人不說她美麗出眾，可就是怪行為越來越甚，甚至令我們感到害怕。

衛先生，看了很多你記述的故事，我和外子商量過，他是一個電機工程師，已快屆退休年齡了，本來一直是你筆下的那種科學家——只相信現代人類科學已經證明了的事，但是我們的女兒實在太怪，所以他也不得不承認，我們的女兒，可能有著類似前生的記憶，這種記憶，是她自己的秘密，而我們全然無從得知。

衛先生，不怕對你說，我們曾經失去過一個女兒，那是多年前極慘痛的經歷，實在不能再承受一次類似的打擊。所以，冒昧寫信給你，希望藉你的智慧，和鍥而不捨追求事實真相的精神，幫助我們，如果能得到你的幫助，感激莫名。

一個不知怎樣才好的媽媽敬上。

看完了信之後，我道：「嗯，對我的恭維，恰到好處。」

白素搖了搖頭，作出「不忍卒聽」的樣子。我道：「這個少女，如果真的有前生的記憶，有幾個朋友對這方面有極濃的興趣，可以介紹這位媽媽去見他們中的任何一個。」

白素倒同意了我的說法：「是，很多人都可以幫她忙，陳長青怎麼樣？他研究那些石頭，不會有甚麼結果，也可以告一段落了？」

我搖了搖頭：「不，不如介紹給甘敏斯，那個靈媒。或者，普索利爵士？這都是曾和我們一起探索、並且肯定了靈魂存在的人。」

白素望了我一眼：「你自己完全沒有興趣？」

我聳了聳肩：「可能只是做母親的人神經過敏，我不想浪費時間。」

白素道：「好，那就回信給她，請她隨便去找一個人求助好了，反正有回郵信封在。」

事情就這樣決定了。

三天之後，收到了第二封信。

衛先生，很感激你的來信，我們的困難，相信除了你之外，無人可以解決，我們不會去找那幾位先生，只在等你的援手……

信中還說了一大串他們如何焦急，如何徬徨，詞意懇切動人，最後的署名變成了「不知如何才好的父母同上」。

我看了之後，相當不快：「這算甚麼？求人幫助，還要點名！我介紹給他們的那幾個，他們以爲全是普通人？哼，沒有我的介紹，那幾個人根本不會睬他們。」

白素不置可否：「或許那女孩只是精神上有點不正常？有前生記憶的人，畢竟不是很多，可以請他們去看看梁若水醫生。」

我悶哼了一聲，說道：「隨便他們吧。」

白素自然又回了一封信，可是那一雙「不知如何才好的父母」，卻真的固執得很，一直在寫信給我，一天一封，每封信都提出了同樣的要求。大抵自第五六封信開始，連白素也沒有再回信了。

這件事，我沒有怎麼放在心上，因爲來信提出各種各樣要求的人很多，那一雙父母雖然說他們的女兒「怪異」，一個人自孩提時代起，就喜歡沉思，至多只能說她早熟，很難歸入怪異一類。

然後，就是陳長青來訪，他脅下挾了一隻文件夾子，我一看到他就問：「那些石頭的相片，你弄了多少幅了？」

陳長青搖頭嘆息：「超過一萬幅了，真是悶得可以，每天做同樣的事，一點變化也沒有，這樣下去，人會變成瘋子。」

我笑道：「或許你那一萬幅照片，幅幅都是偉大的預言。」

陳長青一瞪眼：「甚麼或許，根本就是，只不過全然無法知道它們的內容，就像手上有一本天書，可是看不懂，就等於沒有。」

我拍著他的肩，安慰著他：「暫時停一下手吧，你和溫寶裕這小鬼頭在一起，還怕沒有新鮮的花樣玩出來麼？」

陳長青笑了起來，拍了拍文件夾：「你還記不記得，由於報紙上的一段怪廣告，出售木炭的，結果引出了多大的故事來？」

我自然記得，那是《木炭》的故事，我道：「怎麼樣，又在廣告上有了新發現？」

陳長青連連點頭，放下了那文件夾，打開，我看到其中是剪報，整齊地貼在紙上，一共有十幾張紙，每張紙上，都貼著十公分見方的剪報十餘張不等，一共至少有兩三百份，看了一眼，所有廣告的內容全一樣：

家健，你一直沒有回家，我們之間的約會，你難道忘記了？還是你迷失了？我相信我們之間的誓約，我們兩人都一定會遵守，我不信你會負約，見報立時聯絡，我已回家了。我實在已等得太久了。知名。

陳長青在我看的時候，翻動了一下報紙，所有紙上貼的，全是同樣的廣告。

我不禁「哈哈」大笑了起來：「陳長青，你越來越有出息了，這種廣告，報紙上哪天沒有？嗯，家健是一個男孩子的名字，一定是一個女孩子登的廣告，在找那個負了約的男朋友。」

陳長青道：「我有說不是嗎？」

看到他一副理直氣壯的樣子，我倒也不能說甚麼，用詢問的目光看著他：「有甚麼特別呢？」

陳長青指著廣告，用手指在廣告上彈著，發出「啪啪」的聲響來：「這一個叫家健的男孩子的父母，我認識，一個……遠房的親戚。」

我翻著眼，因爲這仍然沒有甚麼特異之處。

陳長青「哼」地一聲：「說出來，嚇你一跳，這個叫家健的男孩子，十七年之前就已經死了，一個人死了十七年，還有人登報紙來找他，你說，這件事，還不算奇特？」

我聽了之後，不禁呆了一呆，真的，可說是十分奇特，我道：「嗯，有點意思。」

陳長青得意起來：「本來嘛，這個廣告，在本地大小報章上都有刊登，我自然不會注意，家健的父母看到了，開始留意，留意了將近一個月，知道我對於各種疑難怪事，素有研究，所以才來請教我，我一聽這件事大可研究，所以來找你——」

陳長青口沫橫飛地說，我作了好幾次手勢，令他住口，他都不聽，我只好大喝一聲：「閉嘴！」

陳長青總算住了口，眨著眼，神情惱怒。

我也感到相當惱怒：「那個叫家健的男孩子的父母，看到了這個廣告，就認爲登廣告的人，是在找他們十七年前死了的兒子？」

陳長青道：「是。」

我又發出了一聲大喝：「他們混賬，你也跟著混賬，你可知道，中國男性之中，用『家健』這兩個字做名字的人有多少？怎見得這個家健，就是他死去的兒子？」

我的駁斥，再合情合理也沒有。別說只有家健這樣的一個名字，就算連著姓，只要姓不是太冷僻，也就有不知多少王家健、陳家健、李家健、張家健……

陳長青一聲不響，聽我說著，這次他脾氣倒出奇的好，等我講完，他才道：「你以爲我沒有用同樣的問題問過他們？」

我笑了起來：「好，他們用甚麼樣的回答，使你相信了這個家健，就是他們死了十七年的兒子？」

陳長青眨著眼：「這就是我來見你的目的，聽他們親口向你解釋，總比由我轉述好得多。」

我搖著頭，表示沒有興趣，陳長青道：「看起來，他們的說法一點理由也沒有，你能想像得出他們如何會肯定了這個被尋找的家健，就是他們兒子的理由？」

我笑道：「一猜就猜中，他們一定是想兒子想瘋了，所以才會有這種想法。」

陳長青道：「是，他們的確爲了他們孩子的死，極其傷心，傷心的程度，歷十七年如一日，但是那絕不是他們憑空的想像。你現在在忙甚麼？跟我去走一次，花不了你多少時間。」

我仍然搖著頭。陳長青這時有點光火了，脹紅了臉，飛快地眨著眼：「衛斯理，想想你自己，不論有甚麼事要我做，半夜三更打個電話來，我可曾有一次在牙縫裏迸出半個『不』字來？雖然不曾兩肋插刀，赴湯蹈火，但可以做的一定去做，難得我有點事請你幫個小忙，你就推三搪四，擺他媽的臭架子！」

他語發如聯珠，雖然說的話相當難聽，最後連罵人的話都出來了，但是想起他多次熱心辦事的情景，我倒也真的不好意思，忙道：「是，是，是，陳先生請暫息雷霆之怒，小可這就跟你去走一遭。」

陳長青一聽我答應了，立時反嗔爲喜，向我抱拳爲禮，立逼著我走。我們才來到門口，白素恰好開門進來，我道：「陳長青找我有事情。」

白素「嗯」地一聲，反手向門口指了一下：「那個小姑娘，已經一連三天，在我們門口徘徊不去，看來滿腹心事。」

那時，我們都在屋內，但由於白素才開門進來，所以門開著，看出去，可以看到一個穿著淺藍色校服的少女，大約十六七歲，眉清目秀，有著一股異樣的秀氣，正在對街，用十分緩慢的步伐，來回走著，不時的向我的住所，望上一眼。

我皺了皺眉，陳長青忙緊張兮兮地道：「人不可貌相，記得那個瘦癟老太婆，竟然是很有地位的特務，莫不是有些特務組織，還不肯放過你？」

我「呸」地一聲：「哪有那麼多特務機構！那座石頭山被他們搬了一半去，還有甚麼好來找我的？」

我一面說，一面還在打量著那少女，這樣年齡的少女，總是活潑而充滿了青春氣息的，可是這個少女，可能由於她比較瘦削，而且又有十分清秀的臉容，看起來，像是整個人都充滿了愁思。

我對白素笑了一下：「少女情懷總是詩，她如果有甚麼爲難的事，我看我和陳長青，都無能爲力，還是你去暫充一下社會工作人員吧。」

白素笑了起來：「我正有這個意思，但是還要再觀察一下。」

我和陳長青走了出去，看到對街那小姑娘，立即向我們望了過來，可是望了一下，非但沒有向前走來，反倒後退了兩步。

陳長青低聲道：「衛斯理，這少女真是有事來找你，可是卻又不敢。」

陳長青的觀察力相當細緻，我也同意他的分析：「白素會處理的。」

陳長青嘆了一聲：「年紀那麼輕，會有甚麼心事？」

我們一起上了陳長青的車，由他駕駛，在路上，他只告訴了我一句話：「我們要去見的那對夫妻，姓得相當怪，姓敵，敵人的敵，你聽說過有這個姓沒有？」

我搖了搖頭：「多半不是漢人，才有這樣的怪姓，我知道有一位工藝非常出眾的玉雕家，姓敵，叫敵文同。」

陳長青陡然用十分怪異的眼光望著我，我忙道：「難道就是他？」

陳長青一揚手：「不是他是誰？姓敵的人，全世界加起來，不會超過三個。」

我笑了一下，敵文同是相當出色的玉雕家，曾經用一塊上佳的翠玉，雕成了一隻蚱蜢，蚱蜢作振翅的動作，翼薄得透明，連精細的紋理都清晰可見，拿出來展覽時，見者無不欽佩。當然，他並不是甚麼大人物，也不會有很多人知道他的名字。

我問：「這位敵先生，是你的親戚？」

陳長青笑著：「敵先生娶的妻子，是我姑丈那裏的一個甚麼表親，這種親戚關係，真要是扯開去，所有中國人全是親戚，不過我和他經常有來往，我極欣賞他的玉雕藝術，等一會，你就可以看到一件極偉大的玉雕品，他花了十七年時間，還未曾全部完成。」

我不經意地問：「十七年，怎麼老是十七年？」

陳長青嘆了一聲：「十七年前，敵家健意外喪生，敵文同哀痛欲絕，就開始了這件偉大的玉雕工作，他把他全部的財產，去換了一塊將近一噸重的白玉，白玉的質地十分好，他就開始——」

我已經料到了：「開始雕他兒子的像？」

陳長青點了點頭：「一座全身像，和真人一樣大小，據他說，所有的一切，完全和十七年前的敵家健一樣。」

我嘆了一聲：「作爲思念早逝兒子的父親，這位敵先生的作爲，真是罕見。」

陳長青道：「是啊，所以我也很受感動，一直在津貼他的生活，使他在生活方面，儘量舒服，好使這個空前偉大的玉雕，能夠完成，你看到了那玉雕像，就會知道那値得，在這個雕像之中，充滿了上一代對下一代的愛。」

我笑了起來：「你快可以改行做詩人了。」

陳長青有點忸怩：「是真的。」

說話之間，車子已經駛離下市區，我知道陳長青有的是錢，他既然說維持敵文同的生活，那麼敵文同生活一定不會壞，可是我也沒有想到，好到這種程度。

當車子在一幢看來相當古老，但是極有氣派的大屋子的花園門口停下來之際，陳長青也留意到了我驚訝的神情，他解釋道：「屋子本來是敵文同的，他押給了銀行，我替他贖了回來。」

車子停下，我們下了車，四周圍的環境，極其清幽，那花園也相當大，有許多比兩層樓還高的大樹，其中幾株石栗樹，正開滿了一樹艷黃色的花朵，映著陽光，看來十分燦爛。

那時，正是初夏時分，花圃上，開著各種各樣的花，把古老的屋子點綴得生氣勃勃。

我一面跟著陳長青向前走去，一面道：「環境真不錯，生活在這樣環境中的人，不應該是一雙哀傷的老年夫婦。」

我的話才說完，在一叢灌木之後，就傳來了一個婦人的聲音：「我們是爲家健而活著，家健生前不喜歡的事，我們不做，他喜歡的一切，我們照做，就像是他隨時會回來一樣。」

聲音聽來十分平靜，但是在平靜之中，卻又有著一股極度的哀思，只有把哀愁當成了習慣的人，才會有這樣的語調，而哀傷若是已成了生活中的主要部分，哀傷的深刻，也可想而知。

我循聲看去，說話的女人，甚至沒有直起身子來，仍然彎著腰，在修剪一簇康乃馨，她滿頭白髮，陳長青立時叫了她一聲，她直起身子來，大約不到六十歲，樣子和衣著都很普通，令人印象深刻的是她的眼神，充滿了迷茫和無依，但是卻又像在期待著甚麼。

陳長青指著我：「敵太太，這位衛斯理先生，是我要好的朋友。」

敵太太禮貌地向我點著頭，抬眼看，放下了手中的花剪：「請進去坐，長青老說起你。」

我也客套了幾句，和他們一起進了屋子。一進屋子，就是一個相當大的廳堂，可是那麼大的一個廳堂之中，完全沒有傢俬陳設，只有在正中，有一張桌子，桌子上放著許多工具，看來是雕琢之用。

在桌子旁邊，站著兩個人，一個六十出頭，身形相當高大，一頭白髮的老人，和一個身形和他相仿的年輕人——別笑我，我一眼看去，真以爲是兩個人面對面地站著，而老者還流露出一片慈愛的神色，正在年輕人的臉頰上，輕輕撫摸。

但是，我再多看一眼，我不禁發出了「啊」地一聲，知道站在那裏的，只是那個老者——那「年輕人」，只是一座和真人一樣的玉雕像，但是在雕像上，卻又穿著真的衣服，所以才會在最初的一眼，給我這樣的錯覺。

那玉雕像生動之極，神態活現，充滿了生氣，我從來也未曾在一座雕像之中，看到過這樣的神態，即使是文藝復興時期的那些藝術大師的作品，也不會給人以如此生動之感。

或許，由於雕像是白玉雕成的，所以流動著一種自然而晶瑩的光采，這種光采，就給人以活生生的感覺。

我不由自主讚嘆了起來：「真偉大。」

那位老先生，自然就是敵文同，他轉過臉來，茫然的神情，和略帶潤濕的雙眼，眼中佈滿了紅絲，更顯出他精神的憂鬱，他現出了一個十分苦澀的笑容。陳長青忙替我們介紹，我在寒暄了幾句之後，指著那雕像，由衷地說：「真是不虛此行，這雕像太不平凡了。」

敵文同嘆了一聲：「一萬座不平凡的雕像，也及不上一個平凡的、活生生的人。家健要是還在世的話，今年是三十九歲了。再過一個月，就是他的生日——」

他在這樣說的時候，向他的妻子看去，她立時道：「還有二十七日。」

敵文同又道：「三十九歲的人，當然早就成家立室，只怕——」

他的妻子立時接了上去：「孩子也有好幾個了，大屋子裏有孩子，多熱鬧，家健小時侯，屋子裏——」

他們兩夫妻自顧自地說著，我和陳長青互望了一眼，陳長青可能習慣了這種情景，但是我卻無法掩飾我心頭的駭然。

同樣的對話，在他們之間，一定重覆過不知多少次了
看起來，還會不斷重覆下去，這兩個人，完全生活在夢幻中，生活在充滿哀痛的夢幻中，一切只爲思念他們逝去了的兒子而活著，這實在是相當駭人的一種不正常，可是卻又實在不能指責他們甚麼。

我見過不少失去孩子的家庭，可是像這樣的情形，我卻還是第一次經歷。

他們兩人不斷地在講著，講來講去，幾乎每一句話中，都提及「家健」這個名字，我和陳長青在旁，不知如何插口，只好眼睜睜地望著他們，聽他們講他們的孩子，十七年前已經去世了的孩子。

足足過了十分鐘之久，陳長青才忍不住咳嗽了幾聲，大聲道：「敵先生，衛先生不相信那廣告，是有人爲敵家健刊登的。」

敵文同夫婦像是如夢初醒一樣，停止了談話，向我們望來，敵太太甚至抱歉地笑了笑：「真是，一談起我們的孩子來就沒有完，連貴客都忘了招呼，真不好意思，衛先生莫見笑。」

我怎會「見笑」？我駭然還來不及，眼前的一切，雖然沒有甚麼恐怖詭異的成分，可是給人心頭的震撼，卻無與倫比。

敵文同道：「來，來，請到我的書房來，我有事要請教衛先生。」我們一起離開了大廳，

進入了一間書房之中，出乎意料之外，書房中的書籍極多，古色古香，一點也不像是一個雕刻家的書房。

陳長青道：「敵先生是古玉專家，對各種各樣的玉器，有著極豐富的知識，世界上好幾個大博物館，都聘請他當顧問。」

我看到在書桌上，有不少古玉件放著，還有不少有關玉器的書籍，我道：「古玉鑑定是一門極深的學問，敵先生一生與玉爲伍，真不簡單。」

敵文同客氣了幾句：「玉的學問真是大，人類，尤其是中國人，早就和玉建立了十分奇怪的感情，我堅持用玉來雕刻家健的像，就是想把自己對家健的感情，和人對玉的感情結合起來。」

我沒有敢搭口，因爲不論甚麼話題，他都可以帶出家健的名字來，若是再一搭腔，只怕他滔滔不絕起來，不知如何收尾。

敵文同請我們坐下，敵太太端著茶和點心，帶著抱歉的笑容：「沒有甚麼好東西招待衛先生，只有家健喜歡吃的一些點心。」

我有點坐立不安，已經死了十七年的敵家健，看來還真像是生活在這屋子中。

敵文同嘆了一聲，總算話題轉到了正題上，可是一樣，還是離不了家健，他道：「衛先生，相信你已經知道，我們在甚麼樣情形之下生活。」

我苦笑了一下，心想勸他幾句，但是卻又實在不知道如何說才好，敵文同和他的妻子，長時期以來，在痛苦哀傷之中生活，又豈是我三言兩語，能把他們的痛苦減輕的？如果我安慰他「人死不能復生，不要太傷心了。」他一定會反問：爲甚麼要死，爲甚麼那麼多人活著，偏偏家健死了，他死得那麼年輕，爲甚麼……

所以我根本不說甚麼，只等他說下去。敵文同緩緩地道：「家健雖然離開我們已經有十七年，可是我們每一分、每一秒都在想念他，這種情形之下，我們忽然看到報上出現了一個廣告，有人在找家健，加以注意，那是自然而然的事。」

我點了點頭，表示同意，可是我同時，也小心翼翼地提醒他：「敵先生，家健是一個極普通的男孩子名字。」

敵文同倒不反對我的說法：「是，家健是一個很普通的名字，但既然和我們的孩子同名，我們也就注意，開始時，我和妻子只不過說：啊，這個人和我們的孩子同名，他不知道到甚麼地方去了，累得一個女孩子要登報找他。我們的家健如果在，一定不會辜負女孩子的情意……諸如此類的話。」

我用心聽著，在他們兩人之間，看了這樣的廣告，有那樣的對白，是自然而然的事。

敵文同繼續道：「可是，廣告一天又一天登著，而且，我們留意到了大小報章上都有，這就引起了我強烈的好奇心。」

我仍然沒有表示甚麼意見，只是心中在想：敵文同的反應，自然還是基於他對兒子的懷念，要不然，尋常人看了這樣的廣告，不見得會有甚麼好奇心。

敵文同道：「每天，我和妻子都要說上好幾遍：啊，還沒有找到家健，可惜我不知道如何和登廣告的人聯絡，有一次我說，和那女孩子聯絡一下。我妻子說：可以到報館去問一問，或許登廣告的人，會在報館留下姓名地址，我一想很有道理，反正每家報紙都有這樣的廣告的，於是就去查問。」

我「嗯」地一聲：「一般來說，報社是不會答覆這樣的詢問的。」

敵文同道：「是啊，我連走了四間報社，都遭到了禮貌的拒絕，我已經不想再進行了，在歸途中，又經過了一家報館，心想姑且再進去問問，一進去，就遇上了熟人，是我的一個世侄，現任該報的副總編輯，朝中有人好辦事，他一聽我的來意，就帶我到廣告部，廣告部的職員說：來登廣告的是一個十七八歲的女學生，樣子很清秀，可是卻沒有留下姓名地址，廣告費是先付了的。」

我一直在耐心聽著，雖然他說到現在，仍然未曾說到何以他肯定那個家健，就是他的兒子。非但未曾提出強而有力的證據，而且越來越不對頭了。

我道：「如果登廣告的是一位少女，那麼，這個家健，更不可能是令郎了。」

敵文同嘆了一聲：「衛先生，當時，我並未想到這個家健，就是我的家健，所以是誰去登廣告，對我來說全一樣。」

他這樣說，自然是表示事情在後來，又有變化，我自然只好耐著性子聽下去。敵文同道：「那職員一面說，一面翻查著資料，說：『廣告的原稿還在，請看。』他把一張普通的信紙遞了給我，我一看之下，整個人都呆住了。」

敵文同講到這裏，現出了十分激動的神情，他的妻子忙過去握住了他的手。

我也不由自主，坐直了身子。

敵文同深深吸了一口氣：「那張信紙上寫的就是那段廣告，字跡很娟秀，出自少女之手，殆無疑問，令我震動的是，在原稿上，『家健』這個名字上，有一個字被劃掉了，可是還可以看得出來，那是一個『敵』字，也就是說，那個家健姓敵，衛先生，『敵』是一個僻之又僻的怪姓，敵家健，就不可能是別人，一定就是我的兒子，我把廣告的原稿，影印了一份，你請看。」

他雙手在不由自主發著抖，取了一張影印的紙張，放在我的面前。

不錯，那就是那份廣告的原稿，有不止一個字被改動過，都用同樣的方式劃去，包括那個「敵」字在內。這個「敵」字，加在「家健」兩字之上，自然本來是連名帶姓的「敵家健」，被劃去了之後，才變成了報上刊出來的那樣，只有「家健」兩個字。

我呆了半晌，陳長青在一旁道：「自然，也不排除同名同姓的可能性。」

敵文同夫婦異口同聲道：「不會，不會。」

陳長青道：「也不會有人和你們在開玩笑，要是開玩笑的話，就不必把敵字劃掉了。」

我伸了伸身子：「敵先生，你真肯定沒有別人姓敵的？」

敵文同道：「可以肯定，這個姓，是我祖父自己改的，他不知在甚麼事上受了刺激，就改了這個姓，而我們家一直是一脈單傳，如今……我過世之後，世界上就再也不會有姓敵的人，要是家健在，可能開枝散葉的話，姓敵的人，還可能多幾個。」

這事情，真有點怪，我略想了一想：「其實，要和那個登廣告的少女聯絡，也十分容易，就在她的廣告旁邊，登一段廣告好了。」

陳長青聽得我那樣說，順手把一份報紙，移到了我的面前，原來他們已經這樣做了，在尋找家健的廣告之旁，有著另一段廣告：「小姐，我們是家健的父母，請和我們聯絡。」下面是地址和電話。

敵文同搖頭：「真奇怪，照說，如果她急於找家健，一見了這段廣告，就該立即和我們聯絡才是，可是已經一個星期了，別說不見人，連電話也沒有一個。」

陳長青瞪著我：「你有甚麼解釋？」

這件事要一下子作出確切的解釋，不是容易的事，我心中仍在想，那個「敵」字，可能不是表示姓氏，那少女要找的家健，根本不是敵家健，一個少女怎麼可能要登報找一個死去了十七年的人？所以，當她看到了敵文同的廣告之後，自然覺得那是胡鬧，不會來聯絡。

我本來想把我想到的，直接講出來的。可是我考慮到，敵文同夫婦在喪子之後，一直在極度痛苦中生活，有人找他們死去了的兒子，這件事雖然不能使他們的生活有任何改變，但是至少，是在一潭死水之中，擲下了一塊石子，多少能引起一點水波，對他們目前這樣的生活來說，未嘗不是好事，又何必令他們失望？

所以，我遲疑著未曾說甚麼，敵太太在這時候道：「文同，要不要把那個小姑娘……那個奇怪的姑娘來找家健的事，對衛先生說一說？」

我怔了一怔：「甚麼奇怪的小姑娘？」

敵文同皺著眉：「這件事，也真怪，記得那是家健死後的十周年忌辰，為了懷念家健，每年忌辰，我們兩夫婦，都……都……」

他講到這裏，喉頭哽塞，說不下去，敵太太也開始拭淚。這種場面，自然令人感到黯然。

我忙道：「我知道，天下父母心……還是說說那個奇怪的小姑娘吧。」

敵文同「嗯」了一聲：「那時後，我玉雕還未完成，客廳還有著傢俬陳設，祭奠的儀式也在那裏舉行，我們沒有甚麼親友，只有我們兩人，對著家健的遺像和遺物，默默垂淚，忽然，我們聽到了除了我們的啜泣聲外，還有一個人在哭，我們回頭看去，看到一個十歲左右的小姑娘，瘦伶伶的，也不知道她是怎麼進來的，也望著家健的遺像在哭著……」

第二部：相約來生　愛意感人

敵文同夫婦一看到忽然多了這樣的一個小姑娘，心中真是訝異莫名，一時之間，也忘了悲痛，敵太太首先問：「小妹妹，你是甚麼人？」

那小姑娘並不回答，只是怔怔地望著敵家健的遺像，流著淚。

這種情景，十分詭異，敵文同夫婦連連發問，可是那小姑娘只是一聲不出，反倒未得敵文同夫婦的准許，過去撫弄敵家健的遺物，一面撫弄著，一面淚水流得更急。

敵文同夫婦給那小姑娘的行動，弄得駭異莫名，敵文同忍不住又問：「小姑娘，你認識家健？」

他這句話一問出口，就知道不是很對頭，因爲那小姑娘看來，無論如何不會超過十歲，而敵家健死了也有十年，怎麼會認識？

所以，他立時又改口問道：「小妹妹，你今年多少歲了？」

那小姑娘仍然一聲不出，敵文同夫婦不知如何才好，只好由得那小姑娘去，大約過了半個多小時，小姑娘才忽然向他們問了一句話。

那小姑娘出現之後，一直未曾開過口，兩夫婦幾乎懷疑她是啞子了，但這時一開口，卻是聲音清楚玲瓏，十分動聽。

她問的那個問題，也令得敵文同夫婦震呆了好一陣子，不知道如何回答才好。

那小姑娘指著遺像問：「他一直沒有回來過？」

這麼簡單的一個問題，但實在沒有法子回答，兩人震呆了一陣，敵文同悲哀地道：「小妹妹，這是我們的兒子，他死了，今天是他去世十年的忌辰。」

小姑娘對敵文同的話，沒有甚麼特別的反應。敵太太對小姑娘的話，卻又有不同的理解。本來，對一個只有十歲左右的小女孩，不應該說甚麼，但是敵太太感到，這小姑娘對自己兒子的死，好像也感到十分悲悼。

敵老太太嘆了一聲：「小妹妹，你說他有沒有回魂、託夢甚麼的？唉，沒有，我們無時無刻不在思念他，但是……他真忍心……不曾回來過。」

小姑娘聽到了這樣的回答，大眼睛忽閃忽閃，淚珠湧了出來。

在敵文同夫婦還想再問甚麼時，她突然轉過身，向外疾奔了出去。

由於這小姑娘的言行，處處透著怪異，敵文同夫婦自然立即追了出去，可是他們畢竟上了年紀，奔跑之間，哪有小孩子來得快捷？等到他們追到了門口，那小姑娘早已爬過了鐵門，奔到了路上。

他們兩人大聲叫著，要那小姑娘回來，可是小姑娘連頭都不回，一下子就奔得看不見了。

事後，敵文同夫婦在附近找著，又挨門挨戶去拜訪附近的人家，他們以爲，那小姑娘一定住在附近，在他們的屋子附近，有幾條鄉村，雖然那小姑娘看起來，不像是鄉下人家的孩子，可是他們連那幾條鄉村都沒有放過。

而且，他們還漸漸擴大尋找的範圍，足足找了一年，一點結果也沒有，顯然那小姑娘並不從附近來，他們找尋的範圍，已經遠及十公里之外了。

一年之後，又是敵家健的忌辰了，敵文同夫婦都懷著希望，希望那小姑娘會再出現，可是他們失望了，那小女孩沒有再出現。

而且，以後，一直也未曾再出現過。

敵文同講完了那「奇怪的小姑娘」的事，陳長青一面眨著眼，一面望著我：「我第一次聽到這個小姑娘的事，就認爲那小姑娘，一定和家健認識。」

陳長青明知那小女孩的年齡，不可能認得敵家健，他還要堅持如此說，那麼他的用意，其實也很明顯。他的意思是，那小姑娘在一種特殊的情形下，認識敵家健。

陳長青接著又道：「有兩種可能，一是家健死了之後，曾和這小姑娘有著某種方式的接觸。其二，是這小女孩的前生——」

他講到這裏，向敵文同夫婦望了一眼。陳長青神態已經夠怪，可是敵文同夫婦的反應更怪，他們兩人，不約而同，現出了極其憤怒的神情。

我不知道陳長青的話有甚麼得罪他們，而且陳長青的話只說了一半，並沒有講完。陳長青一看到敵文同夫婦面如玄壇，一副怒容，就不想再說下去。我忙道：「前生怎麼樣？」

陳長青吞了一口口水，才道：「有可能前生認識家健。」

敵太太這時，陡然叫了起來：「不會，你別再在我面前說那小女孩的前生是王玉芬。」

敵文同也立時瞪大了眼，充滿敵意，彷彿陳長青如果再多說一句，他就要跳起來，飽以老拳。

這更使我感到訝異，陳長青對敵文同十分好，連他們住的房子，都是陳長青出錢贖回來的，而這時，他們對陳長青的態度，可以說壞到極點，而這一切，自然由於那個叫王玉芬的女孩子所引起，這個王玉芬又是甚麼人？爲甚麼敵文同夫婦不准陳長青提起她？

陳長青這個人，就是有這個好處，人家對他的態度如此之壞，但是他還是像受了冤屈的小孩子：「我又沒有說她是王玉芬，我只不過說，她前生可能認識家健。」

敵文同甚至額上都綻起了青筋，啞著聲喝道：「別再在我面前，提起這個名字。」

陳長青飛快地眨著眼，不再說甚麼，我向他望去，他也向我望來，同時，向我作了一個手勢，暗示我先別問，等會他會解釋。

我也只好暫存心中的納悶，一時之間，因爲敵文同夫婦的態度異常，書房中陡然靜下來。過了好一會，兩夫婦才又異口同聲，向陳長青道歉，陳長青嘆了一聲：「算了，你們的心情我明白，這……不必去說它了，總之，這個小姑娘有點古怪！」

敵文同夫婦又轉而向我道歉，我諷刺了他們一句：「你們又沒有得罪我，連陳先生都那麼大量，我有甚麼關係？」

一句話，說得他們兩人，滿臉通紅，唉聲嘆氣，不知如何才好，陳長青反倒替他們打圓場，又向我連連使眼色，示意我別再多說甚麼。

老實說，若不是看得出他們一直生活在極度的痛苦中，實在十分可憐，我真不會原諒他們剛才對陳長青的這種態度。

當下，我略擺了擺手，表示算了，陳長青才又道：「我看，有可能，現在登廣告的那少女，就是當年曾神秘出現的那個小姑娘。」

我皺著眉：「要找這個登廣告的少女，並不困難，這件事交給我好了。」

我想到的是小郭。小郭的私家偵探業務，越做越廣，已是世界十大名探之一，那少女曾出入那麼多家報館，要找出她來，自然不難。

我說著，就走到放電話的几旁，拿起電話，小郭變成名探，架子挺大，平時連電話都不怎麼聽，不過我有他私人電話的號碼，自然一撥就通。他聽到了我的聲音，高興莫名，我把情形對他說了一下，他一口答應，而且道：「有這樣的線索，要是三天之內，不能把這個少女找出來，那我也別混下去了。」

我哈哈大笑：「先別誇口，很多時候，事情的表面越是簡單，內情就越複雜。」

小郭大聲道：「包在我身上，一有結果，立刻就和你聯絡。」

我放下了電話：「只要一找到那個少女，一切都可以明白，何必瞎猜。」

陳長青有點不好意思，自己敲著自己的頭：「真是，這是最簡單的辦法，怎麼會一時想不起來，我看，我們也該告辭了。」

敵文同夫婦又說了一些客氣話，送我們出來，經過大廳，我在那座玉雕像面前，停了相當久，欣賞著。整座玉雕像，當然不單是工藝精絕，而且實實在在是一件非凡的藝術品。從雕像看來，敵家健生前，高大英俊，顴骨略高，鼻子十分英挺，粗手大腳。這樣可愛的一個青年人，二十歲出頭就去世，難怪父母要傷心懷念一輩子。

我終於轉過身來，我看到敵文同夫婦，都在偷偷垂淚。我也沒有甚麼話好說，只是長嘆一聲，拍了拍敵文同的膀子，敵文同長嘆了一聲，老淚縱橫，陳長青拉了我一下，和我一起走出去，敵文同夫婦儘管傷心，但還是禮數周到，一直送到了大門口，真奇怪何以剛才，他們會對陳長青的態度如此惡劣。

我們上了車，陳長青立時道：「那個王玉芬，他們連提也不給提的女孩子，是家健的愛人。」

我「哦」地一聲：「老人家不贊成？」

太愛自己兒女的父母，往往對自己兒女的愛人，有一種莫名的妒嫉，卻不知道，兒女長大，一定會尋覓異性，絕不能只滿足於父母之愛。

陳長青嘆了一聲道：「不，不過他們認爲，家健是被王玉芬殺死的。」

這倒很出乎意料之外，我立時道：「怎麼一回事？敵家健死於謀殺？」

陳長青一揮手：「當然不是，死於一次交通意外，說起來也真是命裏注定，出事之前不多久，敵家健二十一歲生日，敵文同買了一輛車子給兒子做生日禮物，家健有駕駛執照，而王玉芬沒有，那天，王玉芬來探家健，王玉芬比家健小一歲年輕女孩，好動又活潑，吵著要開車子。」

陳長青講到這裏，我已經可以知道以後發生甚麼事了。

簡單地來說：王玉芬吵著要開車子，她又沒有駕駛執照，是不是曾學過開車，也成問題。

當時，敵文同夫婦反對，可是敵家健卻禁不起女朋友的嬌嗔，對他父母說，有他在身邊，不要緊的，而且鄉間的大路寬闊，不會開車，也不要緊。

敵文同夫婦扭不過兒子，但還是對王玉芬極度不滿。他們眼看著王玉芬開車，敵家健坐在旁邊，車子歪歪斜斜地駛向前去，駛出了他們的視線之外。

王玉芬和敵家健這一去，就沒有再回來。車子駛出了不到一公里，就失去了控制，衝出了公路，跌下了五十多公尺，王玉芬和敵家健身受重傷，若是立刻得到搶救，兩人可能還不致喪生，但是路上來往的車輛不多，等到被發現，把人救出來，已經過去了二小時，傷重，流血過多，兩人奄奄一息，等到雙方家長趕到，王玉芬先死了，敵家健只向他的父母看了一眼，也停止了呼吸。

這種慘劇，時有發生，局外人看到報紙上有這樣的新聞，至多長嘆一聲，說這是慘劇，但是失去了親人的，內心的慘痛，真是難以形容。

敵文同夫婦於是一口咬定，自己的兒子被無知任性的王玉芬殺死，將王玉芬恨之切骨。

我聽到這裏，不禁苦笑了一下：「王玉芬自己也死了啊，還恨甚麼？」

陳長青搖頭：「他們還是一樣恨，而且連帶也恨王玉芬的父母，聽說，當時在醫院的急診室外，敵文同就幾乎沒把玉芬的父親掐死，罵他生出這種害人精的女兒，唉，也難怪他傷心，而王家卻怪他們不阻止，反怪家健害死了他們的女兒。」

我可以想像，兩個喪失了兒女的家庭，如何互相埋怨對方的情形。有這樣的一段往事在，難怪敵文同夫婦剛才對陳長青的態度如此惡劣。

我想了一想：「你認爲那個幾年前曾出現過的小姑娘，和如今登廣告的是同一個人？」

陳長青點頭：「有可能。」

我又道：「你認爲她就是王玉芬轉世？」

陳長青深深地吸了一口氣：「我向敵文同夫婦提出這一點，幾乎沒給他們用掃帚拍打出來。敵文同還說，如果那女孩真是王玉芬轉世，他拚了老命，也要把她掐死，替他兒子報仇。」

敵文同的態度如何，倒可以不論，那登廣告的少女，的確耐人尋味。她的行逕十分怪異，有一點很難想得通：她爲甚麼要找敵家健？

就算她真是王玉芬轉世，她明知敵家健死了，怎麼還會去找他？

我一想到這裏，陡然之間，豁然開朗，想到了整件事的關鍵，不由自主，「啊」地一聲，叫了起來。由於我平時不大驚小怪，是以這一叫，把駕車的陳長青嚇了一大跳，他連忙停住了車，向我望來。

我立時道：「我明白了，那少女的前生是王玉芬！」

陳長青忙道：「是因爲那小姑娘，或者那少女的年齡，十分吻合？敵家健十周年忌辰，那小姑娘看來十歲左右，如今十七年了，那登廣告的少女，看來十七八歲，她一定立即轉世再生。」

我道：「這固然是因素之一，還有那廣告上的用辭，看起來很普通，但是辭意十分有含意，看起來，是一雙男女，在若干年之前分手，但是又相約在日後再聚，而到時，卻有一方失了約。」

陳長青「啊」地一聲：「你是說，當年王玉芬和敵家健臨死之前，相約來生相會？」

我點了點頭：「如果承認如今這個少女的前生是王玉芬，那麼，就一定是這樣，他們的車子失事，受了重傷，被困在車中，最後死亡的原因是失血過多，他們必然會有一段極其可怕的經歷，知道自己傷重要死，但是神智卻還保持一定程度的清醒。來生預約，一定在這種情形之下約定。」

陳長青聽得神情十分激動：「相約來生，何等動人的愛情故事！玉芬已經有了來生，家健是怎麼一回事，爲甚麼還不出現？」

我道：「作一些假設看看。」

陳長青興致勃勃：「好，第一個假設是，家健的來生，在一個相當遠的地方，所以無法取得聯絡。」

陳長青的話，令得我陡然想起一件事，不由自主，打了一個冷顫：「我聽說過，有一個印尼科學家，和他的好朋友，相約了他死之後，一定會有再生，結果，他降生在新畿內亞，深山的穴居人部落之中。」

陳長青張大了口：「不會吧……不會這樣悲慘吧？」

我吸了一口氣：「另一種可能是，由於兩生之間，通常來說，都會不記得前一生的事，所以今生的家健，根本不記得有這樣的一個約會了。」

陳長青道：「那何以今生的玉芬記得？」

我道：「這十分罕見。據我所知，即使今生的家健沒有了前生的記憶，但是由於某些因果，今生的家健，如果見到了今生的玉芬，一定會愛上她。」

陳長青鬆了一口氣，他十分重感情，我提出了玉芬和家健在自知必然難逃一死，有著「來生之約」，他一直希望這一雙男女，在今生會再續前緣，有一個美滿的結果。

他道：「那就簡單了，只要我們可以找到今生的玉芬，問問有沒有熱烈追求她的青年，這個青年，就可能是今生的敵家健，有趣，有趣。」

我搖著頭：「這只不過是我們的想像，而且，也不是那麼有趣。」

陳長青「哼」地一聲：「相愛的男女，能夠緣訂來生，而且，又有美滿的結果，怎麼不有趣？」

我嘆了一聲：「你怎麼知道必有美滿的結果？」

陳長青固執起來，真是無理可喻，他用力一下拍在方向盤上，大聲道：「一定有的！」

我要是再和他爭論下去，那真是傻瓜了，我道：「快開車吧。」

陳長青還在嘀咕，我也不去理會他，他駛出了沒有多久，又在路邊停了下來，指著路旁的懸崖：「就在這裏，車子失事，翻了下去，詳細的情形怎樣，敵文同不很肯說。」

我笑道：「當年，這宗交通失事，一定轟動社會，到圖書館的資料室去查一查，比聽敵文同流淚敘述好得多。」

陳長青「哈」地一聲：「真是，我又沒有想到，這就去，這就去。」

本來，我對這件事，並不是十分熱衷，但是推測起來，事情可能和前生的約定有關，那就變成了一件十分值得深究的事，所以，對陳長青的提議，我立時點頭答應。

陳長青看來比我還性急，把車子開得飛快，到了圖書館，就直奔時事資料室。

陳長青是這家圖書館的熟客，職員都認識他，不一會，微型軟片一盒一盒找了出來，我和他各自分據一架微型軟片的顯示儀，查看著當年這宗交通意外的資料。果然，當年的報紙，對之記載得十分詳細，非但有新聞報導，而且有特稿，有幾份雜誌，更是一連幾期，都詳細地記載著。

不但有文字，還有敵家健和王玉芬的照片。

才一開始看資料，我和陳長青兩人，已經呆住了說不出話來。令得我們驚愕的原因，自然在後面會寫出來，先說整件事的經過，比起陳長青複述，敵文同告訴他的，詳盡了不知道多少，而且還有極其感人的經過，是當年這件交通意外，引起公眾廣泛注意的原因。

原來，車子失事，衝出了路面，跌下懸崖，敵家健和王玉芬兩人都身受重傷，同時被震出了車廂。當時並沒有立即的目擊者，而兩個當事人又沒有留下話就死了，所以真正的情形如何，無由得知，但是按首先發現他們的一批郊遊歸來的青年學生描述：車子擱在懸崖的大石上，被幾株樹阻著，毀爛不堪，兩個傷者，敵家健和王玉芬，滿身是血，處在一種十分罕見的情形之下。

敵家健的左臂，緊緊勾住了一株打斜生出來的樹幹，雙腳抵在岩石上，支持著他的身子，不致跌下幾百公尺深的懸崖——在懸崖之下，是波濤拍岸的海。

敵家健的右手，緊握著王玉芬的右手，兩人的十隻手指，交叉著，緊握一起。王玉芬的左手，還緊抓著敵家健的手腕。王玉芬如果不這樣子，她的身子就會無所依靠，直向懸崖下的大海中跌下去，她身子懸空，全靠敵家健抓住了她！

根據這樣的情形推測，很容易得到結論：他們受了傷，被震出車廂，王玉芬本來會向懸崖直摔下去，可是，同時被震出車廂的敵家健，卻及時抓住了她的手，同時，又勾住了樹幹。

王玉芬單是一隻手抓住敵家健不夠，所以才又抓住了敵家健的手腕。

敵家健雖然抓住了王玉芬，使玉芬不至於跌下懸崖去，可是由於他自己受傷也很重，一手拉住了王玉芬，一臂勾住了樹枝，已經使他用盡了氣力，再也沒有力量把王玉芬拉上來，他自己自然也不能攀上去求救。

於是，一切就在那一霎間停頓，他們兩人，眼看著鮮血迅速地離開自己的身體，完全沒有別的行動，可以解除他們的厄運。

這情形，和敵文同告訴陳長青的經過，大不相同，敵文同並沒有說出這種情形來。

敵文同不說出真實的情形，只說是救援者來得太遲，以致流血過多而死，原因也很容易明白。死者的確因失血過多而死，但是卻是在那樣的情形之下失血過多而死！情形絕不普通，而且十分感人。

我和陳長青一知道了當時的情形，互望了一眼，想起了一個相同的問題：如果敵家健鬆手，放開王玉芬，他應該可以攀上懸崖去，他如果能攀回公路，自然有經過的車子會發現他，他就有很大的機會獲救。

自然，他如果放開了玉芬，玉芬萬無生理——重傷之後，跌下懸崖，如何還有生望？

敵文同夫婦那樣恨玉芬，理由也更明顯，他們認定王玉芬害死敵家健，不單是由於王玉芬堅持要駕車，也是由於出事之後的情形，出事之後，如果玉芬肯犧牲自己——敵文同夫婦一定這樣想：如果王玉芬肯自己鬆手，敵家健可以攀回路面。

這自然也就是敵文同不肯把真實的情形講給陳長青聽的原因。

動人的事還在後面，當兩人終於被救起，救護人員無論如何也無法分開敵家健和王玉芬緊握著的手。他們的手指和手指交叉緊握著，由於當時情形危急，救護人員只好由得他們的手緊握著，進行急救。

到了醫院，搶救人員仍然無法將他們的手分開，一直到他們死，他們的手始終互握著。

雙方的家長趕到，看到了這樣的情形，也有一些記者在場，當時在醫院，有一場劇烈的爭吵。

王玉芬的父母，看到了這種情形，一面傷心欲絕，一面提議：「他們既然至死都不肯分開，就讓他們這樣子合葬了吧！」

敵文同的哀痛，根本令他失了常態，他當場就破口大罵，一面發了瘋也似，想把緊握著的敵家健和王玉芬的手分開，拿起刀來，要把王玉芬的手腕切斷，被在場的人拉住了，沒能成功。

雖然敵文同夫婦堅持要把兩人分開，但是卻一直沒有法子做到，兩人的手，像是生長在一起了，到最後，實在沒有辦法，兩人的屍體，一起送進焚化爐火葬。

這自然也是這宗交通失事能使報章雜誌不斷詳細報導的原因。

還有許多報導，雙方家長互相指責對方，而令得敵文同夫婦怒發如狂的，是由於兩人一起火化，骨灰全然無法分得開，兩家各分了一半，自然是兩人共同的骨灰，這又加深了敵文同夫婦的悲痛和恨意，難怪陳長青提及如今登廣告的少女，可能是王玉芬轉世，敵文同夫婦的反應如斯強烈！

看完了所有資料，我和陳長青兩人呆了半晌，說不出話來。

過了好一會，陳長青才喃喃地道：「這……真是……他們……的來生之約，一定是在他們自知不能活了，才訂下的！」

我皺著眉：「真令人震驚，想想看，他們互望著，流著血，沒有人發現他們，在這樣的情形之下，眼看生命離自己越來越遠——」

陳長青不由自主地發抖，我也停住了不再講下去，因為這種情形，真是太悲慘了。死亡，如果猝然發生，在極短的時間內就完成，那並不如何可怕，可是，像敵家健王玉芬這樣的情形，那真叫人一想起就遍體生寒。

現在，該說說為甚麼一開始看資料，我和陳長青就大吃一驚了。

應該說，首先吃驚的是我，看到了王玉芬父母的名字：王振強、趙自玲。這兩個名字，一點也沒有甚麼特別，我吃驚的原因是，各位還記得一開始時記述的那不斷的來信，「不知如何才好的父母」嗎？在這個署名之後，有著簽名，正是王振強和趙自玲。在他們附來的回郵信封上，收信人是也王振強、趙自玲！

我自然也立時想起，他們的信中，曾提及「我們已經失去過一個女兒」，當然就是王玉芬！

陳長青因為不知道我收到過這樣的來信，所以，這兩個名字，對他來說，一點意義也沒有，不會引起任何反應。但是，我們看到了王玉芬的照片，都怔住了。

陳長青「啊」地一聲：「這女孩子，我肯定見過！」

照片中的王玉芬，看起來瘦削而清秀，我立時道：「你當然見過，我也見過，就在我們離開住所時，在對街留意我們的那個女孩。」

陳長青「啊」地一聲，驚愕莫名：「對，至少，兩個人極其相似，我不知道一個人的前生和今生，連容貌也會相似。」

我道：「我也不知道會有這種情形，但是我相信，其間一定還有我們不明白的曲折在。王玉芬的父母，最近一直在寫信給我——」

我把王玉芬父母的來信，向陳長青提了一下，陳長青用力一拍桌子，令得資料室中的其他人，向他怒目而視，他立時壓低了聲音：「那少女，是他們的另一個女兒：王玉芬的妹妹，王玉芬的今世，就是她自己的妹妹，姊妹兩人，自然相似。」

我也不禁「啊」地一聲：「不必麻煩我們的郭大偵探了，我想，白素已不知和那少女談過多少話了，我們趕快回去吧。」

陳長青極其興奮，草草把其他的資料看完，我則去打了一個電話給白素，白素一聽得我的聲音，就道：「你快回來。」

我立時道：「留住王小姐，別讓她走。」

白素的聲音略現訝異：「你知道她在，那不足為奇，怎麼知道她姓王？」

我道：「說來話長，我已經知道了很多，我和陳長青立刻就趕回來。」

白素道：「那最好，我雖然已請她進屋子，可是她堅持要見了你才說一切。」

我放下電話，就歸還了資料，仍然由陳長青駕車，趕回家去。

一進門，就看到白素和那少女對坐著，看來那少女仍然沒有說過甚麼。一看到了我和陳長青，略帶羞澀地站了起來，欲語又止，白素道：「這位，是王玉芳小姐。」

我和陳長青互望了一眼，姊姊叫王玉芬，妹妹叫王玉芳，再現成都沒有。

王玉芳還是沒有說甚麼，白素道：「王小姐說她有非常為難的事情，說出來，絕不會有人相信，所以，她不知道如何說才好。」

我望向王玉芳，沉著地道：「一個人，帶著前生的記憶，再世為人，其實並不太奇特，怎麼會沒有人相信？」

我這兩句話一出口，王玉芳陡然震動了一下，一時之間，不知所措之極。任何人，心中深藏著的秘密，以為絕沒有人知道，突然之間，被人講了出來，都會有同樣的反應。白素聽了，倒並不怎麼吃驚，因為她一定早已知道，王玉芳的父母，就是寫信給我們的人，在信中，曾提及他們的女兒，像是有著前生的記憶。

看到了王玉芳不知所措，白素過去，輕輕握住了她的手，和她一起坐了下來。

王玉芳也握緊了白素的手，身子微微發著抖，我和陳長青都不出聲，等她的精神回復正常。

過了好一會，她才吁了一口氣：「我其實早應該找你們，但是……我想，發生的事，這樣驚世駭俗，根本不會有人相信……唉，可是我實在太想念家健，又沒有法子找到他，所以……所以……」

陳長青立時道：「你放心，我們一定盡力，為你把家健從茫茫人海中找出來。」

王玉芳向陳長青投以感激的眼神。白素對於事情的前因後果，還一無所知，但是她就是有這份耐性，一點也不急著發問。

我輕咳了一下：「那次意外的經過，當然極痛苦，不過是不是請王小姐可以憶述一次？」

王玉芳低下了頭，像是在回憶，又像是在深思，我趁她還沒有開口，把她的情形，簡略地向白素講述了一下。本來，王玉芳的前生是王玉芬，這還只不過是我和陳長青的假設，但是在一見到玉芳之後，三言兩語，這一點已成為肯定的事實了。

白素聽我說著，王玉芳也抬眼向我望來，等我說完，王玉芳搶先道：「衛先生，你怎麼會想得到的？」

我作了一個手勢：「推測得來的結論。」

王玉芳的神情有點激動，又過了好一會，她才開口，聲音聽來，卻又十分平靜。

她道：「出事的那天……我意思是指出事時，其實是家健在駕車。我開著車子離開，沒有多久，就發覺我不會駕駛，無法控制車子，家健幫我停了車，我們互相換了位置，就由家健駕車。我們準備在附近兜一個圈子，就回家去。家健很喜歡開車，也喜歡開快車，敵家伯伯絕對不許他開快車，他對我說了，可是一面說，一面卻把車子越開越快。

「我和家健都年輕，其實我們都不覺得開快一點有甚麼不好，我一面提醒他，車子越來越快，一面還不斷地笑著。

「而就在這時候，有一隻口中銜著小貓的大貓，突然自山邊竄出來，家健若不想避開牠們，也就沒有事了，可是他卻想避開，車子一扭，就失去了控制，衝出路面，衝向懸崖。

「一切，全在一剎那之間發生。我時時在想，那隻根本不知道是從哪裏來的野貓，早半秒鐘竄出來，或是遲半秒鐘竄出來，就甚麼事也不會發生了。可是牠偏偏在這個時候竄出來，我和家健兩個人，就因為這樣偶然的一件事，而一切都改變了，這或者可以說是命運吧，唉。」

王玉芳的聲音很清脆動人，她緩緩地敘述著，神情有一種說不出來的哀切。

這時，她在憶述著當日發生的事，當日事件的經過，根本沒有別人知道，但王玉芳自然知道的，因為她的前生是王玉芬，是當日在車子中的兩個人之一！

第三部：死也不放開　生也不放開

王玉芳略停了停，舔了一下唇：「那一霎間的事，真是記不得了，我只記得一下劇烈的震盪，一定有一個極短暫的時間，失去了知覺，然後，就是痛楚，四肢百骸，裏裏外外，沒有一處不痛，再然後，我就看清楚了自己的處境，我全身懸空，只有一隻手被家健緊握著，我做的第一件事，就是抬起另一隻手來，抓住了家健的手腕。」

這些經過，我和陳長青都知道，但這時由「當事人」親口說出來，聽來還是極之驚心動魄。

王玉芳的身子震動了一下：「那時，鮮血自我頭上不知甚麼地方流下來，稠膩膩的，令得我視線模糊，但是我頭腦都還十分清醒，我立即看清楚了家健的處境，家健的身上各處，也在不斷冒著血，樣子可怕極了，他的一隻手臂，緊緊勾在樹枝上，他在上，我在下，自他身上湧出來的血，一串一串灑在我的身上，當時，我只看到他的嘴唇在動，完全聽不到他的聲音，但忽然之間，我的聽覺恢復了。

「我聽得他用嘶啞的聲音在叫：『玉芬，千萬不要鬆手，支持下去，支持下去。』我喉頭一陣陣發甜，無法出聲，只好點著頭。

「這時候，甚麼聲音都聽到了，自他身上流下來的血，濺在我身上的啪啪聲響，聽起來真是可怕。我也聽到下面的海濤衝擊，公路上有車子疾駛而過。我們開始叫喚，可是我們的聲音不大，在路面上經過的車子，又看不到我們，所以根本無法聽到！

「我知道這樣下去，絕不是辦法，家健用盡了氣力，想把我拉高一點，使我也可以抓住樹枝，可是他真是用盡氣力了，一點也沒能拉動我，我還是懸在空中，我忽然哭了起來，出事之後，我直到這時才哭，淚水……和著血一起湧出來，我哭著：『家健，放開我，讓我跌下去，你可以自己攀上去求救。』我一面說，一面鬆開了抓住他手腕的手。

「可是，我們的另一隻手，卻手指交纏著，緊握在一起，他不放手，我無法鬆得開，而他又是握得這樣緊，這樣緊……」

陳長青聽到這裏，長嘆了一聲：「握得真緊，沒有力量可以使你們互握著的手分開來。」

王玉芳震動了一下，低下頭去，我們都沒有催她。

過了好一會，她才又緩慢地開始：「奇怪的是，當時我們都知道，生命在漸漸遠離，可是我們的心境，卻十分平靜，連身上那麼多處傷口，也不覺得十分疼痛。開始，我們都認為是可以獲救，但是隨著時間的過去，血不斷湧出，我們都知道沒有希望了。

「這一段過程，有好幾次，耳際變得甚麼聲音也聽不到，只聽到血在流，我不斷地在講：

家健，放開我，你自己爬上去，放開我，你自己爬上去。可是我不能肯定我在實際上，是不是有聲音發出來，那情形，就像是一個十分真實的夢境。可是有幾次，我用盡了氣力在叫，總算發出聲了，因為我突然聽得家健說：不放開，不放開，死也不放開，生也不放開。

「我一聽得他這樣說，想睜大眼，把他看得更清楚一點，可是不論我如何努力，看出去的他總是模模糊糊，看不清楚，我們認識了一年多，雖然互相都知道深愛著對方，但是他不是一個熱情奔放的人，從來也沒有那麼強烈地向我表示愛意過。

「當時，我只覺得心血沸騰，似乎又多了力量，我立時道：『好，家健，我們來生也要在一起。』家健道：『你去投你的胎，我投我的，我們來生要在一起，一能行動，就要相會。』

「我道：『是，不過……來生是甚麼樣的？』家健道：『我也不知道，但是總有來生的，如果沒有，那太悲哀了！』

「我知道他還說了一些甚麼，但是聽不清楚，生命已遠離我，我知道自己快死了，死了之後會怎麼樣，完全不知道，心裏十分恐慌，但是我卻牢牢記得和家健的來生之約，我相信他也一定記得。我最後聽到有很多人在叫，大約是那群青年人發現我和家健時發出的呼叫聲。」

王玉芳講到這裏，又停了下來。

這時，我、白素和陳長青三人，都相當緊張。王玉芬死了，她轉世，變成王玉芳，其間的過程如何？如果王玉芳有全部記憶，那將是研究前生和今生、研究轉世珍貴之極的資料。

王玉芳這時，清秀俏麗的臉上，現出十分迷惘的神情。

她向我們每人看了一眼，才道：「喪失了最後知覺之後，一直到又恢復了知覺，這其間，究竟發生了一些甚麼事，我只是一片空白。」

我「啊」地一聲，明顯地表示了失望。

王玉芳搖著頭：「我沒有像一些書籍中所寫的那樣，感到自己進入了一個光環，聽到了音樂；也沒有感到自己向上升去，看到了自己受傷的身體，甚麼也沒有。就像是倦極了，自然而然入睡，等到一覺醒來，已經是另一個境界，甚至連夢境也沒有。」

我嘆了一聲：「身體和靈魂之間的關係最難測，似乎每一個例子都是個別的，沒有一定的規律，每個例子，都有不同的遭遇。」

王玉芳沒有表示甚麼意見，白素道：「你父母說你不到一周歲，就會沉思，你感到自己『一覺睡醒』，是甚麼時候？」

王玉芳道：「小時候的事情，真是不記得了，只記得一直在想：有一件事很重要，一定要記起它來，可是怎麼也記不起，等到有一天，突然想起了我和家健的約會時，我已經十歲，一想起了這件事，所有的往事，都在極短的時間之中，一起想了起來。

「我又害怕又興奮，雖然親如父母，我也半個字都不敢透露。我父母覺得我自出生以來就有點怪，那可能只是我下意識的行動。

「回復了記憶之後，第一件事，就是到圖書館去找當年的資料，知道了我和家健死了之後的一切經過。

「在我們十周年的忌辰，到了家健的家中，我不知道自己是何以會轉世成為自己的妹妹，或許，在我死的時候，我母親正懷孕，而我的意識是要回家，所以，靈魂進入了當時的胎兒中。」

王玉芳說到這裏，用詢問的目光望著我。

我攤了攤手：「或許，沒有人知道在甚麼樣的情形下，靈魂和肉體會相結合。」

王玉芳嘆了一聲：「我去的時候，我多麼希望家健已經在了，變成了他自己的弟弟，或是他的鄰居，可是我失望了。由於我知道敵伯伯和敵伯母恨我切骨，我自然絕不敢講自己是甚麼人，我只希望能見到一個和我應該差不多年紀的男孩子，而且我絕對肯定，只要我們一見面，就可以互相知道對方是甚麼人，不論他的樣子怎麼樣，我們之間的愛情都會延續下去。

「那次從敵伯伯家中回來，我知道家健沒有『回家』，情形和我有所不同，那我就得費功夫去找家健。可是一個十歲的小女孩，行動沒有太多的自由，我已經儘量找時間，我根本不上學——這是父母認為我古怪之極的原因之一。

「我也不做其他小女孩做的事，因為在形體上，我雖然只有十歲，但實際上，我的智力超越了年齡，我盡一切可能找家健，越是人多的地方，我越是去，我有信心，就算是幾萬人的場合，只要他在，我一下子就可以認出他來。可是，一年又一年過去，我一直沒有找到他。」

王玉芳的神情，越來越是黯然，聲音也越來越低沉。陳長青嘆了一聲：「王小姐，你應該考慮到，再生的家健，可能在地球的任何角落，不一定就在本地。」

王玉芳道：「我自然想到過，可是……我有甚麼能力……在全世界範圍內找一個人？登了那麼久廣告而沒有迴響，我已經知道他不在本地，所以，我才……才想到了衛先生……想請他幫助，可是……實在不知道如何開口才好。」

我還沒有回答，白素已經道：「你放心，我們一定盡一切力量幫助你。」

王玉芳神情感激，眼神之中，充滿了期望。這種情景，本來十分感人，但是我由於想到一個關鍵性的問題，對整件事感到並不樂觀，所以我只是保持著沉默。

陳長青十分起勁，就他所知，向王玉芳解釋著前生和今生之間，可能出現的種種不可預測的情形，但是他只講了一半，就有點臉紅耳赤地住了口，因為王玉芳雖然聽得很用心，但是在應答之間，很快就令陳長青明白，她在這方面的所知，多過他不知多少。

這很正常，因為王玉芳本身，有著前生的記憶，她自然一直在留意有關方面的書籍、報導和資料，陳長青怎能及得上她這方面知識的豐富？

我想了好久，才道：「其實，你可以向你父母說明這一切，你父母一直在寫信向我們求助。」

王玉芳現出了遲疑的神色來，嘆了一聲：「我已經儘量使自己正常，可是看起來還是怪得很。我不向他們說明自己的情形，一則，是由於事情本身，太驚世駭俗；二則，敵伯伯他們恨我，我父母也恨透了家健，如果他們知道我在找尋家健，一定會反對和阻撓。」

我不禁有點駭然：「不會吧，他們知道你再生了，就不會恨家健了。」

王玉芳搖著頭：「很難說，我再生了，他們自然歡喜，但是他們一定會想：原來應該有兩個女兒，現在只有一個，還是失去了一個女兒。」

王玉芳的這幾句話，不是很容易理解，但卻又是實在的情形。這情形多少有點特別，因為王玉芬轉世，恰好是降生在自己家裏，那就會令她的父母覺得始終是少了一個女兒。

如果王玉芬轉世，生在別人家裏，長大了之後又回家，那麼她的父母自然高興不盡。

白素「嗯」地一聲：「是的，普通人不容易接受你的經歷，暫時不必說，等找到了家健，再說……或者根本不說都可以。」

陳長青問：「王小姐，你說，就算是幾萬人的場合，只要他在，你就可以指出他來？」

王玉芳蹙著眉：「我只能說……我感到我可以做到這一點。」

陳長青吸了一口氣：「你的感覺，無疑十分強烈，那麼，你是不是感到他已轉世？還是他可能根本沒有轉世？」

這個問題十分重要，因為如果敵家健根本沒有轉世，王玉芳自然找不到甚麼。

而靈魂不轉世的例子極多，極有可能。

可是，對於這個嚴重的問題，王玉芳連想也不想，就道：「他一定已經轉世，我的前生記憶恢復，我就有強烈的感覺，感到他活著，在不知甚麼地方活著。」

王玉芳說得如此肯定，這令陳長青感到十分興奮，他一直希望事情有一個美滿的結局，看來，他準備傾全力去幫助王玉芳，去尋找轉世後的敵家健。

他滔滔不絕說了許多計畫，包括在全世界各地報章上刊登廣告，而且拍拍胸口，說這些事都可以交給他來辦理。

王玉芳自然十分感激，我們又談了一會。本來，我以為可以在王玉芳的經歷之中，得知一個人轉世的詳細經過情形。但是根據王玉芳的敘述，我自然失望。而且我相信王玉芳所說的是實情，她沒有理由對我們隱瞞甚麼。

生命本身極其複雜，到現在為止，雖然各方面都在盡力研究，可是所得的真實資料極微，尤其在有關前生、今世、轉世這一方面。

兩生之間，經過了甚麼樣的過程，如何從一生到另一生，這其間的詳細情形如何，卻沒有人可以講得出來，就像王玉芳所說的那樣：倦極而睡，等到一覺睡醒，已經是另外一個局面了。

在「熟睡」中，當然一定曾有許多事情發生，但是連當事人都無法知道，旁人更是不得而知了。

生命的奧秘，或許也在於此，若是一切過程盡皆了然，生命還有甚麼秘密可言？

談了一會，白素建議王玉芳和我們保持經常的聯絡，並且，不必對她父母提起曾和我們見過面。王玉芳一一答應，白素送她到門口後回來：「事情真是奇妙之極。」

我道：「奇妙？但是我卻認為不是很妙。」

陳長青立時一瞪眼：「為甚麼？」

我早就想到了一個關鍵性的問題，所以立時道：「為甚麼只是轉了世的王玉芬在找尋敵家健，轉了世的敵家健，何以不尋找王玉芬？」

陳長青道：「你怎知道他不在找她？或許，在巴西的里約熱內盧，有一個十七歲的青年，正肝腸寸斷，在尋找他前生的情人。」

我搖頭：「你這樣說法，極其不通，敵家健若是轉世到了巴西，他何必尋找？逕自到這裏來就可以了。」

陳長青怔了一怔：「他又怎知王玉芬轉世之後，還在她原來的家庭之中？」

我道：「關鍵就在這裏，他不知道，但是他至少該回來看看，王家可有甚麼巴西青年、岡比亞青年、印度青年出現過？不論他現在變成甚麼樣子，王玉芳都可以一下子就認出他來，他沒有來過。」

陳長青雖然一心要美滿的結果，但是這個關鍵性的問題，他未曾想到，而且，那無可反駁。

白素遲疑了一下：「或許，轉世的敵家健，由於不可知的原因，未曾恢復前生的記憶？」

我點頭：「這是最樂觀的推測。」

陳長青叫了起來：「衛斯理，你想推測甚麼？」

我嘆了一聲：「我不知道，真的，無從推測起，有幾百個可能。」

陳長青沉聲道：「我們應該相信王玉芳的感覺，她說她感到敵家健已然轉世，好好活著，只是不知道在甚麼地方。據我想，我們由近而遠擴大開去，我要去見一見你那個大偵探朋友，叫他不必去找那少女了，在敵文同住所附近，去找十七歲左右的男孩子。」

我笑道：「怎知道一定是男孩子，女孩子不可以麼？我不認為在轉世的過程之中，靈魂有選擇身體的自由。」

陳長青道：「女孩子也不要緊，她們一樣可以——」

他沒有說下去，停了一停，又道：「我還要到生死註冊處去查，查一切十七年前出世者的紀錄。」

我嘆了一聲：「看來非這樣不可了。」

陳長青說做就做，我把他介紹給了小郭，小郭的偵探事務所，動員了三十名能幹的職員去查這件事，在敵文同那屋子附近，十六七歲的少年，都找了出來，陳長青還約了王玉芳，一起去看訪那些人。

可是一連十天，一點結果也沒有。

十天之後的一個晚上，陳長青和王玉芳一起來到我家裏，王玉芳的神情，十分憂鬱，白素安慰她：「才找了十天八天，算得甚麼？玉芳，你得準備十年，甚至更長的時間去找他。」

王玉芳陡然問：「為甚麼只是我找他，而他不來找我？」

她也覺察到這個關鍵性的問題了。白素向我望了一眼：「可能他受到了環境的限制，不能來找你，或者，他在找你，你不知道。」

王玉芳低嘆一聲：「家健要找我，其實很容易，他只要到我家來就可以……他一來，我就可以知道他是誰，奇怪的是……是……」

她講到這裏，遲疑著沒有說下去，我道：「你想到甚麼，只管說，我們相信你的感覺極其敏銳，尤其對家健，有超乎尋常的敏銳。」

王玉芳吸了一口氣：「這十天，我一直在家健的家附近，我有強烈的感覺，他不會在別處，就在那裏，一定就在那裏。」

我們都不出聲，因為感覺再強烈，也只是她的感覺，別人無由深切體會這種感覺是甚麼樣的。

王玉芳的神情有點焦急，她略為脹紅了臉：「真的，這種感覺，在我十歲那年，到敵伯伯家去的時候，我就有了，我甚至感到他……就在原來的家。」

我「啊」地一聲：「會不會他一直未曾轉世，還以靈魂的狀態存在，那就容易使你有這種感覺？」

王玉芳道：「不會，如果那樣，就應該我在何處，就感到他在何處，為甚麼我會感到他就在原來住的地方呢？」

王玉芳說得如此肯定，十分詭異，我們互望著，雖然對於靈魂、生命，我們都有種種假設，但其中真正情形如何，我們都不知道，所以也無從發表任何意見。

王玉芳向陳長青望了一眼：「像今天，我兩次經過敵家花園的圍牆，我就覺得家健就在圍牆內。可是陳先生卻要我離去，他說我和玉芬長得很像，敵伯伯看到了我，會對我不利。」

我道：「長青，這就是你不對了，玉芳始終要和他們見面的。」

陳長青嘆了一聲：「敵文同的情形，你見過，他若是知道玉芬已經轉世，家健卻還沒有著落，只怕他立即就會發瘋。」

白素搖頭：「這不是辦法，玉芳如今有這樣強烈的感覺，我看，明天我們索性帶著玉芳，一起去拜訪敵文同。」

我立時表示贊同，陳長青望向王玉芳，王玉芳也點了點頭，陳長青扭不過我們三個人，就向王玉芳道：「好，明天早上我來接你，準十點，我們在敵家的大門口見，一起進去。」

決定了之後，陳長青送王玉芳離去，白素忽然道：「找不到轉世的敵家健，陳長青和王玉芳，其實倒是很好的一對。」

我脫口道：「甚麼很好的一對，陳長青大她那麼多。」

白素笑了起來：「大那麼多？把王玉芬的一生算上，王玉芳比陳長青還大！」

由於王玉芳的情形是這麼怪異，她和陳長青之間，究竟誰大誰小，也真難以計算。

我沒有再說甚麼，只是道：「希望她那種強烈的感覺，真的有效。」

白素沉思著，我們又討論了一下轉世的種種問題，就沒有再談論下去。

第二天早上，我和白素駕車向敵家去，到了敵家門口，看到陳長青和王玉芳已經到了，車停在牆外，兩人在車子裏，見了我們，才一起出來。

王玉芳很有點怯意，陳長青不住地給她壯膽，我們先約略商議了一下，推我去和敵文同夫婦打交道。於是我們按門鈴，敵文同走出來開門，鐵門打開，我們一起走進去，敵文同一看到了王玉芳，就陡地一呆，剎那之間，連面上的肌肉，都為之顫動，目光定在她的身上，再也移不開。

王玉芳的神情也很奇特，本來，她大有怯意，可是進了花園，她整個人都像是變了，變得四周圍發生的事，看來與她完全無關，她全神貫注，緩緩地四面看著，嘴唇微顫，但是又沒有發出甚麼聲音。

敵文同終於忍不住，用冰冷的聲音問：「她是誰？」

我笑著：「敵先生，先進去再說。」我一面說，一面示意王玉芳也進去。

可是王玉芳不知專注在甚麼事上，她竟全然未覺，直到白素碰了她一下，她才道：「我……想留在花園，讓我留在花園裏。」

她的神態，有一股莫名的怪異，我們互望了一眼，不便勉強她，就由得她留在花園中，其餘人一起走向屋子，敵文同的神態，始終極其疑惑。

一直到進了他的書房，敵太太也來了，敵太太先在屋子門口，向王玉芳望了幾眼，她道：「那個女孩子，就是那個……一定就是她。」

敵文同臉色鐵青，盯著陳長青，我道：「誰也不准亂來，敵先生，發生在這女孩身上的事，同樣也可能發生在家健的身上。」

聽到提及了家健，他們兩人的神態，才比較正常，但還是充滿了疑惑。於是，我就先從汽車失事時，是由敵家健在駕車開始講起，才講了一半，他們兩人就齊聲問：「你怎麼知道？」

我就是等著他們這一問，我立時告訴他們，那是王玉芳說的，而王玉芳，就是王玉芬的轉世，他們以前曾見過的那個「奇怪的小姑娘」，和近月來刊登廣告的少女，就是她。

敵氏夫婦的神情激動莫名，敵太太厲聲道：「把她趕出去，趕出去。」

敵文同四面團團亂轉著，一面叫道：「打死她，打死她。」看他的動作，像是在尋找甚麼工具，以便把王玉芳打死。

我由得他們去激動，自顧自說著：「本來，我們不想帶她來的，但是，她有強烈的感覺，感到家健也已經轉世了。」

敵文同失聲叫：「她是甚麼東西！家健要是轉世了，我們是他的父母，應該最先知道。」

我冷冷地望著他們：「她是一個轉世人，有著前生的記憶，或許這就是使她能感到家健已經轉世的原因。你們有前生的記憶嗎？你們沒有這種能力！」

兩人給我說得啞口無言，但是憤怒之情，絲毫不減，直到我又說了一句話，他們兩人才陡然震動了一下，一時之間，現出了不知所措的神情。

我講的那一句話是：「她不但感到家健已經轉世，而且感到他就在這裏附近。」

他們震呆了片刻，敵太太首先哭了起來：「家健早就轉世了？在這裏？他為甚麼不來見我們？為甚麼？他難道不知道我們是多麼懷念他？」

敵太太一面哭著，一面抽噎地說著話，敵文同也跟著眼紅了起來。

他把手放在妻子的手上，語言哽咽：「別這樣，我才不相信甚麼前生來世的鬼話，家健……不是一直在陪著我們嗎？那玉像……和家健在生時，又有甚麼不同？看起來，還不是活生生的家健？」

這時，聽得敵文同這樣說，我也不禁怔了一怔，那座玉雕像，毫無疑問，充滿了生氣，但是無論如何，那不是一個活生生的人。

若是說，敵家健轉世，他前生的生命，進入了那座玉像之中，這實在是太不可思議了。雖然在各種各樣的傳說之中，人的生命和美玉之間，有著極其密切的聯繫，但是，人的生命進入了玉之中，這實在難以想像！

我無比疑惑，向白素望了一眼，白素和我在一起那麼久，早已到了不必甚麼言語，就知道我在想些甚麼的地步，她看到我向她望去，緩緩搖頭，低聲道：「靈魂……不見得會進入玉像之中。」

陳長青也陡然震動了一下，剎那之間，他也想到我們在討論的是甚麼問題了，他立時道：「很難說，曾有一個靈魂，在一塊木炭之中！」

敵氏夫婦卻全然不知我們在討論甚麼，仍是自顧自一面抽噎，一面不斷說著懷念家健的話。我向白素和陳長青兩人，使了一個眼色。

因為，我們既然想到了有這個可能，總得盡力去求證。

如果敵家健的轉世，使他成了一座玉雕像，那麼，在有些地方，倒是可以講得通的，例如他為甚麼一直沒有主動去找轉了世的玉芬，玉像畢竟不是活生生的人，玉像有口，可是張不開來，玉像有腳，可是不能動。

自然，也有神話故事之中，玉像、銅像，甚至是木像會變成活的例子，但是實在很難想像，一座玉像如何真會活動。

我一面迅速地轉著念，一面急步向外走去，才一到大廳，我就看到了王玉芳。王玉芳站在敵家健的雕像之前，怔怔地望著那雕像，紋絲不動。看起來，她這樣站著，已經很久了。

她是那麼專注地望著那座玉像，整個人都靜止，極度靜止，甚至使人感到她非但沒有呼吸，而且連體內的血液也凝結了！

她的那種靜態，給人的印象是，站在那裏的王玉芳，根本也是一座雕像，而且，有生氣的程度，反倒不如敵家健的玉像。

我一看到了這種情形，立時止步，緊跟著我出來的是白素、陳長青，然後，才是敵氏夫婦。他們兩人一看到王玉芳在玉像面前，張口就要呼喝。

他們一張口，我和白素一起出手，一邊一個，按住了他們的口，不讓他們出聲，同時，陳長青也以極嚴厲的眼光，盯住了他們，我唯恐他們還要蠻來，用極低，但是極嚴厲的聲音道：「別出聲！出一下聲，我就絕不客氣。」

或許是由於我的語氣實在嚴厲，或許是由於眼前的情景，令得他們也感到不出聲為上，所以，他們一起點了點頭。

我和白素鬆了一口氣，放開了手，他們果然沒有出聲，只是喘著氣。我再向王玉芳望去，王玉芳仍然一動都不動地站在玉像面前。我們都跟著一動不動，注視著事態的發展。過了好久，我雙腳都因為久立，而略感麻木，才看到王玉芳的臉上肌肉，顫動了幾下，接著，她嘴唇也顫動了起來，然後，自她的口中，輕輕吐出了兩個字：「家健。」

這一下呼喚，聲音極低，可是在一下低喚之後，她陡然尖叫了起來：「家健！」

她的尖叫聲陡然劃破了靜寂，令得我們所有的人都大吃一驚。

她在一叫之後，就撲向前去，緊緊地擁住了那雕像，擁得極緊。在那一霎間，由於玉像如此生動，我似乎在恍惚之間，感到玉像也在回擁著王玉芳，我連忙定了定神，自然，玉像還是玉像，一切也沒有動過。

王玉芳抱住了玉像，不住在說著話，聲音急促，但是聽得出來，充滿了喜悅。

她在道：「家健，原來你一直在這裏，我找得你好苦，我知道你一直在，一直在，沒有關係的，我早就說過，不論你變成甚麼樣子，我一下子就可以在幾萬人之中，把你認出來，我們終於又在一起了，終於又在一起了。家健，我想你，我要告訴你，這些年來，我是多麼想念你，我……」她緊擁著玉像，我們不約而同，來到可以面對她的位置，只見她淚如泉湧。

但是不論是神情還是語調，卻又實實在在，滿是喜悅和興奮。

她不斷地在說著，到後來，已聽不清楚她在說些甚麼，這種情形，若是兩個人相擁著，自然感人之極，可是此際，卻是一個活生生的人，和一座玉像，這就令人有說不出來的詭異。

敵文同夫婦駭然互望，陳長青一連叫了好幾聲，玉芳才不再對玉像說話，抹著眼淚：「謝謝你們，我終於找到家健了，上次我來的時候，竟沒有看到，不然，也不必又等了那麼多年！」

敵文同緩緩向前走去，來到玉像之前，忽然發出了一下低呼聲，神情訝異莫名，急速喘著氣，叫：「快來看，這好像……有點不同了！」

敵太太連忙奔過去，看著玉像，也現出疑訝的神情來。這時，我也注意到了，玉像的臉部，似乎更流動、更有生氣，那種美玉的光輝，在隱隱流轉，以致玉像看來，更像是活的！前一次，我曾仔細的留意過這玉像，可以明顯地感到不同！陳長青也有點怔呆，只有白素，因為以前未曾對玉像注意過，所以沒有比較，但這時，她也為那玉像的生動而感到驚訝。

敵文同的身子簌簌地發著抖，用發抖的手，去撫玉像的臉頰，顫聲道：「孩子，真是你？孩子——」

他已無法再說得下去，和敵太太兩人，一起去擁抱玉像，連王玉芳也抱在一起，敵文同夫婦互望了一眼，顯然，他們對王玉芳的恨意，就在那一霎間消除了。

轉世了的王玉芬，終於找到了轉世了的敵家健。可是敵家健卻成了一座玉像。

不過王玉芳一點也不在乎，她當天就沒有離開敵家，敵文同夫婦給她整理了一間房間給她住，並且，三個人合力，把那座玉像，移到了她的房間中，王玉芳宣布，那就是她的丈夫，敵家健。敵文同夫婦自然也很高興。可是，另外卻有人極不高興。

首先不高興的是王玉芳的父母，到敵家去大吵大鬧了很多次，可是王玉芳一再表示一切全是她自願，還把她轉世的事說了出來，說這一切，全是命運的安排。

但是她父母仍然不相信，直到王玉芳說，要是不讓她這樣，她就自殺，她父母總算沒有再逼她回家，只是派了好幾個精神病專科醫生，去替她作檢查，而檢查也沒有結果，因為王玉芳除了堅決把一座玉像當作她的丈夫，異於尋常之外，其餘一切，都正常無比。

兩個專家事後找到了我和白素，我問他們檢查的結果如何，以下是兩個專家和我們之間的對話。

專家之一說：「這是一宗罕見的精神分裂症病例，患者完全投入了她自己的幻想之中，而迷失了原來的自己。」

我皺著眉：「你們否定轉世再生？」

專家之二喟嘆：「衛先生，轉世、再生，全是她自己講出來的，沒有任何事實可以證明。」

我反駁：「可是她知道汽車失事時的一切詳細經過。」

專家之一苦笑：「她自小到大，一定不斷地聽她父母講述過關於她姊姊如何意外死亡的事，這件事，對她來說，印象深刻無比，漸漸地，她就把自己當作了是她的姊姊，精神分裂，於此開始。至於失事的經過，既然無從求證，不論她如何幻想都可以。」

白素不以為然：「她何以見了玉像，就肯定那是敵家健？」

專家之二道：「她進入了極度的幻想，自然看熟了敵家健的相片，那玉像，的確十分生動逼真，她既然無法找到家健，心理上再也無法負擔失望的痛苦，就把玉像當作了真人。」

我嘆了一聲：「當時你們不在場，玉像在見到了玉芳之後，神情完全變了。」

兩個專家互望了一眼，過了片刻，專家之一才道：「如果你精神狀態正常的話，那麼只能說當時的氣氛相當動人，所以令你們起了心理上的幻覺。」

我和白素都沒有再說甚麼，只怕再說下去，兩位專家要懷疑我們都有神經病了。

送走了兩位專家，我對白素道：「任何事，一經所謂科學分析，就無趣之極，這件事本身，結局雖然這樣怪異，甚至可以說是十分悲慘，但十分浪漫動人。給他們一分析，甚麼都完了。」

白素苦笑了一下：「或許，他們的判斷是對的？」

我搖了搖頭：「或許，誰知道！」

除了王玉芳的父母之外，另一個極其不滿意的人，是陳長青。

當玉芳伴著玉像，再也不肯見他，他在我家裏，一連醉了半個月，失魂落魄，可是卻又矢口不肯承認他失戀，他大聲叫：「失戀？笑話，要是我爭不過一座雕像，那我算是甚麼？」

我和白素都不敢搭腔，都只好希望，隨著時間的過去，會治癒他心中的創傷。

整個故事，大家不妨細細想想，幾乎沒有一處，不是和命運的安排有關！

所以，把這個簡單的故事，拿來作《命運》的附篇。

（完）

倪匡珍藏限量紀念版 28

衛斯理傳奇之神仙

作者：倪匡
發行人：陳曉林
出版所：風雲時代出版股份有限公司
地址：10576台北市民生東路五段178號7樓之3
電話：(02) 2756-0949
傳真：(02) 2765-3799
執行主編：朱墨菲
美術設計：許惠芳
業務總監：張瑋鳳
出版日期：2023年11月倪匡珍藏限量紀念版一刷
版權授權：倪匡
ISBN ：978-986-5589-96-7
風雲書網：http://www.eastbooks.com.tw
官方部落格：http://eastbooks.pixnet.net/blog
Facebook：http://www.facebook.com/h7560949
E-mail：h7560949@ms15.hinet.net
劃撥帳號：12043291
戶名：風雲時代出版股份有限公司

風雲發行所：33373桃園市龜山區公西村2鄰復興街304巷96號
電話：(03) 318-1378
傳真：(03) 318-1378
法律顧問：永然法律事務所 李永然律師
北辰著作權事務所 蕭雄淋律師

行政院新聞局局版台業字第3595號 營利事業統一編號22759935

國家圖書館出版品預行編目資料

衛斯理傳奇之神仙 ／ 倪匡著. -- 三版. --
臺北市：風雲時代出版股份有限公司，2023.09
面；公分　倪匡珍藏限量紀念版

ISBN 978-986-5589-96-7（平裝）

857.83　　110008435